토미의 무덤

LE TOMBEAU DE TOMMY
by Alain Blottière

Copyright ⓒ Éditions Gallimard, 2009
Korean Translation Copyright ⓒ Munhakdongne Publishing Corp., 2020

This Korean edition was published by arrangement with
Éditions Gallimard through Sibylle Books Literary Agency, Seoul.
All rights reserved.

이 도서의 국립중앙도서관 출판예정도서목록(CIP)은
서지정보유통지원시스템 홈페이지(http://seoji.nl.go.kr)와
국가자료종합목록 구축시스템(http://kolis-net.nl.go.kr)에서 이용하실 수 있습니다.
(CIP제어번호: CIP2020054360)

토미의 무덤

알랭 블로티에르 장편소설

홍은주 옮김

Le tombeau de Tommy

Alain Blottière

문학동네

일러두기

1. 주석은 모두 옮긴이주다.
2. 본문 중 고딕체는 원서에서 이탤릭체로 강조한 부분이다.

엘렌에게

차례

토미의 무덤
9

방 침대에 세 아이가 누워 있다. 닫힌 방문과 덧문 틈새로 흘러드는 빛이 미미해 아이들의 얼굴은 보이지 않는다. 어두컴컴한 방안에 누워 있는 아이들의 형체가 차차 드러나고, 가로등 불빛이 한 아이의 머리칼을 어렴풋이 비춘다. 이 아이가 열 살 난 토미다. 나란히 놓인 침대에 보이는 더 작은 아이는 그의 남동생인 네 살 난 벨라. 다른 쪽 벽에 붙은 침대에는 이 아이들의 누이, 여섯 살 난 마르트가 누워 있다. 조금씩 꼼지락거리는 것으로 보아 아이들은 아직 잠들지 않았단 걸 알 수 있다.

벽 너머에서 희미한 소리가 들린다. 외국어로 떠드는 소리, 이따금씩 터지는 웃음소리, 식기 부딪히는 소리. 아마 다른 공간에서 사람들이 식사를 하는 모양이다. 아이들에겐 익숙한 소리인 듯하다. 벽을 건너온 그 소음이 매일 밤 이 아이들을 다독거려 재우는 것이리라.

갑자기, 아이들이 잠들려던 조용한 어둠 속에 식인귀처럼 불길하고 으스스한 저음의 목소리가 퍼진다. 그날의 마지막 놀이를 생각해낸 토미의 목소리다.

"나는…… 아이들을 잡아먹는…… 귀신이다…… 어느 놈부터 먹을까…… **마르트!**"

잠옷 차림의 여자아이가 침대에서 뛰어내리더니, 문을 열고 뛰쳐나가 비명을 지르며 복도를 내달린다.

"엄마! 엄마! 토미 오빠가 무섭게 해!"

식사중의 소음이 뚝 끊긴다. 이제 방문은 열려 있고, 복도에서 흘러들어온 빛이 그쪽을 돌아보는 사내아이의 얼굴을 환히 물들인다. 옛날식 잠옷을 입은 아이는 침대에서 몸을 일으켜 앉아 있다. 음향이 전부 사라지고 아이의 얼굴이 화면에 가득 들어온다. 눈이 부신 듯 살짝 눈살을 찌푸린 채 개구쟁이처럼 웃고 있는, 곱슬머리 금발 소년의 아름다운 얼굴이.

우리는 그를 '토미'라 부른다. 그는 마지막 순간까지 토미로 통할 것이고, 그의 많은 동료들이 그의 진짜 이름을 끝내 알지 못할 것이다. 토마 엘레크. 1935년 봄 그날 저녁, 콩트르스카르프가街와 몽주가 사이의 롤랭가 15번지. 그의 나이는 열 살이다. 벨라는 오래 살 것이다. 그리하여 2003년 세상을 떠날 때까지 형에 대한 질문을 끊임없이 받게 될 것이다. 그는 자기 아들의 이름을 토마라 지을 것이다. 1998년 세상을 떠난 마르트에 관해서는 알려진 것이 별로 없다. 그녀가 토미의 장난에 수시로 골탕을 먹었고, 아마도 아들을 잃을지 모른다는 두려움의 반동이었던 듯 어머니 엘렌의 장남 사랑이 유별났던 탓에 큰 관심은 받지 못했다는 것 말고는. 어쨌든, 그녀 역시 훗날 자기 아들 이름을 토마라 지을 것이다.

이어지는 디나르에서의 장면들과 마찬가지로, 이 장면 또한 모든 면에서 간단치가 않았다. 그렇지만 나는 영화의 첫 장면으로서 이 장면을 절대적으로 고집했다. 시작부터 관객이 토미의 내면에 야릇한 무언가가 자리하고 있음을, 그가 오로지 신념 때문에 사람을 죽인 것이 아님을 알아차리게 해야 했다. 훗날 어머니 엘렌은 아들이 결코 냉혈한 투사는 아니었다고, 남의 목숨을 끊어야 할 땐 늘 지독한 노력을 해야 했다고 말할 것이다. 아마 엄마의 관점에서는 맞는 말이었으리라. 설령 그렇다 해도, 그녀의 말마따나 지독한 노력을 한다 해도, 더욱이 전쟁의 한복판이라 해도, 절체절명의 위기가 아닌 한 냉정히 남의 목숨을 끊을 수 있는 사람은 대단히 드물다. 그러기 위해서는 특별한 에너지가 필요하다.

이 장면은 내가 만들어낸 게 아니다. 영화 속 장면 대부분이 그렇듯이 틀림없는 실화를 바탕으로 했다. 1974년 토미의 어머니가 편집자 프랑수아 마스페로에게 구술하여 펴낸 회고록 『엘렌의 기억』에서 그 내용을 볼 수 있다. 내가 덧붙인 것은 미소뿐이다.

사실 레지스탕스 시절의 토미를 연기할 배우 가브리엘을 닮은 아역을 찾기가 쉽지는 않았다. 그렇지만 그후 디나르에 살던 시절의 토미 역을 맡길 배우를 찾는 건 한결 더 어려웠다. 이 시기의 토미는 열다섯 살로, 가브리엘이 연기하는 토미와 시간적으로 매우 가까운데다 역할의 비중도 훨씬 크기 때문이었다.

관객에게 들리는 소음은 같은 건물에 있는 작은 식당에서 흘러나오는 것이다. 식당을 직접 보여주지 않더라도 소리는 넣고 싶었다. 토미는 바로 그런 소리를 들으며 성장했을 테니까. 엘렌은 식당을 운영했다. 그녀는 굉장히 고집이 세고 당찬 사람이었다. 1930년 헝가리를 떠나 프랑스에 정착하기로 결정한 사람도 남편이 아닌 그녀였다. 그들은 유대인에 공산주의자였고, 독재나 반유대주의나 가난을 피해 온 경우가 아니었다. 엘렌이 떠나온 건 토미를 부다페스트의 프랑스 고등학교에 진학시킬 형편이 못 되었기 때문이다. 그녀는 아들에게 프랑스 문화를 받아들이

게 하고 싶었다. 그 이유 말고는 아무것도 없었다. 그녀는 공산주의자이면서도 어떤 귀족주의, 속물성, 오만함, 우월감이 있었다. 그리고 그것들을 모조리 토미에게 물려주었다. 그녀는 아들에게 눈곱만큼의 억양도 없이 라퐁텐의 시를 암송시키고자 모든 것을 떠나왔다. 프랑스에 온 그녀는 아이들을 먹여 살리기 위해 갖가지 일을 했다. 집에서 헝가리식 소시지를 만들어 팔기도 했고, 가정부와 세탁부로도 일했다. 몽타뉴생트준비에브가에 자리한 식당 '페르아슈발'*을 인수하기 전, 그녀는 롤랭가의 두 칸짜리 아파트에서 간판도 이름도 없는 작은 식당을 꾸렸다. 식당은 입소문이 퍼지면서 외국인 유학생, 정치망명자, 뜨내기 헝가리 손님을 끌었다…… 남편이 일손을 도왔다. 그는 6개 국어를 구사하는 사람이었지만, 결국 그의 인생은 아내의 조력자라는 한 마디로 요약될 터였다. 프랑스로 이주한 초기, 그는 외국어를 가르치거나 잡다한 번역 일을 했다. 그는 헝가리에서는 샨도르, 프랑스에서는 알렉상드르라 불렸다. 엘렌은 그를 엘레크라 불렀다. 그들은 1934년부터 1937년까지 롤랭가에 살았다. 보잘것없는 작은 건물들이 늘어선 좁은 골목의 15번지. 고미다락이 딸린 5층짜리 건물이었다. 골목 끝에는 몽주가로 내려가는 계단이 있

---

* 프랑스어로 '편자'라는 뜻.

었다. 자동차도 못 다니는 좁은 길이라 아이들은 엘렌의 걱정을 사지 않고 실컷 뛰어놀 수 있었다. 3세기 전에는 파리에서 말년을 보낸 데카르트가 살던 유서 깊은 거리였다. 1932년부터는 1922년 프랑스로 이주한 루마니아 시인 뱅자맹 퐁단, 루마니아 이름으로 벤자민 벡슬레르도 이 거리에 살았다. 이주한 지 열두 해가 지날 즈음 뱅자맹은 이미 파리에서 손꼽히는 지식인이었다. 그는 때때로 이 헝가리 아이들과 거리에서 마주쳤거나, 강한 억양이 섞인 프랑스어로 엘렌이 창문에서 아이들을 부르는 소리를 들었을지도 모른다. 그리고 그네들도 자기처럼 유대인이고, 그렇다면 미래가 반드시 장밋빛은 아니겠다고 혼자 생각했을지도 모른다. 적어도 그가 뭔가를 예감했다면 말이지만. 1944년 3월, 바로 이 롤랭가의 집으로 들이닥친 프랑스 경찰이 그를 독일에 넘겼다. 그는 아우슈비츠에서 죽었다. 토미는 그보다는 약간 운이 좋았다.

소년은 부쩍 자라 있다. 하지만 분명 그 아이다. 똑같이 아름다운 얼굴에 눈이 부신 듯 살짝 눈살을 찌푸린, 이번엔 불빛이 아니라 햇살에 눈이 부신 열서너 살쯤 된 소년. 이날 소년의 금발은 젖어 있다. 아이는 뭔가를 응시하고 있는데, 아직 그게 뭔지 알 수 없다. 물소리, 파도 소리, 소리를 질러대며 노는 아이들

소리가 들린다. 컷이 확장되면서 물에 몸을 담근 토미와 그 주변으로 파도 속에서 신나게 노는 아이들이 보인다. 토미가 아이들을 돌아보며 소리친다.

"독일군이야! 봐! 제방에 있어! 그들이 디나르에 왔어!"

아이들이 놀다 말고 물가로 뛰어나온다. 토미는 움직이지 않는다. 해변을 가로질러 독일 국방군의 십자가 그려진 회색 반궤도 장갑차들을 향해 달려가는 아이들을 바라보는 그의 뒷모습이 카메라에 잡힌다. 이어 컷이 바뀌고 그는 제방을 걷고 있다. 구식 수영복을 입고 가방을 멘 그가 장갑차 주변에 모여 물놀이하던 아이들 앞을 지나며 이제 열 살과 열두 살이 된 벨라와 마르트를 부른다. 동생들이 그를 뒤따르고, 세 아이는 제방을 벗어나 영국식 빌라가 늘어선 햇빛 좋은 거리들을 어슬렁거린다. 아이들은 걸어가면서 대충 옷을 걸어입고, 잠깐 멈춰서서 가진 돈을 헤아리더니 빵집으로 들어가 아이스크림을 산 뒤 마침내 "숙박, 식당"이라 쓰인 어떤 빌라로 들어간다.

아이들은 빨랫줄에 커다란 흰색 시트들이 널린 밝고 널찍한 공간을 가로지른다. 널린 시트들 뒤로 달려가는 벨라의 그림자가 흔들리더니, 이내 고함소리가 들린다.

"엄마! 엄마! 독일군들이야!"

아이들이 부엌으로 들어가 한 여자를 둘러싼다. 머리를 틀어

올린 마흔 언저리의 까무잡잡한 여자가 볼품없는 옷에 앞치마를 두른 채 화로 위의 냄비를 굽어보고 있다.

"알아." 그녀가 강한 이국의 억양으로 말한다. "독일군이 디나르에 왔지. 심지어 여기, 우리 식당에 와 있어. 이거, 저들이 먹을 겨자 소스 토끼고기 찜이야."

"여기?" 토미가 소리친다. "엄마 독일군이랑 말해봤어? 어땠어?"

"세상 다른 나쁜 놈들이나 마찬가지더구나. 시끄럽고 무례하고 고약한 냄새가 나. 베를린에서부터 한 번도 안 씻었다고 해도 아마 믿을 거야. 게다가 화가 나 있어. 오늘 아침에 주둔해 있던 학교 안뜰에서 독일군 한 명이 총에 맞아 죽었거든. 길에서 누가 안뜰을 향해 총질을 했대."

토미는 듣는 둥 마는 둥 한다. 그는 냄비에서 올라오는 냄새를 맡고, 숟가락을 담가 소스 맛을 본다.

"겨자가 덜 들어간 것 같은데……"

"나쁜 놈들한테는 충분할 만큼 넣었어." 엄마가 대답한다.

벨라가 부엌과 식당 사잇문을 살짝 열고 내다본다. 썩 단정치 못한 군복 차림의 독일군 장교들이 탁자에 둘러앉아 있다.

"나쁜 놈들……" 벨라가 낮은 목소리로 중얼거린다.

"문 닫아!" 아이에게 엄마가 말한다. "애들아, 엄마 일해야 돼. 너희들은 가서 옷 갈아입어."

두 아이는 사라지고, 토미는 남는다. 여전히 그의 뒷모습이 보인다. 그가 엄마 곁으로 다가가 엄마의 허리에 팔을 두르고 어깨에 머리를 기댄다.

"냄비에 침 뱉어도 돼?"

"안 돼. 저들을 들인 이상 다른 손님들이랑 똑같이 대접할 거야. 저들 얼굴에 침을 뱉고 싶은 날이 오면 애초에 저들을 들이지도 않을 거야."

1940년 그 여름, 토미는 실제로 열다섯 살이었다. 그렇지만 나는 더 어린 소년을 택했다. 1940년 7월의 토미는 아직 일 년 후 변화될 그 모습이 아니었기 때문이다. 이 시기 그는 무기를 들기 전, 아직 어린애였다. 그 차이와 그의 어린 시절이 마감되었음이 분명하게 보여야 했다. 해수욕을 하던 토미, 햇볕에 그을린 얼굴의 행복한 어린애였던 토미가, 투사가 된 토미와 같은 몸을 하고 있을 수는 없었다. 또 한번, 가브리엘을 닮은, 이번에는 세 살이 어린 소년을 찾아야 했다. 쉬운 일은 아니었지만 다행히 괜찮은 아이를 찾아냈다. 금발머리, 마른 몸, 갸름하고 윤곽이 섬세한 얼굴에 다소 거만하고 건방진 분위기, 오직 엄마가 옆에 있을 때만 누그러뜨릴 수 있었던 남성성의 조짐까지 거의 비슷했다. 그가 엘렌의 어깨에 머리를 기대던 연기를 무척 좋아하는데, 정말 자연스럽게 해냈다. 내가 알기론 그것이 그의 첫 배역이었다. 그는 여름 내내 파리의 촬영 현장을 자주 찾아왔다.

반대로 엘렌 역의 캐스팅은 한결 쉽게 여겨졌다. 나는 진짜 헝가리 억양을 원했다. 프랑스인들이 무조건 r 발음만 굴리면 되는 줄 알고 아무렇게나 흉내내는 영화 속 가짜 억양이 정말이지 싫었다. 따라서 나는 프랑스어를 약간 할 줄 아는 사십대 헝가리 여자를 찾아야 했다. 우리는 부다페스트로 갔다. 거기서 배우를 열 명쯤 소개받았는데, 다들 훌륭했지만 나는 망설임 없이 단번에 결정했다. 빌마에게서는 엘렌의 힘과 자부심, 그리고 대쪽 같은 성격이 느껴졌다. 본인은 줄곧 부인했지만 엘렌의 살짝 품위 없는 말씨도 그녀와 꼭 어울렸다. 그녀와의 촬영이 늘 쉬운 건 아니었다. 이 점에서 엘레크 역을 맡았던 또 한 명의 헝가리 배우 미클로시가 내게 많은 도움을 주었다.

그 몇 해 전부터 엘렌은 여름이면 디나르에 빌라 한 채를 빌려 휴가 온 노동자 가족의 숙소로 제공하고 있었다. 그 시기는 어린 토미에게도 바캉스였고, 아마 그의 생에서 가장 행복한 나날이었으리라. 그렇지만 단언할 수만은 없다. 1940년 봄, 독일군이 파리로 접근하고 있었기에 엘렌은 아이들을 걱정했다. 그녀는 남동생이 있던 디나르로 어린 두 아이를 보냈다. 이어 6월에는 자신도 합류했다. 토미는 학기가 끝나기 전에 파리를 떠나고 싶어하지 않았으므로 아버지와 함께 파리에 머물렀다. 당시 그는 루이르그랑 중학교 3학년이었는데, 수학은 형편없었지만 프랑스어 성적은 우수했고, 문학을 좋아했다. 독일군이 들어오던 6월 14일, 그는 파리에 있었다. 그가 독일군을 처음으로 본 것이 그때였다.

그렇다보니 7월에 아버지와 함께 디나르에 왔을 때 독일군은 그에게 더는 호기심의 대상이 아니었다. 엘렌의 증언은 다르지만, 나는 그녀가 틀렸다고 생각한다. 30년이나 흐르면 기억이 뒤섞이고 날짜도 혼동할 수 있으니까. 토미가 다른 아이들처럼 장갑차를 더 가까이 보러 제방으로 달려가지 않은 것도, 그 앞을 그냥 지나치던 것도 그 때문이다. 그는 이미 독일군에 대해 알고 있었다. 영화를 보는 것만으로는 당연히 아무도 이런 사실을 짐작할 수 없다. 오로지 나만 의미를 아는 이런 자잘한 사항은 무수히 많다. 이것이 중요하다. 영화 속에서 전부 설명해서는 안 된다. 현실은 결코 모든 것을 설명해주지 않는다. 현실이 영화보다 훨씬 감동적인 이유다. 우리가 바라보게 되는 이미지가 하루에 천 개쯤 된다면 그 가운데 수백 이상은 수수께끼로 남는다. 반드시 필요하고 이해 가능한 장면들로만 이루어진 영화는 진정으로 감동을 줄 수 없다. 그리고 그 반대의 경우엔 거의 늘 진정한 감동이 담겨 있다.

　다시 햇빛 눈부신 여름. 어느 빌라의 발코니. 엘레크가의 세 아이를 포함한 아이들 몇 명이 난간에 기대 까치발을 하고 아래를 내려다보고 있다. 길모퉁이에서 행인 한 명이 모습을 드러내고 점점 다가오자 아이들이 물을 몇 모금 입속에 머금고 행인이 사정권에 들어오는 순간 일제히 물을 뱉는다. 물벼락을 맞은 행인이 고개를 쳐들기 직전, 전원 애써 웃음을 참으며 뒤로 숨는다. 수런대는 목소리, 명령조의 독일어 말소리들이 점점 크게 들려온다. 길모퉁이에 독일군에 둘러싸인 민간인들, 어른들과 크고 작은 아이들의 행렬이 나타난다. 아이들은 얼른 발코니를 벗어나 엄마 엘렌을 부르면서 계단을 내려간다. 그러곤 집밖으로 나가 행렬을 구경한다. 일제히 소집된 그들은 제각기 짐을 들고 있다. 그들은 대부분 영어를 쓴다. 아주 우아하며, 해변의 카지노에 가는 멋쟁이 관광객들 같은 옷차림이다. 꼭 제임스 아이보리*의 영화 속 의상들 같다. 엄마의 품에 안겨 있던 아기 하나가 울음을 터뜨린다. 엘렌도 집밖으로 나와 그중 가장 어린 아이들

──────────

* 미국의 영화감독으로, 〈전망 좋은 방〉〈모리스〉 등의 영화를 만들었다.

손에 과일을 쥐여준다. 한 여자가 뚜렷한 옥스퍼드 지역 억양으로 고맙다고 말하더니, 이어 무례한 하인에게 불쾌한 꼴을 당한 우아한 귀부인처럼 한탄을 흘린다. 이들의 행렬이 거리 반대편으로 완전히 사라지는 순간, 그곳에서 한 노동자 가족이 등장한다. 그들은 그저 수영복만 걸친 채 튜브와 파라솔을 들고 바닷가를 향해 가고 있다. 그들이 집 앞을 지나간다. 토미는 줄곧 영국인들이 사라져간 쪽을 뚫어져라 바라본다. 그의 얼굴이 클로즈업된다. 어쩔 줄 모르는 어린애의 얼굴이다.

엘렌은 실제로 디나르의 부유한 영국인 관광객들이 독일군들에게 전부 소집되었고, 이후 수용소에 억류되었다고 진술한다. 알려지다시피 영국인들의 숫자는 상당했고, 더러 일대에 화려한 별장을 소유한 이들이었다. 독일군은 번개처럼 진격해 그들을 기습적으로 체포했다. 그들이 그뒤에 어떻게 되었는지는 나도 모른다. 엑스트라며 의상에 비용이 많이 드는데다 언뜻 불필요해 보이는 이 시퀀스에 나는 이번에도 집착했다. 전쟁의 부조리, 특히 조직적으로 저질러진 독일군의 온갖 비인간적 행위, 나치의 어리석은 범죄가 영화 도입부의 이 희비극적인 장면에서 완벽하게 그려지기 때문이다. 이 순간부터 저마다 장차 닥칠 최악의 상황을, 특히 유대인들에게 닥칠 상황을 짐작할 수 있다. 토

미 또한 이때 처음으로 투지를 느꼈을지 모를 일이다. 그러므로
영화음악은 여기서, 불안의 시발점인 이 장면에서 시작되어야
했다. 쥘리앵이 작곡한 야릇하고, 공기처럼 가벼우면서도 깊이
있는 첫 소절이 아이들의 합창과 더불어 들린다.

　행인에게 물을 뿜는 장난도 실화다. 짓궂은 악동 토미는 이후
다시는 볼 수 없다. 그는 머지않아 훨씬 치명적인 것을 뿜어낼
것이다.

청년기의 토미 역을 찾는 일이 뭐니 뭐니 해도 제일 힘들었다. 나는 무엇보다 토미와 자연스럽게 닮은 사람을 고집했다. 토미의 외모는 그의 인생에서 매우 중요했다. 그리고 죽을 각오는 물론이고 죽일 각오도 된 그 시대의 청년들 가운데 굳이 토미라는 인물을 선택한 내 결정에도 중요한 요인이었다. 이를테면 토미와 같은 또래로 그의 가장 가까운 동료였던 바이스브로트도 있었다. 그와 사라라는 여성의 가슴 아픈 사랑 이야기를 그릴 수도 있었으리라. 혹은 죽음 앞에서도 유대인 특유의 유머를 잃지 않았던, 멋진 유대인 캐릭터가 될 핀게르츠바이크도 있었다. 아니면 맑은 눈빛과 부드러운 미소가 마음에 드는데다 제일 용감하고 단호한 투사이기도 했던 라이만도 있었다. 그렇지만 오직 토미만이 프랑스 정부가 대대적으로 떠벌린 유대인의 신체 특성을 완전히 반박하는 외모를 갖고 있었다. 물론 그는 곱슬머리이기는 했지만 금발이었고, 어머니 엘렌의 말로는 분홍빛이 감도는 새하얀 살결에 밝은색 눈동자, 윤곽이 섬세하며 균형 잡힌 얼굴이었다. 요컨대 '북유럽 미남'의 기준에 부합하는, 사이비 아리아인에 대한 환상을 충족시키기도 하는 얼굴이라 할 만했다. 또한 그는 호리호리하고, 민첩하고, 인상적이리만치 키가 컸다. 몇 달 동안 그를 미행했던 프랑스 경찰의 평가에 의하면 토미의 신장은 172센티미터였다. 지금이야 완전히 평균이지만 1941년에는 그렇지 않았다. 사진에서도 볼 수 있듯이 동료들은 전부 그보다 작았다. 마지막으로, 그는 대다수의 다른 대원들처럼 아주 가난하지는 않았기에 옷도 신경써서 입었다. 미행한 혐의자들의 인상착의를 세세히 기록한 형사들의 수첩을 보면 토미에 관해서만 우아한 외모라는 언급이 발견되고, 그의 선이 고운 얼굴과 분홍빛 안색이 강조되어 있다. 간단히 말해 유대인을 원숭이나 생쥐처럼 그리던 그 시대에 토미는 내심 이렇게 생각했을지도 모른다. '그래, 나 유대인이야, 하지만 너희들이 생각하는 유대인하고는 좀 다르지……' 어머니의 영향도 있었겠지만, 특히 이 외모로 인해 그는 자신이 보통 유대인들과 다르다는 인식, 다른 유대인들보다 우월하다는 인식을 갖게 되었을 것이다. 사실 남을 쉽게 깔보는 거만하고 귀족적인 성격도 어머니로부터 물려받지 않았을까? 이를테면 엘렌은 격동의 시대에 수동적인 태도를 유지하던 유대인들, 그러니까 거의 대부분의 교인들을 가리켜 이리 가라면 이리 가고 저리 가라면 저리 가는 순둥이 양떼같은 멍청한 유대인들이라고 거침없이 말했다. 토미가 레지스탕스에 가담하게 된 동기 저변에는 자신과 같은 민족—당시의 말로는 '인종'—에 대한 이미지가 자신에게까지 들러붙는 데서 느낀 모욕감도 있었을 것이다. 이런 연유로 내게는 무슨 일이 있어도 '북유럽 미남'이 필요했다. 우리는 그야말로 타지오*를 찾는 비스콘티 감독의 심정으로 몇 주일을 찾아 헤맸다.

씻어내야 할 모욕이라는 근원적 동기 외에 나치즘에 대한 증오나 자유와 공화정의 이상을 향한 동경, 그리고 독일이 '살인부대'라는 이름으로 선전하던 다른 부대원들과의 우정 같은 더 고전적 요소들도 있긴 했다. 그렇지만 내가 굳이 토미를 선택한 것은 그의 가담 동기가 훨씬 복잡하고 덜 진부하기 때문이었다. 사실 그의 다른 동료들이 많은 부분에서 한결 호감이 갔고, 무엇보다 더 큰 연민을 불러일으킨다. 예를 들어 핀게르츠바이크는 벨디브 일제 검거** 이후 열여덟의 나이에 세상에서 외톨이가 되

---

* 루키노 비스콘티가 감독한 영화 〈베네치아에서의 죽음〉의 주요 등장인물.

었다. 그는 돈도 없었고, 유대인이라는 이유로 경찰에 쫓겼다. 어떻게 그를 사랑하지 않을 수 있겠는가? 어떤 면에서는 더없이 이상적인 주인공이다. 그렇지만 너무 단순하고, 이미 수없이 반복되었으며, 너무 쉽게 눈물을 터뜨리는 이야기였다. 반면 토미는 굶주린 적도 혼자가 된 적도 없고, 가난하지도 않았다. 작전이 끝나면 엄마가 기다리는 집으로 돌아가 보살핌을 받고, 밥을 먹고, 몸을 덥혔다. 토미를 통해서는 그럴 만한 동기들로 무장한 투사의 모습을 보여주지 않아도 되었다.

처음에는 이 배역에 그저 닮기만 한 청년이 아니라, 나이는 어려도 인물에 열정을 쏟을 만큼 상당히 소질 있는 배우가 필요하다고 생각했다. 실제로 70년이나 떨어진 두 시대, 위험과 고통과 죽음의 그늘이 드리운 시대와 무감각할 만큼 도처에 즐거움이 널린 시대에 사는 두 소년 사이에 어떤 유사성을 찾아볼 수 있겠는가? 토미가 죽음에 대해 느꼈던 이 친밀감을 드러내기 위해서는 아무래도 배우가 아니면 안 될 것 같았다. 나는 에이전시에서 보내준, 맞춤한 나이대의 후보를 열 명 이상 면접했다. 대개 막 연기를 시작한 배우들로 금발에 얼굴이 창백했으며, 키는 175에

** 1942년 7월 16일과 17일, 나치에 협력한 프랑스 경찰이 유대인 만삼천여 명을 검거해 나치 수용소로 넘긴 사건.

서 180센티미터에, 대본도 정확히 읽을 줄 알았다. 그렇지만 누구는 너무 근육질이고, 누구는 너무 털이 많고, 또 누구는 너무 현대적이거나, 너무 생기가 없거나, 너무 복잡해 보였다…… 분위기가 괜찮은 이들이 몇 명 있었지만 그들 역시 너무 밋밋하거나, 너무 지적이거나, 너무 연약하거나, 너무 여성스러웠다. 일주일에 걸친 오디션 끝에 나는 확실한 사실을 하나 깨달았다. 내가 원하는 건 전문 배우가 아니었다.

내가 원하는 건 토미 자체였다. 벌써 몇 달째, 나는 그와 더불어 살고 있었다. 그의 흔적을 좇고, 그가 갔던 길을 걷고, 그의 기분을 헤아리고, 유년기부터 청년기까지 그의 얼굴을 모조리 찾아내 뚫어지게 들여다보고, 그가 다녀간 곳들의 문을 두드려보고, 그가 거쳐간 장소들의 냄새를 맡고, 그가 입었던 옷들을 알아내고, 그의 필체를 분석했다. 나는 그의 아름다움 이상으로 그의 완고함, 오만함, 그리고 일체의 타협을 허용하지 않았던 극도의 강경함에 반했다. 토미는 어딘지 스스로 삶을 마감한 내 동생 루이를 떠올리게 했다. 결론적으로 나는 연기를, 흉내내기를 원하지 않았다. 이 결단이 자칫하면 모든 것을 망칠 수 있다는 걸 알면서도 나는 일단 에이전시에서 소개해주는 금발 소년들을 잇달아 만나는 일에 종지부를 찍었다. 그 대신 여러 잡지와 인터넷의 전문 사이트에 광고를 싣고, 파리 지역 고등학교 교문, 영화관, 무용학교, '스케이트파크'(이 아이디어는 물론 〈파라노이드 파크〉*에서 왔다), 피트니트센터에 캐스팅 조수들을 파견했다. 열흘 뒤 현장에서 건진 금발 소년이 스무 명쯤 되었다. 우쭐하고 들뜬 소년들이. 그중에는 도무지 출신지를 짐작할 수 없는 억양을 가진 이들이나 가수 오디션인 줄 알고 온 이들, 흔히 그렇듯이 대본도 제대로 못 읽는 이들도 있었고, 긴장해서 입도 못 떼는 이들이 있는가 하면 초등학생 때 배운 시를 암송하는 이들도 있고, 아이 엄마가 대뜸 돈부터 요구하는 경우도 있었다…… 그리하여 나는 또 하나의 확실하고 참담한 사실을 깨달았으니, 토미는 길에 돌아다니지 않는다는 것이었다.

그럼에도 불구하고…… 나는 가브리엘을 만났다. 어느 겨울날 길에서 우연히. 유일한 장점이라고는 트로카데로로 이어진다는 것뿐인 저 화려하고도 음울한 대로를 걷던 중에. 캐스팅에 실패한 채 1년이 흐른 뒤였다. 나는 일단 계획을 미루고, 여전히 토미에 대해서만 생각하며 다른 일을 하고 있었다. 약속 장소로 향하던 내게 옆에서 그야말로 포탄이 우르릉거리며 지나가는 기운이 느껴졌다. 몸을 낮추고 물결처럼 부드럽게, 롤러스케이트를

---

* 구스 반 산트 감독의 프랑스 스릴러영화. 십대 스케이트보더 알렉스가 주인공이다.

타고 멀어지는 금빛 실루엣에서 뿜어져나오는 기운이었다. 그 기운은 자동차들이 오가는 길모퉁이에 다다르자 멈춰 서서 신호 등이 빨간불로 바뀌기를 기다리는 대신 우아한 곡선을 그리며 돌아 그 속도 그대로 내 쪽으로 다가왔다. 나는 그렇게 가브리엘을 만났다. 나는 그의 키, 균형 잡힌 얼굴 윤곽, 강렬한 눈빛, 냉담함이 살짝 드러나는 입매, 아직 남아 있는 여성성 혹은 이차성징 발현 이전의, 그러니까 레지스탕스에서 토미를 때때로 '베베카됨'*이라는 별명으로 불리게 했던 무언가도 곧바로 알아보았다. 그는 줄곧 균형 잡힌 S자 커브를 그리면서 몹시 가까이 다가와 얼빠진 내 얼굴을 흘낏 보더니, 이내 몸을 돌리고는 다시 속도를 내기 위해 춤추듯 몸을 흔들면서, 신호는 여전히 파란불인데도, 두 대의 자동차 사이를 질주해 길을 건너갔다.

마침 쫓아갈 수 있었으므로 나는 주저 없이 쫓아갔다. 트로카데로 방향으로 가는 그가 멀찌감치 보이다가 광장에 이르러 시야에서 사라졌다. 롤러스케이트와 스케이트보드를 즐기는 파리의 젊은이들이 모여드는 에펠탑 맞은편 광장과 궁전의 계단들로 된 '스케이트파크'로 향하는 게 분명했다. 나는 거기서 가브리엘을 다시 발견했고, 이제 그에게서 눈을 떼지 않았다. 그는 뒷걸

---

* 프랑스의 유아용 비누 상표명.

음질로 계단을 올라가 힘차게 도약해 난간을 넘은 뒤, 장애물 사이를 미끄러져갔다. 말하자면 지극히 정석적인 솜씨로, 그날 거기 있던 스무 명 남짓한 아이들보다 특별히 대단할 것도 모자랄 것도 없는 수준이었다.

토미와 놀랍도록 닮았다는 점 말고, 스케이터에게 뭘 더 기대할 수 있었겠는가? 열두어 살을 넘기고도 그런 바퀴 달린 물건을 타고 다니는 사람들에 대한 내 평가는 썩 후하지 않았다. 반항적이었던 사춘기 시절의 나 자신이 롤러스케이트—점잖은 문학이나 혁명에서 비롯한 근엄함과는 양립 불가능한 장난감—와 전혀 인연이 없었기에 나는 그들을 어린애 같고 어딘가 모자라며 유치하게 보는 경향이 있었다. 그러면서도 한편으로는, 그리고 그들이 아직 많이 어린 경우에는, 어른들의 조심성을 비웃듯 곧잘 절묘한 솜씨와 함께 나오는 스피드, 그리고 그 위험과 자유의 구가에 막연한 호감을 품고 있었다. 다만 그들의 집단적 강박이나 떼 지어 돌아다니는 습성, 유니폼이나 다름없는 스트리트웨어, 감정을 드러내는 일보다 촌스러운 일은 없다는 듯, 한결같이, 심지어 고난도 기술을 성공시킨 후에도 지어 보이는 쿨한 표정들로 인해 그 호감이 반감되긴 했지만.〈파라노이드 파크〉의 알렉스 같은 무표정은 어딘지 사람을 주눅들게 했다.

이런 이유들로 나는 그애를 관찰하면서 토미와 닮았고, 저돌

적이고, 민첩하다는 점만으로 충분한지 스스로 되물었다. 그런데 정작 결단을 하게 만든 건 엉뚱하고 사소한 부분이었다. 가브리엘의 배기팬츠 뒷주머니에 꽂혀 있던 책 한 권 때문이었다. 엉뚱하다고 할 수밖에 없는 것이, 그 책이 그저 교과서이거나 컴퓨터 개론서, 혹은 축구선수의 자서전, 요컨대 이 스케이터를 문학청년 토미와 이어줄 요소는 전혀 아닐 수도 있었으니 말이다. 그렇지만 눈곱만한 인연이라도 있다면 붙들어야 했다. 나는 그애에게서 눈을 떼지 않은 채 전화를 몇 통 돌려 30분 안에 트로카데로로 뛰어올 수 있는 사진가를 찾았다. 폴이 도착했을 때 녀석은 파리의 하늘에서 여전히 춤을 추고 있었다. 나는 폴에게 그애의 사진을 찍어달라 부탁하고 약속 장소로 향했다.

이튿날 내 손에 그의 사진들이 들어왔다. 그가 촬영을 거절하지 않았고, 열일곱 살이며, 샤프탈 고등학교 1학년이라는 사실을 나는 들어 알고 있었다. 폴은 그가 렌즈 앞에서 수줍어하지도 허세를 부리지도 않았고 자연스러웠다고 했다. 그의 냉담하고 무심한 분위기, 거기다 남들의 시선을 성가셔하는 모습이 사진 속에 고스란히 드러나 있었다. 다만 그중에 딱 한 장, 웃고 있는 사진만 빼고. 그는 바지 주머니에서 꺼낸 책을 보여주며 웃고 있었다. 책은 소포클레스의 『안티고네』로, 교과에 포함된 작품이었다. 폴은 모든 각도에서 그의 사진을 찍었고 얼굴을 클로즈업한

컷도 몇 장 있었다. 나는 사진들을 전부 책상 위에 늘어놓고, 그에게 마침내 전화를 하기 전까지 며칠이나 뜯어보았다. 그러면서 열여섯에서 열아홉 살 사이의 성장하는 모습을 보이려면 빛과 그림자를 어떤 식으로 입혀야 할지 그려봤다. 그의 목소리를 상상해보고, 그가 토미의 머리모양을 한다면 어떨지, 구레나룻과 목덜미를 짧게 깎은 모습을 떠올려봤다. 그에게서 뚜렷이 드러나는 이 완고함이 득이 될지—그것이 내가 상상한 토미의 모습이었으니까—아니면 실이 될지—인물에 몰입하는 데 방해가 될 수도 있으므로—도 헤아려봤다. 사실을 말하자면, 다 형식적인 망설임일 뿐이었다. 어쨌거나 그 아이는 읽을 줄 알았고, 파리에서 보통의 교과 과정을 이수하고 있었으며(그러므로 다른 억양은 없으리라), 뜨겁지도 차갑지도 않은 활기를 적당히 드러내고 있는데다 우월감도 살짝 감돌았다. 그리고 무엇보다, 토미와 매우 닮았다.

마침내 나는 전화를 걸었다. 목소리도 마음에 들었다. 앳되면서도 차분하고 단조로운 목소리였다. 그는 이 뜻밖의 제안에 무척 흥분했다. 여름을 영화 현장에서 보낸다는 생각에 신이 난 것 같았다. 그렇지만 그는 시나리오에 겁을 냈다. 배역이 몹시 무겁고, 육체적이고, 연기하기에 고통스러울 끔찍한 장면들도 있었다. 나는 최선을 다해 그를 안심시켰다. 그는 엄마와 함께 왔고,

함께 온 이유가 무엇이었건—엄마가 따라나섰을까, 그가 같이 가자고 했을까?—엄마의 존재는 아들의 막 싹트는 남성성이나 다소 오만한 분위기를 누그러뜨렸다. 마치 죽도록 지친 토미가 어머니 엘렌의 사랑에 몸을 맡길 때처럼. 가브리엘 엄마의 이름은 클레르였고, 이혼했으며, 쿠르셀대로의 꽃집에서 일하고 있었다. 나는 가브리엘에게 시나리오의 한 부분 대신 『안티고네』의 몇 구절을 읽어달라고 했다. 그가 내 카메라 앞에서 읽은 첫 대사는 이것이었다. 한 인간의 의지가 두렵다 하여 신들의 징벌을 부를 위험을 무릅쓰는 게 아니었는데. 당신의 포고령이 없었더라도 나는 내가 죽으리란 걸 잘 알지 않았던가? 혹 때가 되기 전에 내가 죽거든…… 가브리엘은 분명 배우는 아니었다. 그는 약간 걱정스러운 얼굴로 나를 쳐다보았다. 만일 그가 안티고네의 굳셈을 어설프게 꾸며냈더라면 내가 실망했으리라는 것도, 계약서는 이미 준비되어 있었다는 사실도 모르는 채.

오랜 시간이 흘렀지만 지금도 문득 의아할 때가 있다. 그가 정말로 토미가 되리라 확신하지 못했으면서 왜 그를 선택했는지. 때때로 부당하게 내가 내쳐버린 다른 후보들 중 하나가 아니라 왜 하필 그였는지. 춤추듯 질주하던 그 아이의 특별한 매력 때문에? 빛을 찾는 듯 강렬한 그 시선 때문에? 정말 그것뿐이었나? 그럴지도 모른다. 내가 곧바로 반한 건 그애의 뚜렷하고 신비로운 아름다움이었다. 관객 어느 누구도 그것이 망가지기를 원치 않을, 시작부터 마지막까지 가슴을 졸이며 지켜볼 그 아름다움에.

　제작 비용이 확보됐고, 이제 남은 일은 팀을 짜고, 나머지 캐스팅을 하고, 헝가리, 디나르, 그리고 테러 장면을 찍을 장소들을 물색하고 섭외하는 일만 남아 있었다. 그 몇 달 내내 나는 일주일에 한두 번 가브리엘을 만났다. 그가 나만큼이나 토미에 대해 잘 알았으면 싶었다. 나는 그에게 다섯 장의 사진을 보여주었고, 『엘렌의 기억』에서 좋은 구절들을 찾아 보여주었고, 이민노동자 의용유격대*의 역사를 들려주었다. 당연히 그는 이에 대해 한 번도 들어본 적이 없었다. 나는 그와 관련된 거의 모든 장소와 무대에 가브리엘을 데려갔다. 하나같이 내가 다리품을 팔아 직접 알아낸 곳들, 장담컨대 아마 이 세상에서 나만이 알고 있을 곳들이었다. 그는 꼬박꼬박 약속 장소에 나왔고, 내 이야기를 주의깊게 들었으며, 영리함을 증명하는 분별 있는 질문들을 던졌다. 그렇지만 날이 갈수록 한 가지 사실이 나를 걱정시켰다. 그가 드러낸 어떤 차가움과 냉담함. 나는 그저 표면적인 것이기를 내심 바랐다. 유대인 청년들이 독일군에 맞서 무기를 들었다는

* 프랑스 공산당계 레지스탕스 조직 가운데 이민노동자 조합을 중심으로 한 무장단체.

사실, 그들에게 결코 호의적이지 않았던 점령기의 파리 한복판에서 무장 투쟁을 벌인 것은 아마 그들이 유일했다는 사실에 그는 특별히 놀라지 않았고 감동은 더더욱 하지 않는 듯했다. 나를 매료했던 장소들, 때때로 울고 싶을 만큼 나를 감동시킨 장소들 앞에서도 그는 담담했다.

그 밖의 것들에 대해 말하자면, 이제 와 연기력을 테스트하기에는 너무 늦은 시점이었다. 워밍업을 겸해 한번 알아보는 차원에서 대사 여부와 상관없이 그 혼자 등장하는 시퀀스 몇 개를 찍어보았다. 처음 몇 장면들은 무난했다. 가브리엘은 카메라 앞에서 의외로 편안하게 미리 외운 대사를 말하고, 반복해서 연습한 동작을 보여주었다. 그렇지만 토미라는 인물을 찾으려 할수록 그는 길을 잃고 헤맸다. 나를 매혹했던 그의 모든 것, 존재 자체의 매력은 그가 나오는 전혀 달리 해석한 토미라는 배역 속에 묻혀버렸다. 그래도 토미의 세계가 그에게 친숙해질수록, 나는 그의 목소리나 걸음걸이나 자세를 보면서 어쩌면 그 둘이 서로 만날 수 있겠다는 예감이 들었다. 결과는 아직 상상할 수 없었지만.

막바지 준비에 너무 바빴고 곧바로 디나르에서 촬영이 시작된 탓에, 그의 첫 촬영이 있기 전달인 6월에는 그를 볼 수 없었다. 그래서 그가 얼마나 몰두하고 있는지 전혀 알지 못했다. 가브리엘이 이제 더는 학교에 가지 않는다고 클레르가 말했다. 그래도 한 학년 진학했고 어쨌거나 아침에 나가 저녁에 들어오니 큰 걱정은 하지 않는다고. 한번은 친구 집에 있겠다며 사흘쯤 사라진 적도 있는데, 거짓말이었던 것 같다고도 했다. 나는 이따금씩 그와 통화를 했다. 여전히 약간 단조로운 목소리로 그는 다 잘돼간다고, 준비가 됐다고, 예정된 날짜에 나오겠다고 말했다.

다시 그 아이. 조금 더 자란 모습으로, 이제 열예닐곱 살쯤 되어 보인다. 그는 단추를 여러 개 푼 큼직한 체크무늬 셔츠 위에 밤색 스웨터, 진회색 재킷에 회색 바지를 입고 있다. 갸름한 얼굴과 섬세한 얼굴선, 그리고 금발로 금세 그를 알아볼 수 있다. 그가 루이르그랑 고등학교의 교문을 벗어나 생자크가로 접어들 때 사내아이 하나가 그의 이름을 부르며 뒤따라온다. 반바지를 입은 그 아이는 열한 살이 된 벨라다. 각자 책가방을 가지고 있는데, 토미는 옆구리에 꼈고, 벨라는 손에 들었다. 둘은 1940년대 파리의 골목을 걷는다. 에콜 폴리테크니크 가와 그 길 끝에 있는 학교의 육중한 정문 일부가 보인다. 날은 흐리고, 건물들의 외관은 시커멓다. 빗방울이 떨어지기 시작하자 토미가 재킷 목깃을 세우고 걸음을 서두른다. 벨라는 형과 같이 가려고 거의 뛰다시피 한다. 대학생과 옷차림이 허름한 행인들 한 무리가 두 아이를 지나쳐 간다. 부랑자가 보도에 앉아 모자를 내밀고 있지만 그들은 눈길도 주지 않는다. 에콜 폴리테크니크의 검은 정문 앞에서, 토미가 마주 오던 남자에게 걸음을 멈추지 않은 채 인사를 한다. 두 아이는 왼쪽으로 꺾어 몽타뉴생트준비에브가의 경사로를 내려간다. 몇 미터 더 가다 왼쪽 보도에서 토미가 발을 멈춘다. 식당 페르아슈발 앞이다. 그가 문을 밀어 연 후 몸을 돌려 뒤에 있던 벨라를 먼저 들여보낸다.

소음을 통해 식당이 만석임을 짐작할 수 있다. 대형 커튼이 달린 커다란 창문들로 우중충한 햇빛만 희미하게 스며든다. 어두컴컴해서 전부 보이지는 않는다. 엘렌은 군복 차림의 독일군들이 앉은 테이블에서 주문을 받고 있다. 두 아이는 주방으로 들어가 주섬주섬 요깃거리를 찾아낸다. 토미가 혼자 식당 홀로 나온다. 엘렌의 눈이 아들을 좇는다. 토미는 남학생 셋 여학생 하나로 이루어진 대학생 무리와 악수를 나누고 그들의 테이블에 앉는다.

이 장면들은 실제 시간과 동일하게 전개된다. 토미는 몽타뉴생트준비에브가 42번지, 1937년 그의 어머니가 인수한 식당 페

르아슈발의 2층에서 가족과 함께 살았다. 다니던 루이르그랑 중
고등학교까지 걸어서 7분 거리였다. 어릴 때 살던 롤랭가의 아파
트와 더 어릴적 다니던 불랑제가의 초등학교에서 몇백 미터 떨
어진 곳이었다. 또 훗날 살게 될 카르디날르무안가 69번지에서
도 아주 가까운 곳이다. 5구의 이 일대, 그러니까 남쪽으로는 판
테온*, 북쪽으로는 생제르맹대로, 서쪽의 생자크가와 동쪽의 몽
주가 사이 일대가 그의 왕국이 될 것이다. 그가 작은 포석 한 조
각에서부터 온갖 건물과 상점, 나아가 구석구석 숨겨진 비밀들
까지 속속들이 알게 될 곳, 죽음을 무릅쓰고도 떠나기 싫을 왕
국. 당시에는 요즘처럼 깨끗하고 관광객이 많이 찾는 비싼 동네
가 아니었다. 판테온으로 올라가는 이 좁다란 길들은 외려 초라
한 축에 속했고, 건물들은 낡고 손상되어 있었다. 엘렌은 회고록
에서 그곳이 세상에서 가장 근사하고 가장 역겨운 부랑자들로 들끓
었다고, 그네들이 모베르광장에서 담배꽁초들을 주워다 팔며 광
장을 점령하고 있었다고 회상한다. 나는 당시와 크게 달라지지
않은 진짜 그 거리들에서 촬영하고 싶었다. 보수를 거듭하며 너
무 말끔해진 건물 외관을 적당히 더럽히고, 가짜 포석들을 깔고,
상점의 진열창만 새로 꾸미면 되었다……

---

* 프랑스 역사상 중요한 공로자나 위인의 묘가 있는 사원.

대사가 한 마디도 없는 이 대수롭지 않은 장면은 몇 가지 중요한 정보를 풀어놓는다. 토미가 다니던 학교, 그가 살던 동네, 어머니가 운영하던 식당 그리고 거기서 그가 만나던 손위의 대학생들. 독일 점령과 프랑스의 협력에 대해 일반적으로 알고 있는 사람들의 눈에는 1940년에서 1942년 사이에 식당 페르아슈발에서 일어나는 일이 어쩌면 믿기 어려우리라. 하지만 엘렌은 그렇게 증언했다. 실제로 많은 독일인이 독일어를 할 줄 아는 여주인이 맞아주는 이 식당에 자주 드나들었다. 물론 중부 유럽의 온갖 정치적 망명자들—특히 프랑스 수용소에서 탈출한 다수의 스페인 내전 참전 유대인들—이 여기서 만나고, 몸을 덥히고, 밥을 먹고, 이곳에 무기를 감춘다는 사실은 꿈에도 모른 채……파리에서의 즐거움에 들뜨기도 했고 타성에 젖기도 했을 독일군들은 아무것도 의심하지 않았다. 엘렌이 레지스탕스를 보호하고 있다거나 그녀가 유대인일 거라고는 더더욱 상상도 하지 못했으리라. 그녀는 어느 날 한 독일군 손님이 홀을 가로지르는 토미를 보고 그야말로 완벽한 북유럽 미남이라 칭찬했던 일을 이야기하기도 했다. 그런데 프랑스법률에 따라, 1940년 10월 7일 엘레크 일가는 경찰청에 자신들이 유대인임을 신고했다. 10여 년 전부터 그들과 알고 지내던 동네 주민들에게는 새삼스러울 것 없는 일이었다. (2년 후, 프랑스 경찰은 엘레크가 암거래를 하며 노란 별*을 달지 않는다는, 아마 굶주린 이웃이 썼지 싶은 익명의 고발 편지를 접수하게 된다. 경찰이 즉각 조사에 착수하지만 그들 가족은 이미 사라진 후였다.) 헝가리인이었던 엘렌과 아이들은 사실상 1942년까지는 반유대인 조치의 적용을 면할 수 있었다. 중립국이나 독일 연맹국 출신의 일부 유대인들은 1940년 가을부터 프랑스 정부가 이른바 국가의 '공적公敵'들에게 취하기 시작한 조치를 몇 달이나마 면하는 경우가 더러 있었다. 다른 한편으로 식당을, 더욱이 독일군들이 자주 드나들던 식당을 운영함으로써 엘렌은 별 어려움 없이 식량을 확보했다. 자신의 왕국에서 자유로이 활보하는 동안 독일 점령하의 유대인 청년 토미는 한 번도 배를 곯은 적이 없었다.

1941년 봄, 토미는 식당 페르아슈발에서 소르본 대학생 그룹과 만난다. 대부분 공산주의자에, 1940년 6월 결성된 프랑스 최초의 레지스탕스 그룹 가운데 하나인 '인류 박물관 연대'의 멤버들이었다. 몇몇 레지스탕스 그룹들의 연합체인 이 조직의 일원 중에는 『U 전선의 가입자』의 매력적인 저자이자 장 비고 상**의

---

* 유대교의 상징인 다윗의 별 모양의 노란색 배지. 나치 독일이 유대인을 사회에서 격리하기 위해 강제로 이 배지를 달게 했다.
** 프랑스의 독창적이고 재능 있는 영화감독에게 주어지는 상으로, 영화감독 장 비고의 이름에서 따왔다.

창시자인 클로드 아블린, 그리고 20세기의 가장 위대한 프랑스 작가 가운데 한 사람인 미셸 레리스도 포함되어 있었다. 이 조직의 주된 활동은 런던에 정보를 제공하는 일과 로네오 등사기로 발행한 기관지 〈레지스탕스〉를 배포하는 일이었으나, 1941년 초에 대부분 와해되었다. 발기인 보리스 빌데를 포함해 조직원 중열 명이 사형을 언도받고 1942년 2월 23일에 총살되었다. 하지만 토미가 속한 그룹을 포함한 몇몇 그룹이 투쟁을 이어갔다.

이렇게 해서 토미는 레지스탕스가 되었다. 레지스탕스가 되어야 할 이유라면 숱하게 많던 시절이었다. 그렇지만 실제로 과감히 뛰어드는 사람은 극소수였다. 그리고 그 극소수의 인물들 가운데 토미처럼 불과 열여섯 살짜리는 정말 드물었다.

토미가 학교에서 나와 집으로 돌아가는, 언뜻 보기에는 별것 아닌 이 시퀀스에서 모든 이야기가 시작되었다. 청년이 된 토미가 처음으로 모습을 드러내는 장면이자 가브리엘이 등장하는 첫 장면. 여기서 뭔가 일이 일어났다. 가브리엘이 평소와는 전혀 다른 식으로 걸었던 것이다. 그건 평소 그의 걸음걸이가 아니었다. 그는 뻣뻣하게, 어찌 보면 거침없이, 고개를 살짝 앞으로 내민 채 가방을 쥔 손을 몸에 꼭 붙이고 걸었다. 첫 촬영의 순간부터 가브리엘은 자신의 토미를 만들고 있었다. 준비 단계 때는 예측

할 수 없었던, 그야말로 기적 같은 자연스러움이 배어 있었다. 나는 그 야외촬영 첫날, 가브리엘의 내면에 토미가 얼마나 스며 있는지를 깨닫고 전율했던 기억이 난다. 그 전에 가브리엘이 토미처럼 옷을 입고 머리모양을 하고 나타났던 때보다 훨씬 더. 당시 그는 깜짝 놀라는 나를 보고 소리 없이 웃으며, 정말이지 이런 치욕적인 촌티 패션에는 영원히 적응이 안 될 거라고 말했다.

루이르그랑 고등학교의 빈 복도. 10초쯤 고요함과 침묵이 흐른다. 왼쪽으로 길게 이어진 교실들과 오른쪽의 커다란 창문들을 위에서 잡은 모습. 수업하는 교사들의 목소리만 들려온다. 갑자기 종이 울린다. 문들이 열리고 학생들이 와글거리며 일제히 복도로 쏟아져나와 카메라쪽으로 다가왔다가 지나간다. 마침내 저멀리 토미의 모습이 나타난다. 그는 학생들 틈에서 한 친구와 이야기를 나누며 다가온다. 소음 속에서 그의 목소리가 들린다.

"……나쁜 놈이야! 상황을 뻔히 알면서 독일에 대해 그런 식으로 말하면 안 되지. 지금 폴란드 유대인들이 어떤 꼴을 당하는지 알면서 말야. 폴란드에선 유대인들이 모조리 게토에 갇힌다고!"

"그만해, 엘레크…… 증거도 없잖아. 너도 그저 모스크바의 선전을 들은 것뿐이라고…… 조심하는 게 좋아. 너, 전단을 갖고 돌아다니는 건 썩 신중한 짓이 못 돼. 공공연히 총사령관을 욕하고, 네가 유대인이라 말하고 다니는 것도……"

"난 페탱이 죽을 때까지, 그자가 총살될 때까지 외치고 다닐 거야!"

밀려오는 학생들 틈에 섞인 두 소년을 계속 좇는다. 그들은 계단으로 접어들고, 조금 전 이야기에 열중한 두 사람 옆을 지나쳐 간, 넥타이를 매고 머리에 포마드를 바른 학생이 다섯 계단쯤 밑에서 토미를 돌아보며 소리친다.

"엘레크, 너 같은 외국인, 거기다 유대인은 입을 닥치고 있는 거야!"

토미가 계단을 펄쩍 뛰어내려가 그를 넘어뜨리고 주먹질과 발길질을 해댄다. 학생들이 달려들어 토미를 떼어놓는다.

이 시퀀스는 모든 것이 시작되었던 바로 그날, 라탱 지구의 거리를 걸어 집으로 돌아가는 장면을 찍은 직후에 촬영되었다. 첫 컷은 리허설을 열 번 이상 했는데, 수많은 어린 엑스트라들이 카메라에 매우 가깝게 잡히면서 연기가 어색해진데다 어수선한 소음 가운데 두 아이의 대화가 또렷이 들리게 녹음하는 것도 까다로운 탓이었다. 이 장면에서 토미의 목소리가 들린다. 어떤 목소리인가? 30~40년대 파테나 고몽 영화관의 뉴스에서 들을 수 있는, 옛날 배우 혹은 '라디오 파리'의 아나운서 같은 특징 없는 목소리? 아니다. 목소리는 그렇게 연극적이지 않고, 과도한 억양도 없으며, 당시의 유행처럼 길게 끌지도 않고, r 음을 목구멍에서 내는 파리풍도 아니고, 그렇다고 r 음을 굴리는 시골풍도 아니다…… 그런데도 어쨌거나 요즘 아이들의 목소리와는 다르다. 음색으로 보면 오히려 그 시대의 목소리 같다. 반세기쯤 흐르면 사람들의 기질이나 체형, 얼굴형뿐만 아니라 음색도 변하는 법이다. 가브리엘이 어떻게 그 목소리를 낼 수 있었는지 도무지 불가사의였다. 걸음걸이와 마찬가지로 목소리도 그 아이 본래의 것이 아니었으니까. 토미의 옷과 머리모양이, 나아가 소품과 장식으로 완성된 이 세트 전체가 그런 목소리를 저절로 불러냈다고는 생각되지 않는다. 그가 입 밖으로 내기 전에 애써 찾아낸 목소리라고도 생각되지 않는다. 그날 그 목소리를 처음 들으면서, 나는 오히려 그 목소리가 그를 찾아온 것이라는 생각이 들었다.

그날, 가브리엘의 촬영 첫날부터 그 걸음걸이를 보고 목소리를 듣고서 이건 혹시 빙의가 아닌가 하는 생각이 스쳤다. 백 번쯤 자문해본 결과였다. 그런 초자연적인 심령현상에 대해서는, 솔직히 그렇게 황당한 일은 상상도 해본 적이 없었다. 그렇다, 괜한 생각일 터였다. 토미가 스크린에서 부활하기를 바라는 나의 간절한 기대에서 생겨난 기이한 현상에 불과할 터였다.

목소리에 대해 묻자 가브리엘은 전혀 다른 설명을 내놓았다. 그는 원래 흉내를 좀 내는 편이라고 쿨하게 대답했다. 꽤 많은 유명인들의 성대모사를 할 수 있으며, 버릇이나 몸짓도 간단히 흉내낼 수 있다고. 그러므로 토미의 목소리를 내는 것도 어렵지 않았단다. 그저 목소리를 들었기 때문이라고. 그렇다, 죽은 자의 목소리를, 녹음된 적 없는 그 목소리를 그는 들었다고 했다. 사진—특히 촬영 날 아침, 한 번 더 기억을 되살리라는 뜻에서 내가 그에게 건넸던 사진—을 들여다보다가 그는 목소리를 들었다는 것이다. 알파벳 모음자 하나하나가 알록달록 각각의 색깔을 띠고 음정들이 제각각의 형태를 가진 듯이 말없는 얼굴이 목소리를 들려주고 부동의 몸뚱이가 몸짓과 걸음걸이를 보여줬다고 그는 말했다. 참말일까 거짓말일까? 나는 자문했다. 하지만 사실 어느 쪽이건 내게는 별 의미가 없었다. 거짓말이라면, 그런 걸 지어내는 것 또한 그가 가진 공감각적 재능인 듯해 마음에 들었기 때문이다. 어쨌거나 그 점이 내 눈에는 갈수록 커지는 가브리엘의 불가사의였다. 게다가 연기 지도처럼 피곤한 일도 없는데다 아마추어나 초보 배우의 경우는 더욱 그랬으니, 나는 그가 첫날부터 일찌감치 자신의 토미를 찾아낸 이상 일일이 내가 손을 댈 필요가 없다는 사실에 기뻤다. 그가 정말로 누구를 죽이는 일만 없도록 조심하면 될 것 같았다.

무슨 말인가 하면, 걸음걸이와 목소리 다음은 분노였기 때문이다. 리허설을 열 번이나 했던 계단에서의 싸움 장면은 하마터면 젊은 배우 한 명을 병원으로 보낼 뻔했다. 단번에 오케이가 난 그 장면을 촬영한 직후 상대 배우가 거의 일어나 앉지도 못했던 것으로 보아 가브리엘은 힘을 전혀 조절하지 않은 게 분명했다.

엘렌은 그 장면을 언급하며 사람들이 달려들어 떼어놓지 않았더라면 그애는 그 소년을 죽였을지도 모른다고 기록한다. 그 일은 1941년 6월 루이르그랑 고등학교에서 일어났다. 그 일이 있던 당일, 혹은 그 이튿날, 어쨌든 6월 12일에 토미는 학감에게 불려갔다. 날짜는 학교의 문서고에 보관되어 있던 그의 생활기록부에 기록되어 있다. 선량한 사람이었던 학감은 토미에게 그의 분노는 이해하지만 그렇다고 그게 사람을 죽도록 때릴 만한 이유는 아니라고 타일렀다. 토미는 학감에게, 아마 가벼운 처분이었을 징계 내용을 일러줄 틈도 주지 않았던 듯하다. 엘렌에 따르면―1942년이라 말한 것으로 보아 그녀는 연도를 잘못 알고 있었다―이 순간 토미의 결정은 이미 내려졌지 싶다. 그는 학감에게 감사를 표한 다음, 학교를 그만두고 레지스탕스에 들어가겠다고 선언했다. 그의 이름, 헝가리 국적, 생년월일과 출생지, 몽타뉴생트준비에브 거리 42번지라는 주소, 그리고 그가 제1외국어로 영어를, 제2외국어로 독일어를 선택했다는 사실이 손글씨로 적힌 누르스름한 생활기록부 여백에는 중요한 정보가 세로로 한 줄 더 적혀 있었다. 1941년 6월 12일 자퇴.

1942년이 아니라 1941년 6월 12일이다. 내 영화에는 조금도 중요하지 않을뿐더러 그 장면만 보고서는 그 일이 있었던 날짜에 대해선 아무도 알 수 없었다. 그러나 나는 토미에 대해 전부 알고 싶었고, 아직 사라져버리지 않은 모든 흔적을 찾아내고 만지고 느끼고 싶었다. 나는 계단실에 앉아보고, 똑같은 길을 걸어보고, 벽을 더듬어보았다. 1941년 6월 12일, 토미는 열여섯 살이었고, 그날은 목요일이었다. 벌써 몇 주 전부터, 정확히는 바로 한 달 전인 5월 14일 파리의 유대인들에 대한 첫 일제 검거 소식을 들은 이래 토미에게 프랑스어와 독일어 수업은 의미를 잃었으리라. 유대인인데다 특히 공산주의자 대학생들과 잦은 교류가 있었으므로 그는 이 일제 검거에 대해 세세한 사항까지 알고 있었다. 5월 13일, 정규 이민자이지만 외국인—대부분이 폴란드인—이거나 무국적자인 18세에서 60세 사이의 유대인 남성 6494명이 소환장을 받았다. 소환장에는 이튿날 아침 당국에 출두하라고 쓰여 있었다. 현상황을 파악하고자 하니 X씨(그 뒤에 주소와 생년월일이 적혀 있었다)는 가족이나 친구 한 명을 동반하고 아침 7시에 (소집 장소, 즉 에두아르파예롱가의 차고, 투렐 병영, 미님가의 병영, 자피 체육관이나 다른 몇 이름)로 출두해주십시오. 지정된 날짜와 시간에 출두하지 않으면 엄히 처벌될 것입니다. 나중에 이른바 '녹색 통지서'라 불리게 될 소환장에는 각자가 사는 구의 경찰서장 서명이 되어 있었다. 3710명의 유대인이 이 소집에 응했다. 현상황의 파악. 그들은 신분이 확실했고, 따라서 거리낄 게 없었다. 가족이나 친구를 한 명 데려오라는 말은 물론 좀 이상했지만 아마 증인이나 보증인으로서 서명이 필요한 것이리라…… 실상, 소환인의 배우자나 친구는 집으로 돌아가 소환인의 개인 소지품 몇 가지를 챙겨 다시 오라는 지시를 받았다. 소환된 사람들은 즉각 체포되어 피티비에 수용소와 본라롤랑 수용소로 보내졌다. 나중에 이들은 독일로 끌려가 대부분 돌아오지 못했다. 1940년 10월에 이미 유대인들은 경찰청에 신분등록을 해야 했고, 상인들의 경우 '유대 상점'이라고 쓰인 표찰을 가게 진열창에 붙여야 했다(엘렌은 1942년 여름까지 이를 면제받았다). 여세를 몰아 유대인 신분 공표가 이어졌고, 그로 인해 교사, 고위공무원, 언론과 영화 관련 직종 등 많은 공직과 직업군에서 유대인이 축출됐다. 그러다 1941년 봄, 돌연 대대적인 유대인 검거와 체포가 시작되었다. 처음에는 차별받았고, 나중에는 범죄자와 똑같이 취급되었다. 5월 말 토미의 학교에서 싸움이 터지기 보름 전쯤, 공산당은 반유대주의를 무찌르자! 단결하자! 라는 전단을 수만 장 찍었다. 이민노동자 조합 유대인 지부는 볼테르, 루소, 위고, 졸라, 조레스의 글을 인용하는 또다른 전단을 간행해 프랑스인들에게 5천 명의 무고한 체포자와 파산한 5천 가구, 기아와 빈곤에 처한 어린아이들의 부당한 처지에 항의할 것을 호소했다. 그 전단들 일부를 토미가 배포했을 가능성도 없지 않다. 토미가 레지스탕스에 들어가기 위해 학교를 그만둔 것은 프랑스에서 대규모 유대인 체포가 시작되었을 때와 같은 시기였다. 유대인은 입을 닥치라고 했던 유대인 혐오자 동급생의 모욕도 있었지만, 틀림없이 이 또한 이유가 되었으리라.

촬영 날 아침 내가 가브리엘에게 건넸던 사진은 학교의 문서고에서 찾아낸 것이었다. 1940~1941학년도 학급별 사진이 보관된 상자 속에서 1학년 B반의 사진이 기적처럼 나타났다. 학생 마흔두 명이 얌전하게 다섯 줄로 서 있다. 미소를 지은 학생은 거의 없고, 몇 명쯤 있다 해도 서글픈 미소다. 점령기의 아이들에게는 힘든 시기였다. 학생들의 아버지들 중에는 투옥된 사람도 있었고, 대개가 배불리 먹지 못했으며 옷도 없었다. 유대인 학생들은 공포에 떨었다. 마흔두 명 중 넥타이를 매지 않은 학생은 열 명으로, 아마 노동자나 수공업자의 자녀들이리라. 토미도 그 가운데 하나다. 네번째 줄, 왼쪽에서 세번째. 카메라를 향해 빈정대는 듯한 그 얼굴을 알아보지 못하기란 불가능하다. 밖에서는 나치가 파리를 제압한 와중에, 얼마 전에는 유대인의 신분 규정이 공표된 참이다. 미래가 더없이 불확실해 보이는 이 시기에 학급 사진 촬영 따위가 그에게 무슨 의미가 있었을까. 몇 월에 찍은 사진인지는 알 수 없다. 옷차림으로 미루어 1940년 가을이나 1941년 봄으로 짐작된다. 아마 토미는 아직 열여섯 살이 되지 않았을 것이다. 그의 옷차림은 영화 속에서와 똑같다. 라운드넥 스웨터는 엘렌의 솜씨리라. 재킷의 옷깃을 덮도록 셔츠 목단추를 여러 개 풀어제친 사람은 토미뿐이다. 위축된 기색이라고는 전혀 없다. 그의 오른쪽에는 안경을 끼고 귀가 툭 튀어나온, 역시 넥타이를 매지 않고 스카프를 두른 목깃이 너덜너덜한 재킷 차림의 학생이 서 있는데, 어쩌면 유대인이고 어쩌면 공산주의자일 그 학생이 토미와 제일 친한 친구였으리라 나는 확신한다. 만일 살아남았다면 그는 교사나 기자가 되었을지도 모르겠다. 토미 왼쪽의, 한눈에도 약아 보이고 넥타이를 매고 안경알 너머 날카로운 눈빛이 번득이는 그 학생은 아마 행정 쪽에서 경력을 쌓아 정부 각료쯤 되었을 듯싶다. 토미는 두 학생 사이에 수수께끼처럼, 작열하는 횃불처럼 서 있다. 그가 장차 어떻게 될지는 아무도 상상할 수 없지만, 그 횃불이 순식간에 타올랐다 스러진다 해도 놀랍지 않으리라.

루이르그랑 고등학교의 문서고에는 토미가 학업을 중단한 학년도의 비참한 성적표도 보관되어 있다. 실제로 토미는 공부를 거의 등한시했다. 역사는 공부를 별로 안 함, 프랑스어는 공부가 불충분함, 영어는 열심히 했으면 우수했을 것, 수학은 공부가 너무 부족하며 결석이 잦음…… 어떤 과목도 이런 평가를 면하지 못했다. 2학기 말에 용인할 수 없는 학업 태만을 이유로 학년주임은 퇴학 경고를 주었다. 그는 스스로 학교를 그만둔다. 고상한 지식 전수만 고집하는, 그렇지만 유대인 학생들—선생들은 이미 축출된 뒤였다—은 달갑잖은 존재가 된 학교가 그로서는 정말 견디기 힘들었을 것이다. 그곳은 냉혹하고 헛되고 부당한 장소, 세상의 폭력적 진실과 너무 가까우면서도 너무 먼 장소였다.

토미가 문을 지나가려 할 때 누가 부르는 소리가 들린다.

"잠깐! 학생!"

그가 뒤를 돌아본다. 그의 뒤에 서 있던 한 남자가 키파*를 건넨다.

"모자를 써야 하는 걸 모르나?"

토미는 당황해서 키파를 받아들고 어색하게 머리에 얹는다. 문을 열고 들어가자 회당의 기도실이 보인다. 안은 어둡고, 아무

---

* 유대교 남자들이 쓰는 작고 챙이 없는 모자.

도 없다. 구석에 전등 하나만 켜져 있다. 토미는 장의자들 사이 한가운데 통로를 걸어 제단, 다윗의 별로 장식된 '비마'*를 향해 나아간다. 그는 주위를 찬찬히 살피고, 몇 번 뒤를 돌아본다. 제단 앞에서 그는 일곱 개의 가지가 달린 큰 촛대와 그 밖의 자잘한 물건들을 한참이나 눈여겨본다. 그런 뒤 반대 방향으로 통로를 다시 지나온다. 그의 뒷모습이 점차 멀어지다가 밖으로 사라진다.

당시 프랑스의 많은 유대인, 아마도 유대인 가운데 대부분은 자신들의 뿌리를 잊지 않고 있었다. 그러므로 자연스럽게 유대교인이 되었고, 혹은 엘렌이 토미에 대해 얘기한 것처럼 '유대교인이 되는 것'이란 무엇인지 알려고 애썼다. 그랬다, 토미는 한동안 유대교인이 무엇인지 알려고 애썼다. 그리하여 난생처음이자 아마도 마지막으로 회당을 찾았다. 그의 집에서 가까운, 우리가 실제로 촬영했던 보클랭가의 회당이었을 것이다. 나는 그가 놀랐을 거라고, 아무것도 이해할 수 없었을 거라고 상상했다. 유대교 회당은 그에게 수수께끼이며, 복잡하고 해독 불가능한 존재였으리라고. 토미는 학업을 포기한 것과 똑같은 이유로 회당에 더이상

---

* 유대교 회당에서 경전을 읽는 작은 단상.

가지 않았다. 그렇지만 허세였는지 박해자들에 대한 도전이었는 지, 그는 자신이 유대인이라고 아무에게나, 언제 어디서나 부르 짖고 싶어했다. 무모한 짓을 저지르기에 최적의 나이이긴 했지 만, 유대인 일제 검거 초기에는 사실 그런 행동에 꽤 거침없고 집요한 의지가 필요했다. 별 대단한 가치는 없었던 전단을 붙이 는 작업보다도, 자신이 유대인이라며 빳빳이 고개를 쳐들고 다 니는 것이 그로서는 최초의 위험한 저항 행위였던 셈이다. 그는 절대 노란 별을 달지 않았다. 적어도 박해자들이 원한 것처럼 모 욕의 표지로서는. 1942년 여름까지, 그는 그 노란 별을 차라리 붉은 천에 꿰매어 황소의 뿔 앞에서 흔들리라 결심했다.

그날 아침 가브리엘은 입도 열지 않고, 연습도 거의 하지 않았 다. 회당에서 그는 걱정이 될 정도로 멍한 상태였다. 분장을 마 친 뒤 키파를 쓴 채 맨 뒷줄 의자에 앉아 다른 준비 과정에 무관 심한 듯 하염없이 천장만 바라보고 있었다. 그런 모습은 처음이 었다. 아직 촬영 초기인데 그가 너무 일찍 이런저런 제약이나 긴 대기시간에, 그리고 끔찍한 그 머리모양에 진저리가 난 것은 아 닌가 싶었다. 나는 괜찮냐고 물었다. 그는 나를 쳐다보지 않은 채 아니라고, 별로 괜찮지 않다고, 실은 유대교 회당에 들어온 것이 처음이고, 예전에 성당에서도 이런 거북함을 느꼈다고 덧붙였다. 정확한 이유는 설명할 수 없지만 그는 이런 장소들이 싫었다. 그저 이런 데서는 모든 것이 거짓처럼 보일 따름이었다. 그리고 그 거북함을 잊는 유일한 방법은 딴생각을 하는 것이었다. 그저 잠자코, 거기 없는 사람처럼 앉아서.

　매 컷마다 단번에 촬영을 마쳤다. 그에게 불가해한 장식들을 쳐다보며 공허한 눈빛을 해달라거나, 통로를 걸어들어갈 때보다 돌아올 때 좀더 속도를 내달라거나 하는 주문을 할 필요는 전혀 없었다. 목소리, 걸음걸이, 눈빛만으로 단번에 토미가 된 점도 놀라웠지만, 무엇보다 내게 인상적이었던 것은 회당에서 가브리엘이 느꼈던 그 거북함이었다. 그 또래의 소년이 나처럼 무심한 태도에 그치지 않고 필사적으로 벗어나려는 모습에는 야릇한 구석이, 동시에 가슴을 찌르는 뭔가가 있었다. 왜냐하면 그의 마음속 밑바닥에는 필연적인 불행이, 그야말로 사활이 걸린 문제라 어떻게 해서든 치유하고 싶은 상처가 있을 것이기 때문이다.

　내가 그날 이 모든 것을 이해했던 건 아니다. 시간이 흐를수록, 3세기에 걸친 기도들에 젖은 벽으로 둘러싸인 이 오래된 회당에서 최초의 기적이 일어났다는 사실을 조금씩 이해했을 뿐이다. 이제 토미는 없어도 가브리엘이 나를 감동시켰다. 스케이터의 매끈한 얼굴 밑에, 거의 초자연적인, 심지어 내 눈에는 갈수록 발전중인 재능을 지닌 배우의 얼굴 아래 그의 고뇌가 숨겨져 있었다. 그리하여 나는 그를 사랑할 수밖에 없었다.

  보통의 경우라면 그냥 지나쳤을, 예기치 못한 감정이었다. 감독은 자기 배우들과 거리를 유지하는 편이 바람직하다. 토미를 사랑하고 싶지 않았던 것과 마찬가지로 나는 가브리엘을 사랑하고 싶지 않았다. 관계의 성질은 전혀 달랐음에도 나는 전염과 혼란이 두려웠다. 게다가, 애초에 핀게르츠바이크나 바이스브로트가 아닌 토미를 택한 것은 감정이입을 피하기 위해서, 나의 이전 영화들에서처럼 내 마음이 멋대로 흘러가다가 암초에 걸리는 일을 피하기 위해서가 아니었던가.

그후 파리에서 밤 시퀀스를 몇 개 찍었다. 토미와 몇몇 대학생이 벽에다 붉은 페인트로 프랑스 만세라고 글씨를 쓰는 장면, 토미와 벨라가 전단을 벽에 붙이는 장면이었다. 야간촬영 내내 가브리엘은 말이 없고 침울했다. 그는 다른 배우들과 거리를 두었고, 벨라 역을 맡은 어린 앙투안에게 눈곱만한 친근감도 보이지 않았으며, 스태프들의 작업에도 전혀 관심이 없었다. 내가 묻자 그는 시시한 멍청이들인 다른 배우들과 촬영 사이사이의 바보 같은 대화를, 또 몇 시간이고 오락기에만 달라붙어 있는 앙투안을 참고 봐줄 수가 없다고 대답했다. 가브리엘은 까칠해졌다. 나는 토미의 루이르그랑 동창생이었던 인물이자 이젠 여든네 살의 걸출한 식물학자가 되어 있는 로베르 부르뒤에게서 받은 편지에 토미가 다른 아이들과 별로 어울리지 않는 키 큰 금발 아이였다고 쓰여 있던 것이 떠올랐다. 그렇지만 가브리엘이 토미 역에 완전히 몰입했다는 사실만으로 가브리엘의 저 언짢은 기분을 충분히 설명할 수 있을까? 촬영장 밖에서는 무얼 하는 걸까? 나는 가브리엘의 엄마한테 전화했다. 그녀는 최근 아들을 통 보지 못했다고, 그나마 얼굴을 볼 때도 시무룩하니 말도 세 마디 이상 하지 않더라고 했다. 그런 모습은 처음 본다고도 덧붙였다. 촬영이 잘 안풀리는 탓인 줄 알았다는 그녀의 말에 나는 얼른 부인했다. 촬영은 가브리엘 덕분에 오히려 아주 순조롭다고. 가브리엘은 카메라 앞에서 늘 나를 놀라게 한다고. 실은 카메라 앞이 아닐 때도 나를 놀라게 한다는 말은 참았다. 어쨌거나 그는 점점 더 내게 불가결한 존재, 나를 풍요롭게 하는 존재가 되어갔다. 그의 완고해 보이는 분위기에 감춰진 뭔가가 나를 걱정시키는 동시에 매료했다. 그의 성마름과 과민함이 촬영장 분위기를 무겁게 만들 때도 있었지만 그런 야릇함마저 나는 좋았다. 마치 아직 어린 제 인생의 하찮음을 북북 지워버리고 난공불락의 근엄함을 뒤집어 쓰고 있는 것처럼 보였다. 그런 태도 때문에 다른 배우들과 스태 프들은 그가 자신들을 무시한다고, 스타라도 된 줄 알고 거들먹 거린다고 오해했다. 그들은 촬영이 화기애애한 분위기 속에서 진행되기를 바랐을 것이다. 그러나 가브리엘은 촬영 초기에 현장 분위기를 망치는 일이라면 전부 골라 했다. 그가 촬영을 시작하면 분위기가 팽팽해졌다. 스태프들은 늘 긴장을 놓지 못했다. 덕분에 매일 저녁 편집용 필름을 보면서 나는 가브리엘이 등장하지 않는 몇 안 되는 짧은 시퀀스들에서조차 놀랄 만큼 밀도 있는 영상을 발견할 수 있었다.

맑은 여름날, 센강 변. 토미와 남동생 벨라와 여동생 마르트가 델리니 수영장 입구로 들어간다. 사내아이들은 반바지에 반팔 셔츠, 마르트는 얇은 원피스를 입었다. 엘레크가의 아이들은 "유대인 이용 금지 시설"이라 적힌 계산대 앞에 줄을 선다. 차례가 되자 토미가 입장권을 석 장 산다. 잠시 후 수영복을 입은 아이들이 수영장 한편에서 다른 아이들과 장난을 치는 모습이 보인다. 거기서 합류한 친구들이거나, 햇빛과 물을 만끽하러 온 태평한 젊은이들 가운데 그날 새로 사귄 아이들인지도 모른다. 수영장을 둘러싼 아케이드 아래도 물속도 인파로 넘친다. 여러 소음과 사람들 목소리로 어디나 몹시 시끌벅적하다. 토미는 물속으로 뛰어들어 완벽한 자유형으로 수영장을 가로지르고, 벨라가 그런 그를 감탄어린 눈빛으로 보고 있다.

1942년 7월 8일, 유대인들의 공공 문화시설 및 오락시설 출입

금지령이 발표된다. 거기에는 술집, 식당, 영화관, 극장, 도서관, 박물관, 역사적 건물, 경마장, 경기장, 수영장이 포함되었다. 토미는 비시정부의 반유대 조치에 최대한 맞섰다. 2월부터, 그는 저녁 8시 이후 유대인 야간 통행금지를 지키지 않았고, 노란 별도 달지 않았으며, 가고 싶은 곳이라면 어디든 갔다. 엘렌은 아들이 하찮은 일에 목숨을 건다며 화를 냈다. 그건 저항이 아니라 바보짓이야. 저항을 하고 싶으면 무기를 들어 저들을 죽여라. 하지만 지금처럼 바보짓을 한다면 저들이 먼저 널 아우슈비츠로 보낼 거다. 당시 그녀가 '아우슈비츠'라는 이름을 벌써 알고 있었을 리는 없다. 그저 서른 해가 흐른 뒤 그 시절의 분노를 떠올리다보니 자연스레 말이 흘러나왔던 것이리라.

토미는 수영을 잘했고, 자주 수영장에 갔다. 1942년 여름 유대인에게 금지령이 내려진 며칠 후에도 그가 수영장에 갔으리라고 나는 상상했다. 예를 들면 그해 7월 29일 수요일, 파리의 기온은 28도에 육박했고, 야외수영장들은 방학중인 고등학생들로 북적였다. 유대인 젊은이들에게는 그 역시 하나의 반항이었다. 그렇지만 그저 반항심만으로 그러는 것은 아니었다. 갈수록 숨이 막히는 분위기 속에서 이 태평한 순간들이 잠시나마 숨통을 틔우고 마음을 가라앉혀주었다. 그 나이대의 유대인 젊은이들은 대개 신중을 기하느라 저희들의 청춘을 포기하는 법이 없었다.

체포 혹은 조직의 안전을 해칠 위험이 있더라도 금지되었던 약간의 즐거움을 만끽하려는 그들을 어떤 명령이나 지침도 막지 못했다. 1943년 8월 10일, 16일, 20일 그리고 나치친위대의 리터 장군을 암살하기 한 달 전인 28일, 당시 스무 살의 마르셀 라이만은 열다섯 살의 동생 시몽과 다른 친구들 몇몇과 함께 팡탱과 투렐의 수영장으로 기분전환을 하러 갔다. 이 사실은 그들을 미행했던 프랑스 경찰의 기록을 통해 알 수 있다.

1941년부터 점령지의 유대인들 상황은 매우 심각해졌다. 8월에 파리의 서민 동네에서 검거된 4천 명 이상의 유대인들이 그전까지는 전쟁포로만 수용했던 드랑시 수용소에 수용되었다. 이 시기에 폴란드와 루마니아에서 독일군에 의해 유대인이 대규모 학살되었다는 최초의 정보가 '라디오 모스크바'를 들은 공산주의자들을 통해 프랑스에 알려졌다. 일부 유대인은 이제 자유만이 아니라 목숨까지 위태롭다는 두려움에 사로잡혔다. 겨울 동안 드랑시 수용소의 가혹한 상황이 알려지기 시작했다. 1942년 3월, 콩피에뉴와 드랑시에 수용되었던 유대인들이 어딘가로 후송되기 시작했다. 이것이 프랑스의 유대인 말살의 서막이었다. 6월 7일, 점령지에 거주하는 여섯 살 이상의 유대인에게 노란 별 착용이 의무화되었다. 7월 16일과 17일, 4천 명의 어린이를 비롯해 수많은 고령자, 환자, 장애인을 포함한 1만 2천 명의 파리 지역 유대인이 벨디브 일제 검거로 체포되었다. 남자들을 독일에 노동자로 파견하기 위해 이뤄진 일이 아니라는 점은 곧 분명해졌다. 그리고 그 분명함 너머에서 추측들이 난무했다. 대체로 비극적인, 그리고 매우 불길한 추측들이.

페르아슈발의 출입문 유리에는 **위디셰스 게셰프트**, '유대 상점'이라고 적힌 흰색 표찰이 길에서도 잘 보이게 붙어 있다. 독일군 장교가 문을 밀고 들어가 엘렌과 손짓으로 인사를 나누고 얼마 남지 않은 빈 테이블로 향한다. 장교는 재킷을 벗어 의자에 걸쳐 둔 후 자리에 앉는다. 엘렌이 다가가 간단한 대화를 나눈 뒤 주문을 받는다. 카메라는 부엌으로 향하는 그녀를 따라가다 멈추고 다른 테이블을 가까이 비춘다. 토미가 짙은 푸른색 셔츠를 입은 뒷모습만 보이는 사내와 마주앉아 있다. 토미는 소매를 걷어 올린 체크무늬 셔츠를 입고 있다. 사내가 낮은 목소리로 이야기를 한다. 억양으로 보아 루마니아인이 틀림없다.

"친구들이나 여자친구가 있나? 자주 만나는 사람들 있어?"

"아뇨, 우리 그룹은 전부 흩어졌어요. 지금은 만나는 사람이 아무도 없어요."

"그럼 학교 친구들은?"

"학교는 1년 전에 그만뒀어요. 친했던 애들 둘하고도 요즘은 거의 안 만나고요."

"잘됐군. 부모님 품을 떠나 철저히 혼자 숨어서 위조 신분증을 가지고 새로운 신분으로 살아갈 각오는 되어 있고?"

"그래야 한다면요."

"그래야 할 거야. 일단 그냥 가만히 대기하고 있어. 내가 조만간 널 분대장인 아담에게 소개할 거야. 그동안 소개서를 준비하고 기다려. 너와 부모님, 학력, 그 밖에 네가 한 일을 적으면 돼."

토미는 이런 절차가 우스꽝스럽다는 듯 소리 없이 웃으며 고개를 숙인다.

"토미, 날 봐."

"알았어요, 조니, 보고 있잖아요." 토미가 여전히 웃으면서 대답한다.

"만일 우리 조직에 들어오면 넌 군인이 되는 셈이야. 전시에 군인이 되는 거라고. 넌 우리보다 압도적으로 강한 적과 맞서야 해. 이 말은 곧 네가 굴복하게 되고, 고통받고, 십중팔구 죽을 거란 소리야."

"그래야 한다면 그러죠……" 토미가 조니의 눈을 똑바로 바라보면서 말한다.

"그리고 가명을 생각해둬. 조직에선 아무도 본명을 안 쓴다."

"그거라면 벌써 있어요. 토미."

1942년 8월, 고등학교를 그만두고 1년 후, 토미는 이민노동자 의용유격대에 지원했다. 이 조직의 주된 임무는 테러 행위로 점령군의 사기를 떨어뜨리는 일이었다. 기본적으로 독일군 분견대, 혹은 그들이 자주 가는 장소에 수류탄이나 사제폭탄을 투척하는 일. 사실상 테러리스트이기는 하지만, 사상자를 내거나 민간인들에게 공포를 조장하는 게 아니라 어디까지나 점령군의 사기를 저하시키는 게 목적이었다. 그 이전 몇 달 동안 토미의 저항활동도 사실상 상당히 위험한 수준이었는데, 그는 주로 소르본대학 학생들과 함께 전단을 배포하고 벽보를 붙이고 벽에 낙서하는 일을 해왔다. 그런데 리더 중 한 명이 체포되면서 그룹이 와해되었다. 체포된 리더는 엘렌이 '랄루'라 부르던 인물로, 이후 독일군에게 총살되었다. 그로써 토미는 파리에서 유대인의 상황이 매우 심각해지던 시기에 아무 활동도 못하게 된 셈이었다.

이민노동자 의용유격대가 창설된 것은 1942년 봄이다. 그들은 이미 레지스탕스에 가담하고 있던 공산당의 외국인 당원들인 이민노동자 특수대 투사들을 프랑스 의용유격대 내부에 재규합했다. 기존의 공산당 군사위원회를 대체하는 새 조직이었다. 그 뒤 몇 달에 걸쳐 공산주의 활동가가 아닌 외국인들과 프랑스 국적을 가진 이들 몇몇도 점진적으로 가담함에 따라 파리 지역 이민노동자 의용유격대 안에 네 개 분대가 창설되었다. 제1분대는 루마니아인과 헝가리인, 제2분대는 폴란드 유대인, 제3분대는 이탈리아인이 중심이 되었고, 이후 열차 탈선 테러를 전담하게 되는 제4분대는 특히 온갖 국적의 스페인 내전 참전자 출신들로 구성되었다. 네 분대 외에 '특별팀'도 추가되는데, 이들은 가장 위험하고 이목이 집중되는 작전을 도맡았다. 1943년 2월 이후 몇몇 아르메니아인들이—그중 가장 유명한 인물이 미사크 마누시앙, 일명 '조르주'였다—여기 가담하게 된다. 마누시앙은 1943년 8월부터 11월까지 넉 달 동안 파리 전역의 이민노동자 의용유격대를 이끄는 전술지휘관이었다. 그렇지만 사실상 '마누시앙 그룹' 같은 것은 존재하지 않았다. 전임자의 이름을 붙인 '홀반 그룹'이나, 후임자의 이름을 딴 그룹이 존재하지 않았던 것처럼.

각 분대는 작전에 따라 엄격히 구분되었다. 그렇지만 대원들이 분대를 옮기는 경우도 있었는데, 특히 1942년 11월, 제1분대가 프랑스 경찰에 의해 최초로 와해되었을 때 그런 일이 있었다. 이때 남은 일부 대원들은 다른 팀에 배속되었다. 토미도 그 경우였다. 1942년 8월 가담 당시 그는 일단 제1분대로 들어갔다. 분대장인 '아담'의 본명은 에드문드 히르슈였다. 그는 12월에 체포되었고, 수용소에서 돌아오지 못했다.

한편 조니로 말하자면, 그는 수수께끼로 남아 있다. 나는 그에 대해 끈질기게 조사해봤지만 아무것도 알아내지 못했다. 이 가명은 프랑스 의용유격대의 공식 발표나 경찰의 미행 결과 보고서에 한 번도 등장하지 않으며 회고록이나 역사책에서도 찾아볼 수 없다. 엘렌의 책만 빼고. 그녀는 그가 루마니아 공산주의자로, 매력적이고 우아하고 용기 있는 젊은이였으며, 토미를 영입해간 사람이라고 회고한다. 그는 토마를 몹시 좋아했다. 그리고 토마는 누군가를 좋아하는 일이 드물었는데, 토마도 조니에게는 큰 애착을 가졌다. 진정한 우정은 아니었다. 엘렌은 또 이렇게 말한다. 나는 레지스탕스 내부에 우정이 존재했다고 믿지 않는다.

조니는 토마를 몹시 좋아했다. 대체 토미의 어떤 점이 몹시 좋아할 만한 점이었을까? 이민노동자 의용유격대의 드문 생존자 가운데 한 명으로 2008년 10월 나와 전화 인터뷰했던 앙리 카라얀이 답을 일러주었다. 토미는 대부분의 다른 대원들과 달리 지식인이었고, 문학 이야기를 즐겨 하는 교양 있는 청년이었다고 했다. 아마 이런 면이 한줄기 빛 같은 위안으로, 일상적인 폭력과 두려움을 누그러뜨리는 뭔가로 비쳤을 것이라고. 시인이자 저널리스트였고, 군인의 감성과는 거리가 멀었던 '조르주', 즉 마누시앙도 똑같은 이유로 다른 조직원들의 사랑을 받았다. 토미가 그를 아버지처럼 좋아했다고 엘렌은 말한다. 그리고 조니처럼 마누시앙 역시 토미를 좋아했는데, 토미가 다른 행동가들과는 달랐기 때문이다. ……그 사람은 아버지야, 그는 나를 다른 사람들과 다르게 대해줘, 라고 어느 날 토미는 엄마에게 말했다.

나는 조니를 여기, 페르아슈발의 테이블 앞에 앉혀둘 것이다. 그의 얼굴은 보이지 않을 것이고 영화에 그가 더 등장하는 장면은 없을 것이다. 그래도 조니가 거기, 어둠 속에 있었다는 걸 가정해야 한다. 그가 역사 속에 그렇게 영원히 남게 될 것처럼 말이다. 엘렌은 그가 체포되었다고만 할 뿐 날짜에 대한 언급은 없다. 그는 상테 감옥에 수감되었다가 다른 수용소로 이송됐다. 전쟁 말기 독일의 노이엥가메 수용소의 유대인들을 후송하던 선박이 침몰해 전원 수장되는 비극이 있었다. 아마 그녀는 은연중에 조니의 운명과 관련해 그 일을 연상했을 것이다. 조니가 토니와 함께 수행했을 수도 있었을 작전에 대해서는 아무런 흔적도 남지 않았으므로 나는 그를 모호하게 남겨둘 작정이다. 게다가 사실 페르아슈발에서의 이 장면은 실제로 일어난 일이 아니다. 1942년 8월 조니는 분명 토미를 영입했고, 그와 비슷한 말을 한 것도 맞을 것이다. 그렇지만 그 일은 다른 곳에서 벌어졌다. 아마 사비니쉬르오르주*에서였으리라 짐작된다. 1941년과 1942년

---

* 파리에서 20킬로미터가량 떨어진 외곽 도시.

두 해 여름 동안 엘렌은 시골에 커다란 집을 한 채 빌렸다. 휴식을 취할 겸, 그리고 파리에서 쫓겨난 온갖 레지스탕스들을 숨겨주기 위해서였다. 그리하여 그녀가 조니를 알게 되고, 토미가 무기를 손에 들고 레지스탕스에들어간 것도 거기서라고 했다.

이런 몇 가지 소소한 부분을 제외하고는 아무것도 지어내고 싶지 않았다. 나는 아무 이야기나 하려는 것이 아니었기 때문이다. 내가 찍는 토미는 적당히 진짜에 적당히 단순화된, 허구와 실제를 대충 버무려 관객이 알기 쉽게 재탄생시킨 인물이 아니었다. 나는 진실만을 그린다. 진실을 부각하고, 옹호한다. 이 영화에서는 모든 것이 사실임을, 그리하여 관객이 맛볼 감동이나 연민이나 증오나 사랑 또한 허구의 영화를 볼 때 느끼는 것보다 훨씬 더 참된 것임을 사람들이 알아주면 좋겠다.

엘렌이 언제 식당 문에 '유대 상점' 표찰을 붙여야 했는지 정확한 날짜는 나도 모른다. 내가 아는 건 경찰의 보고서에 나온 내용, 그녀와 가족이 1942년 8월 사비니에서 돌아와 전에 살던 몽타뉴생트준비에브가에서 조금 아래쪽인 34번지로 이사했다는 사실뿐이다. 페르아슈발을 완전히 닫고 얼마 지나서의 일이다. 식당을 닫은 것은 표찰 때문이었다. 스스로의 안전을 위해서가 아니라 식당의 유대인 손님들을 위해서였다. 나는 독일군이 내 식당에서 내 손님들을 체포해 아우슈비츠로 보내는 것을 원치 않았다. 그러나 표찰을 붙인 채로 한동안은 영업을 했다. 그 표찰로 인해 그제야 엘렌 가족의 진실을 알게 된 독일인 단골손님, 심지어 나치가 틀림없는 손님의 발길이 끊기지는 않았다. 유대인이라면 아이들까지도 모조리 말살시켜야 한다고 말했던 어느 독일 손님이 어느 날 표찰이 붙어 있는데도 아랑곳없이 식당으로 들어와 평소처럼 자리를 잡았다. 그녀가 '유대 상점'인데 괜찮으냐고 물었다. 그는 대답 대신 오믈렛을 주문했고, 식당을 나서며 악수를 청했다. 인간들의 진실은 진부한 허구보다 늘 더 아름답고 더 불가해하다.

식당을 닫은 후 가족에게 전혀 다른 삶이 시작됐다. 생계를 위해 엘렌과 남편은 암시장에서 구입한 옷감과 옷을 독일 군인들에게 팔기 시작했다. 미친 짓으로 보이겠지만, 그들은 심지어 병영에도 드나들었다. 엘렌은 그 기회를 이용해 군인들에게 약간의 반反나치 선전까지 펼쳤다. 그렇게 엘레크 일가는 법률을 어기고—1942년 2월 7일 법령에 의거, 유대인들은 거주지를 옮길 권리가 없었다—몽타뉴생트준비에브르가의 34번지로 이사를 했다. 오늘날에는 녹음이 우거져 매력적이지만 당시에는 상당히 초라했을, 구불구불한 사유지 골목으로 난 문을 열고 들어가면 나타나는 몇 채의 낡은 건물들 가운데 한 채에 딸린 세 칸짜리

집이었다. 토미는 같은 주소지의 다른 건물에 방을 하나 얻었다. 그가 최초의 무장 행위를 시작한 곳이 그곳이었다.

한밤중. 어슴푸레하게 밝혀진 골목의 한 건물에서 엘렌이 나온다. 다림질된 세탁물 한 더미를 들고 있다. 몇 발짝 걸어가 다른 문을 밀고 들어서는 그녀를 카메라가 따라간다. 그녀는 입구의 불을 켜고 좁은 계단으로 접어들어 2층의 짧은 복도를 지나 문 앞에 서서 세 번 두드린다. 문이 열리자 불을 밝힌 공간이 보인다. 카메라는 계속 그녀를 좇는다. 사람의 모습은 잡히지 않고, 눈에 들어오는 건 그녀의 등뿐이다. 그녀는 옷장 문을 열고 깨끗한 세탁물들을 넣은 다음 다시 문을 닫는다. 그러곤 마침내 그녀가 돌아서고, 토미의 작은 방이 화면에 나타난다. 침대와 그 위에 펼쳐진 책 한 권, 책들이 가득 꽂힌 선반, 그리고 책상 앞에 앉아 있는 토미의 모습이 보인다. 그는 면도칼로 두꺼운 책의 책장들을 도려내는 중이다. 엘렌이 다가간다.

"마르크스? 『자본론』? 너 아버지 책을 집어왔니? 독일어판이라 두 배는 귀한 건데, 다른 걸 가져오지 그랬어, 토미. 좀 아깝잖니……"

토미가 소리 없이 웃는다.

"그냥 놔둬, 엄마……"

"하긴, 언제는 못 하게 했나……"

엘렌은 아들 곁을 지나가며 머리칼을 어루만지고 방을 나선다. 잠시 후 토미가 책장 도려내는 일을 마친다. 그는 스무 개쯤 되는 작은 종이봉투들을 열어, 작은 금속 관 안에 조심스럽게 검은 가루를 붓는다.

1942년 11월, 토미는 이민노동자 의용유격대의 일원이며 등록번호는 10306번이다. 상근 대원 자격으로 오늘날의 최저임금에 해당하는 월 2000프랑의 급료를 받았고, 때때로 빵 배급권도 받았다. 그는 시한폭탄 제조법을 배웠다. 그리고 독일군을 살상하기 시작한다. 그가 레지스탕스가 되고 첫 몇 달 사이 얼마나 죽였는지는 결코 알 수 없으리라. 제대로 분류되어 목록화된 적도, 이민노동자 의용유격대의 집행부가 언급한 적도 없는 많은 작전이 비밀로 묻혀 있다. 앙리 카라얀은 이 시기에 특히 위험하고 피를 많이 흘리는 작전에서 토미, 그리고 마르셀 라이만과 한 팀이었다고 내게 밝혔다. 그렇지만 아직도 보복이 두렵다며 그 작전들에 대한 구체적인 언급은 피했고, 역사 자료에서도 아무런 흔적을 찾을 수 없다. 토미가 가담한 것으로 인정된 첫 활동은 그가 혼자, 누구의 지시도 받지 않은 채, 11월 초순 몽타뉴생트준비에브가 34번지의 자기 방에서 준비한 그 일이었다. 엘렌이 마침 그 준비 현장을 목격했고, 이 장면은 틀림없는 사실이다. 그가 만든 첫 폭탄은 아버지에게서 슬쩍해온 마르크스의『자본론』독일어 판본이었다. 전에 배운 대로 발화성 액체, 화약, 그리고 산을 포함한 기폭제를 가지고 만든 시한폭탄이었다. 책의 크기며 두께도 맞춤했겠지만 독일어라는 점도 선택에 한몫했으리라. 공산주의자라면『자본론』을 가루로 만들기를 주저했겠지만 토미는 공산주의자가 아니었다. 그는 명령받기를 끔찍이 싫어하는, 개인주의자였다. 공산당이 모스크바에 복종하던 그 시대에, 엘렌의 말대로 그는 매우 프랑스적인 사람이었다. 그의 양친을 비롯해 동료들 대부분은 공산주의자였다. 단일한 것이라고는 없던 시대, 기준들이 흐트러졌던 몹시 어지러운 시대였기에 공산주의 조직이 공산주의자가 아닌 대원을 가입시키는 일은 얼마든지 있었다.

이 장면에서는 반골 기질이 다분한 엘렌과 무기를 든 아들 사이의 기묘한 관계가 드러난다. 역시 레지스탕스에 가담했던 엘렌은 아들의 투쟁을 격려한다. 직접적으로는 아니나, 지속적인 사랑과 지지를 통해. 그녀의 사랑은 깊었고 그들의 관계는 거의 마법적이었다. 그는 말하곤 했다. 나는 안타이오스*, 엄마는 땅이

---

* 그리스신화 속의 거인. 포세이돈과 가이아의 아들로, 땅과 가까이할수록 더 큰

야. 엄마를 만지면 힘이 생겨.

우리는 놀라운 치밀함과 집중력으로 엘렌과 토미가 함께 등장하는 모든 시퀀스를 열흘 동안 촬영했다. 빌마 앞에서 일단 성질을 누그러뜨리고 나자 가브리엘의 연기는 그야말로 감동적이었다. 빌마 또한 암사자처럼 강인한 엘렌 역을 위해 굳이 아무것도 꾸며낼 필요가 없었다. 그녀의 기질, 격렬함, 광기에 가까운 활력은 엘렌의 성격과 들어맞았다. 그녀 앞에서는, 그리고 오직 그녀를 위해서만, 가브리엘은 미소와 단순함을 되찾았다. 유서 깊은 유럽 극장의 전통적인 방식으로 단련된 이 노련한 여배우는 촬영 때 몇 번이나 가브리엘에게 차례를 양보했다. 그는 그럴 자격이 있다고 그녀는 말했다. 빌마는 이 신인배우의 재능에 반했던 것이다. 사제폭탄을 제작하는 장면에서, 가브리엘이 아마 본인도 의식하지 못한 채 입을 실룩거리는 것만으로 완전한 집중을 표현하는 모습을 내 곁에서 지켜보던 그녀가 불쑥 물었다. 저 아이한테는 아무래도 비밀이 있는데 그게 뭔지 혹시 아느냐고. 물론 배우로서가 아니라 아이로서의 비밀이라고 그녀는 곧바로 덧붙였다. 감춰야 할 무언가가 그에게 이런 힘, 이런 특별한 에

힘을 얻었다.

너지를 주는 것이라고 그녀는 확신하고 있었다.

그뒤로 빌마는 가브리엘의 비밀을 알아내려고 애쓰는 눈치였다. 그녀는 그와 단둘이 촬영장에서 먼 곳까지 점심을 먹으러 갔다. 때때로 저녁식사에도 데려갔다. 가브리엘은 그녀만 믿고 따랐다. 그에겐 오직 그녀만이 제대로 연기를 하는 사람이었고 촬영 현장의 시시한 멍청이들과 달랐다. 더욱이 빌마가 몹시 미인이었으므로 나는 혹 순정적인 사랑에 빠진 것은 아닌지, 육체적인 관계로 발전해서 일이 잘못되는 건 아닌지 걱정하기 시작했다. 사실 빌마가 가브리엘을 자신의 호텔방으로 데려가는 것도 불가능한 일은 아니었다. 어느 아침, 차를 가지고 가브리엘의 집에 가서 그를 촬영장으로 데리고 오기로 했던 조수가 허탕을 치고 돌아왔다. 가브리엘과 빌마는 태연한 얼굴로 다른 자동차에서 함께 내렸다. 그들이 함께 밤을 보냈는지 아닌지는 알 길이 없었지만, 그날 두 사람은 엘렌과 토미의 다정함이 가장 돋보이는 장면 하나를 놀랍도록 훌륭하게 연기해냈다. 진실, 적어도 그 진실의 대부분은, 목숨을 버릴 각오가 된 아들과 그 아들을 미친 듯이 사랑하는 엄마, 아들과 왈츠를 추는 죽음을 질투하는 엄마 사이의 열정적인 관계 속에 있었다. 그런 관계를 빌마와 맺기 위해서라면 가브리엘은 뭐든 했으리라는 것이 나의 결론이다.

사실 빌마와의 촬영은 까다로울 때가 많았다. 그녀가 촬영 시

간은 물론 의상, 분장, 때때로 대사까지 트집을 잡았기 때문이
다. (그녀는 애초에 『엘렌의 기억』을 읽지 않겠다고 했다. 프랑
스어를 잘 못한다는 핑계였지만, 일부 대사들이 너무 품계가 없
거나 거칠다는 이유도 있었다.) 빌마의 촬영이 전부 끝났을 때
우리는 조촐한 송별 파티를 열었다. 빌마는 나를 한쪽으로 데려
가더니 가브리엘을 잘 챙기라고, 자신이 이제 촬영장에 안 나오
면 통제 불능이 될 거라고 귀띔했다. 그 순간의 자못 비장한 어
조 탓인지 나는 그녀의 말을 정확히 기억하고 있다. "조심해요,
저 아이는 불이니까. 빛을 내는 동시에 뜨겁게 태워버릴 수도 있
다고요."

어느 겨울날 저녁의 파리. 토미가 한 손에 책을 들고 빅토르쿠
쟁가와 소르본광장이 만나는 길모퉁이에 나타난다. 그는 광장을
가로질러 그 광장과 샹폴리옹가, 생미셸대로로 둘러싸인 건물의
1층을 전부 차지하는, 진열창에 불이 환히 밝혀진 대형 서점으로
들어간다. 서점 '리브 고슈'*. 아르데코 스타일로 꾸며진 내부에
는 일반 시민 외에도 많은 독일군 손님들이 있다. 독일어로 된
전람회 포스터들이 보이고, 큼직한 탁자 위에는 대개 독일어 책

---

* 강의 좌안, 강의 서쪽 지역을 이르는 말.

들이 놓여 있다. 토미가 진열대 앞을 어슬렁거리며 책 몇 권을 뒤적거리다가, 그 한복판에 자기가 가져온 책—예의 『자본론』임을 알 수 있다—을 슬쩍 내려놓는다. 책들을 더 구경하던 그는 얄팍한 책 두 권을 집어 계산을 치른 뒤 차분히 출구로 향한다. 이어 대로를 가로질러 뤽상부르 쪽으로 몇 걸음 걸어가 므시외 르프랭스가 모퉁이, 노란 의자들이 놓인 카페 '팡팡'에 막 닿았을 때 폭발음이 울린다. 토미도 다른 행인들처럼 발을 멈추고 서점 쪽을 돌아본다. 반바지에 외투를 입고 베레모를 쓴 빌라가 어느새 그의 곁에 와 있다. 두 소년은 폭발의 피해 상황을 관찰한다. 깨진 진열창으로 연기가 새어나오고 불붙은 책들이 길가에 뒹구는 가운데 손님들이 서점에서 빠져나온다. 다친 사람들도 있고 정신이 나간 듯한 사람들도 있다. 우는 사람도, 고래고래 소리를 지르는 사람도 있다. 경찰차의 사이렌소리가 점점 가까워진다.

"도망가자!" 빌라가 말한다.

"그래야지." 토미가 서점에서 눈을 떼지 않은 채 말한다. "하지만 넌 여기 남아서 상황을 지켜봐. 그리고 오늘 저녁 빠짐없이 나한테 보고해."

토미는 동생을 남겨두고 대로를 거슬러올라 뤽상부르로 향한다.

초기에 토미는 몇몇 작전에 동생을 끌어들였다. 독일 서점의 내부를 조사해 지도를 그리고, 서점이 감시당하고 있지 않은지 확인해준 사람이 바로 열두 살짜리 동생 벨라였다.

"그앤 너무 어려, 그애가 전부 털어놓는 날엔 어쩌려고? 무섭지도 않니?" 일찍이 아이들의 엄마는 걱정했다.

"아냐, 엄마, 벨라는 완벽한 레지스탕스야."

실제로 벨라가 입이 매우 무거운 아이라는 것을 엘렌은 인정하게 된다. 그애는 심지어 나한테도 자신들이 한 일을 절대 발설하지 않았다.

서점 리브 고슈, 일명 '라인강의 좌안'이라 불리는, '프랑스에서 독일 책들을 취급하는' 그 서점은 몇 달 앞서 폐점한 카페 '아르쿠르' 자리에 1941년 4월 문을 열었다. 서점의 경영 고문에는 독일인과 프랑스인이 각각 세 명씩 포함되어 있었는데, 로베르 브라지야크*가 그들 중 하나였다. 같은 해 11월 21일, 장차 '파비앵 대령'이 되는 피에르 조르주가 조직하고 청년 공산주의자들이 실행한 첫 테러가 이 서점에 극심한 피해를 입혔다. 토미가 일을 벌인 것은 그로부터 거의 1년 뒤인 1942년 11월 9일 저녁

---

* 프랑스의 작가이자 저널리스트. 파리 해방 후 나치 협력죄로 사형됐다.

7시였다. 벨라는 말년에 이르러서 이 작전에 대해 언급했다. 상부의 명령 없이 수행된 단독 작전이었으며, 이민노동자 의용유격대의 엄한 문책을 받았다고 전했다. 멋대로 너무 위험한 짓을 저지른 것으로 판단되어 토미는 질책을 받았지만 처벌만은 가까스로 면했다.

나는 서점 리브 고슈와 카페 팡팡을 충실히 재현하고 싶었다. 서점은 1941년 11월 테러 직후 경찰이 찍은 사진을 참고하면 됐다. 카페는 당시 인기 있던 독일 잡지 〈지크날〉의 프랑스판 리포터였던 앙드레 쥐카의 컬러사진을 참조했다. 이 영화의 미술감독은 그 밖의 장면에서도 자주 이 사진들의 도움을 받았다.

엘레크 일가는 1943년 2월까지 몽타뷔생트준비에브가 34번지에 살았다. 2월 어느 날 길에 나와 놀던 벨라는 이웃 사내에게 더러운 유대인 취급을 받았고, 그 사내는 경찰이 곧 그를 잡으러 올 거라고 빙글거리며 덧붙였다. 갑자기 위협을 느낀 엘레크 일가는 이튿날로 집을 떠난다. 그들은 몽파르나스의 다게르가 63번지에 정착한다. 엘렌의 남동생 페리가 렌으로 몸을 피하면서 남기고 간 집이었다. 부엌 하나가 딸린 단칸방이었다. 길 쪽에서 보면 63번지는 1930년대식의 조촐한 2층짜리 건물이었다. 지금도 그대로다. "예술가 단지"라고 적힌 문을 밀고 들어가면 막다른 골목이 나오는데, 그곳 1층에 아틀리에들이, 위층에 주거 공간이 있다. 전쟁 동안 화가 장 데롤이 여기 살면서 작업도 하고 니콜라 드 스탈 같은 그의 친구들도 이곳에 드나들었다. 이에 대한 언급이 없는 것으로 보아 엘렌은 아마 여기서 지낸 아홉 달 동안 그와 알고 지내지 않은 듯하다. 토미는 여기 살지 않았다. 유년 시절에 살던 동네를 떠나기 싫었거니와 이 방이 너무 비좁은 탓도 있었으리라. 5월에 그는 피에르 데샹이라는 위명으로 카르디날르무안가 69번지로 혼자 이사했다. 작전 현장에 있지 않을 때면 매일 저녁 다게르가로 엄마를 찾아갔다. 엄마를 만지면 힘이 생겨. 고통스러운 작전을 마치고 나서도 마찬가지였다. 종종 그는 녹초가 된 채 엄마 곁에서 잠들곤 했다.

교외의 작은 건물 외부. 1층에 호텔 식당 '오 솔레유 도르' 전면이 보인다. 주위는 고요하다. 토미와 또래의 청년 하나가 화면에 들어온다. 둘은 빠른 걸음으로 걸어간다. 청년이 포석 하나를 들어 식당 유리창을 깨고, 토미가 수류탄의 안전핀을 뽑아 안으로 던진다. 둘이 제각각 다른 방향으로 도망칠 때 폭발음이 들린다. 이내 쥘리앵의 음악이 모든 소음을 덮어버리고, 각각 다른 길 위를 달리는 두 사람의 헐떡이는 숨소리만 들린다. 그들의 얼굴이 클로즈업된다. 청년이 뒤를 돌아본다. 겁먹은 표정이다. 그가 다시 한번 뒤를 돌아보고, 이내 두 남자에게 붙들려 땅바닥에 쓰러진다. 다른 길을 달리고 있던 토미도 뒤를 돌아본다. 그러더니 발을 멈추고 주머니에서 총을 꺼내 황급히 달아나는 사내를 향해 발사한다. 토미가 다시 달리기 시작한다. 광장에 도착하자 그는 속도를 늦추고 다른 길로 접어들어 화면에서 사라진다.

또 한 명의 청년은 파벨 시모였다. 그에 대해 알려진 사실은 단 몇 줄로 요약된다. 나이는 열여덟 살, 체코 국적, 레드니카 출생. 아버지가 국제여단* 의용군이었으며, 준빌리에르에 살았고, 일용직 선반공으로, 가명은 파벨의 프랑스어식 이름인 '폴'이었다. 파벨 시모라는 이름도 아름답지만, 아마 미소년이었을 거라고 나는 늘 상상했다. 나는 헝클어진 흑갈색 머리의 젊은 배우를 찾아냈고, 그의 평소 모습을 영화에서 그대로 살렸다. 오디션 때 그는 겁먹은 얼굴로 달리는 연기를 제법 잘해냈다. 파벨 시모에 대해 한 가지 더 알려진 사실은 그가 테러 직후, 원래 계획했던 더 안전한 도주로를 택하지 않았다는 것이다. 그는 경찰 두 명과 행인 한 사람에게 쫓기다 붙들렸고, 프랑스 경찰은 그를 게슈타포에 넘겼다. 그의 수중에서 실탄 열 발을 포함한 탄창이 달린 새비지 자동 권총 한 자루와 폴 자크몽이라는 이름으로 된 위조 신분증이 발견되었다. 그는 1943년 5월 22일 발라르 사격장에

---

* 스페인 내란에서 인민전선 정부를 지원하기 위해 다국적 자원병으로 조직된 의용대.

서 처형되었다. 그보다 두 달쯤 전인 3월 29일 13시 30분경 토미와 짝을 이뤄 아니에르의 아르장퇴유대로 146번지의 독일군 장교들이 자주 드나드는 식당을 공격한 일은 토미의 활동을 언급한 이민노동자 의용유격대의 첫 공식 발표에서 확인할 수 있다. 수류탄은 점심을 먹으러 왔던 나치들 한가운데에 떨어져 여러 명의 사상자를 냈다.

15구 끝에 있는 발라르 사격장은 점령 전까지 경찰의 훈련장으로 쓰이다가 독일군에게 징발되어 매우 특수하고 잔인한 야전 경찰, 게하임 펠트폴리차이에 넘어간 뒤 지극히 잔혹한 비밀 처형장으로 바뀌었다. 이러한 사실은 파리 해방 후에야 알려졌다. 높이 2.5미터가 넘는 수수께끼 같은 석면 벽에 남겨진 숱한 손자국들이 지붕을 통해 탈주를 시도한 이들의 존재를 짐작게 한다. 독일군이 그들을 향해, 토끼장 속의 토끼들에게 하듯 일제사격을 가했으리라는 점도 추측할 수 있다. 수용소의 화장 가마들과 비슷한 가마들, 유해들, 총탄으로 너덜너덜해진 처형대 등도 발견되었다. 이 땅에서의 흔적이 너무도 미미해 꿈속에 스쳐간 듯한 열여덟 살의 풋내기 대원 파벨 시모는 이곳에서 정확히 알 수 없는 방식으로 야만적인 죽임을 당했다.

제각각 콧수염을 붙인 작업복 차림의 세 청년이 오데옹 사거리에 모인다. 한 명은 앙시엔코메디가에서, 다른 한 명─토미라는 걸 알아볼 수 있다─은 오데옹가에서, 마지막 한 명은 생제르맹대로에서 모여든 참이다. 그들은 각각 사거리 모퉁이에 서 있다. 보도에 행인들 몇몇이 지나갈 뿐 대로에는 차가 한 대도 없다. 화면에 텅 빈 대로가 죽 지나가고, 이윽고 저멀리 회색 반점이 보인다. 절도 있는 발소리와 노랫소리가 점점 커지고, 다가오고 있는 독일군 분대의 모습이 조금씩 또렷해진다. 세 청년은 무심한 모습이다. 토미는 누군가를 기다리는 것처럼 가로등에 기대서 있고, 다른 청년은 담뱃불을 붙인다. 이윽고 독일군 분대가 교차로를 전부 차지하고 그 첫 줄이 오데옹가로 접어드는 순간, 토미가 대열을 향해 수류탄을 던진 뒤 므시외르프랑스가로 내달린다. 커다란 폭발음이 들린다. 비명. 피투성이가 된 채 바닥에 쓰러진 군인들이 보인다. 다른 두 청년이 주머니에서 권총을 꺼내 군인들을 향해 발사하고는 토미와 같은 방향으로 도망친다. 거리를 달리다가 어느 건물로 들어가는 그들의 뒷모습이 보인다. 홀에서 젊은 여자 둘이 기다리고 있다. 세 청년은 가짜 콧수염을 떼고, 작업복을 벗어던지고, 무기를 버린다. 여자들이 그들에게 책을 건넨 뒤 그들의 물품들을 거두는 사이, 대학생으로 변장한 세 청년은 이미 떠나고 없다.

토미가 조금 전과 똑같은 옷차림을 하고 조금 전과 똑같은 책을 손에 쥔 채 아파트 문을 두드린다. 엘렌이 문을 연다. 안으로 들어서던 토미는 단칸방에 한 여자와 두 남자가 앉아 있는 것을 발견한다.

"제길, 저 사람들은 여기서 뭐 하는 거야? 나 정말 싫어!" 토미는 헝가리어로 소리치고서, 엘렌의 팔을 붙들어 부엌으로 데려간다.

"얘, 토마, 프랑스어로 이야기할 수도 있었잖니." 엘렌이 낮은 목소리로 화를 낸다. "저 사람들 헝가리인인 거 알잖아."

"알아, 아니까 그런 거야. 난 빙빙 돌려서 말 안 해, 그냥 내 생각을 있는 그대로 말한다고. 젠장, 엄마! 여긴 늘 사람들이 있어, 절대 우리끼리 있을 수가 없잖아! 이리 와봐, 엄마한테 얘길 좀 해야겠어……"

토미는 1943년 4월 16일의 활동을 그날 저녁 엄마에게 자세히 들려주었다. 엘렌은 회고록에 세 청년이 작전을 마치고 사람들의 반응을 확인하기 위해 주점으로 들어갔다고 덧붙였지만, 그에 대해 구체적인 내용은 언급하지 않았다. 1943년, 연합군이 첫 승리를 거두기도 했거니와 무고한 인질들에 대한 과도한 탄압 행위로 인해 '테러리스트'에 대한 프랑스인들의 감정이 적대

감으로부터 어느 정도의 이해심, 나아가 연민으로 조금씩 바뀌어가던 참이었다. 토미는 주점에서 나와 수영장으로 갔다. 그러니까 그는 독일군 몇 명을 살상한 직후 수영장으로 가 소독약냄새가 풍기는 시원한 물에 잠겼던 것이다. 그런 다음 엄마를 찾아갔다. 시기로 보아 다게르가에 있던 집이다. 여기서 토미의 가족이 몇 달 동안 살았던 원룸아파트가 등장한다.

토미가 작전을 마치고 돌아왔을 때 집에 다른 사람들이 와 있는 것을 싫어했다는 얘기는 엘렌도 여러 차례 언급한다. 그는 엄마가 온전히 자신을 위해 언제라도 자신의 모험의 전말을 들어줄 수 있는 사람이기를 바랐다. 토미가 엄마 집에서 달갑지 않은 헝가리인 몇 명과 맞닥뜨린 그날의 일을 엘렌은 상세히 기록한다. 무엇보다 완고하고, 무례하고, 어떤 상황에서든 직설적이었던 그의 성격을 알 수 있는 대목이다. 또한 나는 이 장면을 통해 토미가 헝가리어를 약간 할 줄 알았다는 사실도 보여줄 수 있다. 다섯 살짜리 수준의 헝가리어였다고 엘렌은 말한다. 그녀는 아마 아들의 헝가리어 실력을 풍부하게 만들어주려고 계속 애썼던 것 같다.

이민노동자 의용유격대의 공식 발표에 따르면 이것은 제2분대의 활동이었고, 그보다 보름쯤 전 아니에르의 식당 공격은 제1분대의 활동이었다. 그러니까 토미는 그사이 루마니아인과 헝가리인 중심 그룹에서 폴란드 유대인 중심 그룹으로 전출되었을 가능성이 있다. 어쨌든 나는 여기서 처음으로 제2분대의 두 청년대원, 모스카 핀게르츠바이크와 마르셀 라이만을 등장시켰다. 이민노동자 의용유격대의 공식 발표에서는 작전을 수행했던 레지스탕스 세 사람의 가명이나 등록번호는 일절 드러나지 않는다. 그러니 엘렌의 회고록이 없었다면 오늘날 아무도 토미가 그들 가운데 하나였음을 몰랐을 것이다. 나머지 두 명의 신원에 관해서는 알 길이 없다. 나는 핀게르츠바이크와 라이만이 그럴 듯하다고 생각했을 뿐이다. 좀더 나중에 등장시키는 바이스브로트도 괜찮을 터였다. 여기서 굳이 라이만을 선택한 이유는, 천사처럼 맑은 눈빛과 부드러운 미소를 지닌 이 폴란드 출신의 유대인이 토미와 작전을 수행했다고 상상하는 것이 마음에 들었기 때문이다. 후에 이 둘은 무기를 빼앗긴 채 만나 영원히 헤어지지 않게 된다. 핀게르츠바이크의 경우는, 조만간 토미의 삶에 자주 등장하게 될 테니, 그의 존재를 미리 알려놓자는 의미도 있었다.

라이만을 닮은 배우를 찾아내기란 불가능한 일 같았다. 1923년 5월 1일 바르샤바에서 태어나 1931년부터 프랑스에서 살며 편물공으로 일했던 그는 아시아인과 슬라브인이 뒤섞인 듯한 매우 묘한 얼굴을 하고 있었다. 오늘날 자세히 볼 수 있는 수용기록부 사진에서도 드러난다. 이 사진에서도 그는 미소를 짓고 있다. 맑은 눈빛 속에 불굴의 결의가 숨은 얼굴이다. 그 순수하고 선량한 눈빛은 그가 살상한 독일군들과 그 협력자들에게조차 천사처럼 보였을 것이다. 이런 분위기를 낼 젊은 배우를 어떻게 찾는단 말인가? 우리는 눈에 중점을 두고 찾았다. 그리고 러시아 출신 배우 보리스에게 이 역을 맡겼다. 영화에서 그의 말소리가 나오는 장면은 없다. 라이만은 동생 시몽과 마찬가지로 강한 폴란드 억양을 갖고 있었다. 시몽도 레지스탕스였지만 오래 살았고, 그래서 목소리 녹음본이 남아 있다.

핀게르츠바이크는 1922년 크리스마스에 바르샤바에서 태어나 다섯 살 때 프랑스로 왔다. 아마 동네나 학교에서 생활하며 부모님의 폴란드 억양을 지워냈으리라 짐작된다. 그는 타피스리 기능공으로 일했다. 1933년 모친을 잃었고, 재봉공이었던 아버지와 두 형도 1942년 7월 수용소로 끌려가 그는 고아가 되었다. 그런 비극 속에서도 유대인 특유의 타고난 유머감각은 건재했다. 훗날 시몽 라이만도 그 사실을 증언한다. 출생 기록상으로는 '모스카', 친구들한테는 '모리스', 가족들한테는 '모이슈'*라 불렸던 그는 즉각 이민노동자 의용유격대에 가담했다. 그의 가명은 '로베르'였다. 나중에 철도 탈선 전문 분대에 배속되는데, 이때는

---

* '모세'를 뜻하는 이디시어 이름.

'마리위스' 혹은 '마리오'라는 이름을 썼다. 나는 그를 더 생생히 구현할 만한 세세한 사항들을 덧붙이고 싶었다. 그렇지만 테러리스트로서의 활동을 제외하면 핀게르츠바이크에 대해 알려진 사실은 거의 없다시피 했다. 다만 두 가지만큼은 확실했는데, 그가 학위를 소지했다는 것과 알포르빌에 살았다는 사실이었다. 그리고 경찰 정보청에 기록된 인상착의. 20세, 키 168센티미터, 흑갈색 머리, 왼쪽 가르마. 세련미 없는 얼굴, 긴 코, 전형적인 유대계 스타일, 찰리 채플린 같은 짤막한 콧수염, 얼굴빛은 살짝 그을린 편, 짙은 밤색 양복, 당통 칼라가 달린 흰색 셔츠, 노란 구두. 남아 있는 사진들을 보면 확실히 슬라브나 아시아계보다는 '유대계' 얼굴에 가깝지만 세련미 없는 인상은 아니다. 그리고 찰리 채플린의 콧수염 같은 것도 찾아볼 수 없다. 내가 내건 캐스팅 조건은 그저 마른 체형에 장난기 가득한 눈빛, 유대인 특유의 유머감각을 지닌 열여덟에서 스무 살 정도의 청년이었다. 조나탕이 적역이었다.

파리. 밤이다. 열차 한 대가 고가철도를 따라 전철역으로 들어온다. 그 아래로, 철로 밑 조레스역 입구에 서 있는 토미가, 그리고 그보다 나이 많은 한 남자가 차례로 보인다. 빌레트대로의 보도에도 두 남자가, 또 좀더 떨어진 라파예트가에도 각각 두 남자가 서 있다. 작업복 차림의 그들 모두 어깨에 사선으로 가방을 둘러메고 있다. 발미 플랫폼 쪽에서 독일군 수십 명이 전철역을 향해 걸어오고 있다. 여섯 남자가 저마다 위치를 떠나 동시에 대열에 접근한다. 그들은 각자 가방에서 날쌔게 무기와 수류탄을 꺼내고, 짧은 총격전이 벌어지며 폭발음이 들린다. 군인들 일부가 쓰러지고, 일부는 수류탄의 충격에 나동그라진다. 저멀리 두 여자가 쓰러지는 모습도 보인다. 10초 후, 여섯 남자는 라파예트 가를 달리고 있다. 독일군 몇 명이 총을 쏘지만 그들은 이미 사정권을 벗어나 있다.

1943년 봄, 정확히는 6월 1일 22시 55분에 수행된 제1분대의 이 작전은 이민노동자 의용유격대의 활동 가운데서도 특히 눈길을 끄는 것이었다. 토미와 이민노동자 부대의 파리 지역 전술지 휘관인 보리스 홀반을 포함한 여섯 명의 대원이 일흔 명의 독일군 분대를 공격했다. 그러니까, 토미는 제1분대로 복귀해 있었다. 독일군 한 명이 사망하고 두 명이 중상을 입었으며 많은 경상자를 냈다. 지나가던 프랑스 여성 두 명도 수류탄 파편에 경미한 부상을 입었지만 이 사항에 대해서는 공식 발표에도, 이 테러를 기록한 어떤 회고록에도 언급이 없다. 이런 종류의 누락은 전시에나 전후에나 하나의 관례였다. '현장에 있다가' 우연히 희생된 사람들까지 친절히 기술하는 일은 생각도 할 수 없었고, 말하자면 유격대의 총탄에 스러진 것은 언제나 '독일 놈'과 협력자들뿐이었다. 역사책들조차 이 민감한 주제에 대해서는 침묵을 지킨다. 진실이라고 뭐든지 밝혀야 좋은 건 아니라는 듯이, 무고한 행인 한 사람보다는 수많은 독일군이 죽었다는 사실이 중요하다는 듯이, 레지스탕스는 늘 나쁜 놈들만 응징했고, 그러므로 그들을 무고한 희생도 아랑곳 않는 냉혈한 전사로 묘사하는 것은 그들의 용감함과 그들에 대한 역사적 평가에 흠집을 내는 일이라는 듯이 말이다. 용감한 행위가 반드시 기사도 정신으로 가득차야 할 필요는 없고, 성스러울 필요는 더욱 없다. 그랑 파리*의 사령관이었던 샤움부르크 장군을 노렸다가 실패로 돌아간 1943년 7월 28일 이민노동자 의용유격대 특별팀(레오 크넬러, 마르셀 라이만, 스파르타코 폰타노, 레몽 코지스키)의 테러 폭발로 단 한 명의 희생자만 발생했고, 더욱이 그 희생자가 오토바이를 타고 일터로 가던 프랑스 시민이었다는 사실을 어떤 회고록이나 역사책에서도 찾아볼 수 없었다는 점 역시 놀랍다. 그렇지만 경찰청 기록보관소에는 현장에 급파된 조사관들의 적나라한 보고서가 남아 있다. 일부 역사학자나 회고록 저자들과 마찬가지로 토미나 마누

---

* 당시 파리와 교외 지역을 아울러 이르던 말.

시앙에게도 선과 악은 그렇게 단순하지 않았다. 토미가 독일군의 죽음을 기뻐할 정도로 그들을 증오했던 건 아니라고 엘렌은 말한다. 그들한테도 어머니가 있고, 그들도 한때는 목소리 큰 사람의 말이면 무조건 믿어버리는 순진한 어린애들이었다고 토미는 생각했다. 그들 대부분이 약한 인간이고, 이용당하고 있을 뿐이며, 선전에 속아 살짝 멍해졌을 뿐임을 토미는 알고 있었다. 그들 중에도 히틀러와 그 체제를 싫어하는 사람들이 제법 된다는 것도 그는 엄마를 통해 알았다. 그렇지만 그들을 죽여야 할 땐 그들 개개인의 사정을 고려할 수 없다는 점 또한 알고 있었다. 파리의 거리에 폭탄과 수류탄을 던지면 아무리 조심해도 무고한 희생자가 나올 수 있었다. 그래도 그렇게 할 수밖에 없었다.

이 세 장면은 토미가 1943년 7월, 철도 탈선 전문반에서 활동을 시작하기 전에 실행했던 마지막 임무들을 보여준다. 우리는 실제 장소에서 촬영했다. 오데옹 교차로에서는 새벽에, 조레스 전철역에서는 한밤중에. 빌마는 이미 떠나고 없었다. 가브리엘에게서 걱정스러운 징후가 나타나기 시작했다. 정신적으로 힘들었던 빌마와의 마지막 장면들이 그를 흔들어놓은 터였다. 그는 거의 말이 없었다. 때때로 말을 할 때면, 촬영이 아닐 때조차 토미의 목소리였다.

벌써 며칠 전부터 그는 조수나 조연출이 그를 차로 데려오고 데려다주기를 완강히 거부하고 있었다. 안전상의 문제를 이해시키려 해보아도 막무가내였다. 자신은 얼마든지 혼자 다닐 나이이고, 누구의 허락도 없이 자기가 자고 싶은 데서 잘 권리가 있으며, 앞으로 파리에서 제작사 차를 타고 다니는 일은 없을 거라고 못박았다. 결국 그의 뜻대로 해줘야 했다. 그렇지만 조레스역의 테러 장면을 찍은 날 밤, 불현듯 내가 직접 그를 데려다줘야겠다는 생각이 들었다. 마침 그의 집은 우리집에 가는 길이었다. 그날 밤 촬영 내내 그는 유난히 조용하고 침울했다. 나는 그와 단둘이 있는 기회에 그를 좀 살펴보고 싶었다. 그는 거절하지 않았다. 나는 몹시 피곤했지만 그는 아니었다. 내가 운전하는 동안 그는 집어삼킬 듯한 눈으로 파리의 밤거리를 내다보았다. 늦도록 불빛이 남아 있는 피갈 지구와 클리시광장을 지나가면서 그가 처음으로 입을 열었다.

"봐요, 저기 웨플레 영화관요. 저기 '졸다텐하임'*이 있었어요. 한때 그들이 날려버리려고 했죠."

"그들이라니?"

---

* 독일어로 '군인의 집'이라는 뜻. 제2차세계대전 당시 독일 점령지역에 주둔한 독일군을 위한 휴게 시설.

"제1분대요. 하지만 광장엔 늘 형사들이 우글거렸고 적당한 도주로도 없었어요. 그래서 포기했죠."

그걸 어떻게 알았냐고 묻자 그는 어디선가 읽었는데 어디서였는지는 기억나지 않는다고 대답했다. 나는 이민노동자 의용유격대에 대한 책이라면 전부 읽었지만 이 테러 계획 건은 기억에 없었다. 게다가 결국 포기하게 된 계획에 대해선 전혀 기억이 없었다. 역사학자들은 실제 감행됐던 작전들을 언급하기에도 너무 바빴고, 그래서 그것들 가운데도 열거되지 못한 채 영원히 묻히는 경우가 많았다. 물론 레지스탕스의 흔한 표적인 독일군 숙소인 '졸다텐하임'이 거기 있었다는 것도 금시초문이었다. 이튿날 나는 당장 사실을 확인해봤다. 하지만 아무 단서도 흔적도 없었다. 가브리엘이 지어낸 이야기일까? 만일 그렇다면 왜? 지어낸 게 아니라면 그는 그걸 어떻게 알아낸 걸까? 몇 주 전부터 시간만 나면 도서관에 틀어박혀 출간되지 않은 모든 논문을, 토미와 그의 전투 동료들에 대한 알려지지 않은 사실이 실린 비밀스러운 기사들을 샅샅이 훑기라도 했단 말인가? 나로서는 상상할 수 없는 일이었다.

그의 집이 있는 베른가가 가까워올 즈음, 그가 집으로 가지 않을 거라며 라탱 지구에 내려줄 수 있는지 물었다. 나는 그의 이야기를 더 듣고 싶었으므로 그러자고 했다. 루브르박물관의 매

표소가 나올 때까지 그는 더는 입을 열지 않았다. 센강을 건넜을 때, 그는 불쑥 왜 토미를 선택했는지 물었다. 나로서는 이미 천 번쯤 들어봤지만, 정작 그의 입에서는 한 번도 나온 적이 없던 질문이었다. 내가 토미를 택한 이유는 그의 모친이 쓴 회고록이 있었고, 그 증언 덕분에 그에 대해 많은 것을 알 수 있었기 때문이었다. 이민노동자 의용유격대의 청년대원들 가운데 토미보다 더 내밀한 면모까지 드러난 인물은 없었다.

"절대 그러지 말았어야 했어요." 그가 잠시 침묵하다 말했다.

"뭘 그러지 말아? 토미에 대한 영화를 찍으면 안 됐다고?"

"그래요, 토미. 그리고 라이만이나 바이스브로트도. 이들에 대한 영화는 절대 만들어선 안 됐다고요. 장 물랭, 기 모케 같은 사람들이라면 괜찮아요, 그들은 순한 양들이니까. 그들은 절대 자기들 손으로 냉정하게 사람을 죽이지 않았을 테니까. 그렇지만 이들은 아니죠. 오늘날 그 누구도 이들을 이해 못해요. 토미가 진짜로 누구였는지 감독님은 영화에서 이야기할 수 없어요. 그는 감독님이 그려낼 인물보다 훨씬 위대했어요. 감독님은 그를 단순화시키는 거예요. 전부 말할 수도, 전부 이해시킬 수도 없어요. 토미에 대한 영화를 만드는 건 무의미해요. 차라리 진심으로 그를 잊어주는 편이 훨씬 나을 거예요."

안 그래도 피곤하던 나는 그야말로 탈진할 지경이었다. 이런

화제에, 이런 공격에 대처할 컨디션이 아니었다. 그는 정말로 그렇게 생각한 걸까? 정확히 무슨 말이 하고 싶었던 걸까? 그런 주제로 논쟁을 시작하기에는 너무 피곤했다. 그래서 지금은 그런 얘기를 할 때가 아니라고, 그러기엔 너무 늦었다고만 대답했다. 가브리엘은 뭔가를, 혹은 누군가를 찾는 듯 사방을 두리번거렸다. 이틀 전 테러 장면을 찍었던 오데옹 교차로를 지나가는 순간 그가 다시 입을 열어 왜 하필 레지스탕스 영화이고, 왜 하필 유대인인지 물었다. 그리고 굳이 그 나이대의 인물을 택한 것은 단순히 내가 젊은 사람들을 좋아하기 때문이냐고도 물었다. 좋은 질문들이었다. 그렇지만 지금껏 아무도 내게 물어온 적 없는 질문들이었다. 나는 대답에 시간이 걸린다고, 그러니까 나중에 대답하겠다고 약속했다. 그러자 그는 너무 늦은 건 뭐고 너무 이른 건 뭐냐고, 왜 지금, 마침 단둘인데 얘길 못 하느냐고 조금 격하게 반박했다. 나는 갑자기 아버지에게 반항하는 사춘기 아들을 앞에 둔 기분이었다. 어느 정도는 사실이기도 했다. 그를 이 영화에 끌어들인 것도, 되살려내고 싶었던 죽은 이의 흔적을 그에게 입혀놓은 것도 나였으니까. 내가 간결하되 충분히 진심이 담기고 납득할 만한 대답 몇 마디를 생각하고 있을 때 그가 명령하듯 내뱉었다.

"나 여기서 내려요."

우리는 이미 센강 근처까지 와 있었다. 여름날 새벽, 아직 해가 뜨지 않은 생제르맹대로에는 인적이 없었다. 그는 한마디 말도 없이 자동차에서 내리더니 문을 쾅 닫았다. 나는 멀어져가는 그를 지켜보았다. 성큼성큼 걸어서 카르디날르무안가로 접어들어, 토미는 집으로 돌아갔다.

뤼테스 원형경기장의 계단식 좌석 위쪽에서 바라본 모습. 경기장 한복판에서 아이들이 흙먼지를 일으키며 공놀이를 하고 있다. 아이들 고함소리가 들린다. 날이 맑고 햇살이 좋다. 놀고 있는 사내아이들이 대부분 웃통을 벗은 것으로 보아 더위를 짐작할 수 있다. 좀 떨어진 곳에서는 얇은 원피스를 입은 여자아이들이 돌차기 놀이를 한다. 그 주변을, 두 남자가 느린 걸음으로 돌면서 이야기를 나누고 있다. 한쪽은 토미, 다른 한쪽은 이마가 훤히 벗어진 사십대 남자로 엘렌의 식당에 몇 번 등장했던 사람이다. 토미는 반팔 셔츠 차림이고 남자는 바지와 셔츠만 입은 채 재킷은 벗어 어깨에 걸쳤다. 그들이 점차 클로즈업된다. 그들은 여전히 걷고 있고, 아이들의 소리가 그들의 목소리를 거의 덮어버린다.

"그저께 제1분대에서 많은 인원이 체포됐어." 남자가 미국 억양이 강한 프랑스어로 말한다. "마르퀴스도 체포됐을 거야. 로제, 앙리, 거기다 리우바도. 어제부터 소식이 없는데, 체포자가 더 늘어날 것 같아. 현재 제1분대와 제2분대는 전부 중단 상태야. 토미, 말해둘 게 있는데, 알베르가……"

"어떤 알베르요? 조제프 말이에요?" 토미가 낮은 목소리로, 바닥만 내려다보면서 묻는다.

"그래, 그도 당했어. 그저께 작전중에. 철수하다가 총을 맞았어. 더이상 뛸 수 없는 상태라 로베르와 마르셀이 어떻게든 업어오려 했지만 그가 극구 만류했어, 클리시 일대는 잘 아니까 자기가 알아서 하겠다고. 앙리에트 말로는 사실이 아니라더군. 둘을 먼저 도망치게 하려고 그런 거였어. 그는 어느 건물 지하실에 숨어서 사태가 진정되기를 기다렸어. 하지만 독일 놈들이 사방을 다 뒤졌고 결국 찾아낸 거야. 아마 건물 주인이 발견하고 신고했겠지. 놈들은 건물을 포위했고, 알베르는 환기창을 통해 총알이 다 떨어질 때까지 놈들을 쐈어. 마지막 한 발만 남기고."

"나한텐 그는 언제나 조제프였어요." 토미가 긴 침묵 끝에 말한다. "알베르라 부른 적은 한 번도 없었어요."

"알아. 그리고 넌 나도 피에르라 부른 적이 한 번도 없지."

"당신도 조제프니까요. 앙리에트와 어린 세르주를 챙겨야 할 텐데요."

"네 어머니가 챙겨주고 계셔."

그들은 입을 다물고 계속 걷는다. 아이들은 여전히 놀이에 한창이고, 때때로 아이 하나가 달려와 두 사람 앞에 떨어진 공을 주워 간다. 그때마다 흙먼지가 일어나고, 그 위로 원형경기장을 둘러싼 우람한 나무들의 이파리들을 뜨겁게 달구는 햇살이 내리쬔다.

"앞으로 넌 나랑 작전에 나가게 될 거야." 남자가 말한다.

"탈선 작전 말인가요?"

"그래, 제1분대와 제2분대는 잠시 휴업이야. 넌 나랑 같이 제4분대로 가. 넌 최고니까. 마리위스, 로베르, 쥘리앵도 데려갈 거야…… 잠깐…… (그가 호주머니에서 작은 수첩을 꺼내 계속 열거한다) 모리스, 샤를, 장, 리카르도, 거기다 작은 마르셀. 작은 마르셀은 네가 맡아 챙겨야 해. 걔는 너보다 더 어린 것 같던데."

"조제프, 같이 가게 돼서 기뻐요. 엄마도 좋아하실 거예요……"

남자가 갑자기 발걸음을 멈추고 토미를 돌아본다.

"토미, 이제부턴 넌 내 명령하에 움직이는 거야. 앞으로는 조제프라고 부르면 안 돼. 아무도 나를 조제프라고 안 불러. 내 이름은 피에르다. 알겠어?"

토미는 대답하지 않은 채 발밑으로 굴러온 공을 아이들한테 돌려보낸다. 흙먼지를 일으키며 아이들의 발에서 발로 옮겨지는 공이 보인다.

토미의 인생에는 두 명의 조제프가 있었는데, 둘 다 엄마의 가까운 친구였다. 그리고 둘 다 특출한 전사였다. 조제프 클리스치는 1915년생 루마니아 유대인 공산주의자로, 열네 살 때부터 지하 운동 활동을 해온 국제여단 의용군 출신이었다. 1942년 12월 제1분대의 전술지휘관이 된 그는 1943년 7월 2일, 클리시의 보종 병원으로 독일군을 후송하던 버스를 공격하던 중 부상을 입고 자결했다. 결혼해 가정을 꾸렸던 이 젊은 수학자에게 레지스탕스 대원으로서 지급받는 소액의 급료 말고는 파리에서 수입이 없었고, 그래서 설거지 등 잔일을 하며 엘렌에게 식사를 제공받았다. 아내 앙리에트도 유대인으로, 얼마 후 체포되어 수용소로 끌려가 죽임을 당했다. 엘렌은 그들의 세 살 난 아들 세르주를 몇 달 동안 보살펴주었다. 나중에 앙리에트의 자매들이 아이를 데려가겠다고 해서 엘렌은 어쩔 수 없이 아이와 헤어졌다. 얼마 후 그 자매들과 어린 세르주도 수용소로 끌려가 돌아오지 못했다.

조제프 클리스치의 죽음은 제2분대의 와해와 같은 시기에 일어났다. 말하자면 1943년 7월 2일은 이민노동자 의용유격대로서는 암울한 날이었다. 6월에 쉰 명가량 되었던 제2분대의 대원 중, 두 달 넘게 이어진 미행 끝에 개시된 경찰 정보청과 제2특별반의 일제 검거를 빠져나간 이들은 단 여덟 명뿐이었다.

다른 한 명의 조제프는 탈선 전문인 제4분대의 분대장이었다. 38세, 키 170센티미터, 옅은 밤색 머리, 왼쪽 가르마, 넓은 이마, 짧게 친 구레나룻, 매부리코. 코에서 입가까지 뚜렷한 주름, 마른 체형, 짙은 남색 양복, 검은 구두. 조제프 보초르는 프랑시스 볼프라 불렸다. 1905년 트란실바니아의 유복한 가정에서 태어난 이 유대인은 프라하에서 고등 공학 교육을 받았고, 공산주의자가 되어 국제여단에 가담했고, 과학 전공을 살려 폭발물 전문가가 되었다. 스페인 내전 막바지에 프랑스 포로수용소에 수용된 그는 1941년 4월 탈출해, 이민노동자 의용유격대의 제4분대를 육성하기 전 공산당의 외국인 대원 그룹에 합류했다. 그의 가명은 '피에르'였다. 그는 전투 경험이 풍부한 군인으로, 대단한 용기와 우월한 지성의 소유자였다. 토미는 그를 수수께끼의 인물 조니와 더불어 가장 존경했다. 엘렌은 그가 자주 그녀의 집에 왔고, 그를 여러 번 숨겨줬으며, 엘레크 일가가 식당을 떠나야 했을 땐 그가 이사를 돕기도 했다고 말한다.

상상이긴 하지만 얼마든지 있을 법한, 더욱이 영화에 꼭 필요한 이 장면을 나는 1943년 7월 4일로 설정했다. 프랑스 의용유 격대의 공식 발표에 따르면 토미는 7월 초부터 탈선 전문 대원으로서 첫 작전에 가담한 것으로 보인다. 첫 작전은 보초르와 에메릭 글러스(일명 '로베르')와 함께한 파리—에브뢰선 탈선 작전이었다. 그 7월 4일, 파리엔 더위가 기승을 부렸고, 기온은 30도까지 올라갔다.

촬영 날도 역시 더웠다. 보초르 역을 맡은 헝가리 배우가 선풍기 앞을 떠나지 못한 반면 가브리엘은 꿋꿋하게 더위를 견뎠다. 대신 가브리엘이 참지 못한 것은 아역 엑스트라들의 불평 소리였다. 목이 마르다는 둥, 덥다는 둥, 촬영 사이사이가 지루하다는 둥, 콜라가 없다는 둥…… 결국 가브리엘이 그들을 향해 버럭 소리를 질렀다. 전쟁 동안 또래의 아이들은 먹을 걸 구경도 못했다고, 설탕도 초콜릿도 버터도 하나도 없었고 그런데도 징징거리지 않았다고, 심지어 굶어죽은 아이들도 많다며 호통을 쳤다. 그의 성난 목소리가 원형경기장에 울렸다. 어떤 아이들은 놀란 눈으로, 어떤 아이들은 겁먹은 눈으로 그를 바라보았다. 그를 진정시키는 데 족히 한 시간은 걸렸다.

나는 그 1년 전 한여름에, 조그만 디지털카메라를 갖고 토미가 살던 동네를 샅샅이 둘러보다가 뤼테스 원형경기장을 발견했다.

변하지 않은 그 동네 어디서나 토미의 유령이 나를 따라다녔고, 그가 내 곁에 있는 느낌이었다. 나는 그를 떠나고 싶지 않았다. 롤랭가의 계단을 거쳐 몽주가를 가로지르는데, 거기 원형경기장이 있었다. 토미가 등굣길에 수백 번은 지나던 곳이리라. 나는 계단식 좌석 맨 윗줄에 앉아 동네 아이들의 축구 시합을 몇 분쯤 촬영했다. 그러다 보초르와의 그 장면을 구상했다. 1년 후 그 장면을 찍으면서 나는 이곳을 처음 발견했을 때의 향수에 젖었다. 그때 토미가 달콤한 꿈속에서처럼 나를 따라다녔다면, 지금 내 눈앞에 나타난 토미는 도발적이고 거칠었다. 잠시 나는 바이스브로트와 그의 아름답고 슬픈 사랑 이야기를 택할걸 그랬나 후회했다. 제목 〈볼프와 사라〉, 관객들의 눈물, 칸영화제, 동원 관객 500만 명…… 그렇지만 그날 저녁 편집용 필름을 보면서 나는 내 선택이 옳았음을 확신했다. 조제프 클리스치의 죽음을 알게 된 순간의 토미의 눈빛, 고통과 격분을 억누른 채 흘러나오는 목소리, 상처받은 짐승 같은 걸음걸이, 아이들한테 공을 돌려줄 때 엿보이는 분노, 모든 게 그 증거였다. 이 영화에는 복잡하고 모호하고 격정적인 인물이 담길 것이었다. 만일 무사히 촬영을 마친다면 말이다. 내 앞의 불꽃, 갈수록 뜨겁게 일어나는 예측 불능의 불꽃이 갑자기 스러지지 않는다는 보장은 전혀 없었으므로 아무것도 장담할 순 없었다.

다게르가의 원룸아파트. 부엌 문틀에 기댄 토미의 뒷모습이 보인다. 그는 설거지를 하고 식사를 준비하는 엄마를 바라보고 있다.

"가, 토미, 어서 가라니까. 제발 조심, 또 조심하고……" 그녀는 일손을 멈추지도, 아들을 돌아보지도 않는다.

토미는 대답이 없다. 그는 꼼짝도 하지 않는다.

"내가 널 지켜보고 있다는 거 알지?" 그녀가 아들을 안심시키려는 듯 말을 잇는다. "네가 어디 있건 엄만 널 지켜보고 있어. 엄만 너랑 같이 있는 거야."

"엄마가 같이 있어주면 다 잘될 거야, 엄마. 알잖아, 엄마가 곁에 있으면 난 안 무서워."

"난 네 곁에 있어. 자, 가라, 토미. 조심, 또 조심하고……"

마침내 엘렌이 고개를 들어 부엌문 쪽을 바라보지만 토미는 이미 사라졌다. 아파트 문이 열렸다 닫히는 소리가 들린다.

밤. 세찬 빗줄기 아래 철로가 보인다. 철로 쪽으로 몸을 숙인 사람들의 실루엣. 철로 옆 비탈에도 한 사람 서서 그들을 굽어본다. 손전등 불빛이 어룽거린다. 조금 더 가까이 다가가니 사내 넷이 모습을 드러낸다. 그중 토미도 있다. 토미와 다른 한 사람이, 나머지 둘이 비추는 손전등 밑에서 대형 스패너로 침목의 볼트를 풀고 있다.

야간열차 내부. 독일어 노랫소리와 웃음소리가 들린다. 거나하게 취한 군인들로 꽉꽉 들어찬 객차를 따라 통로를 이동하는 한 독일군의 모습을 좇는다. 그가 한 객차로 들어가 동료들에게 병맥주를 돌린다. 카메라가 앳된 금발 병사의 얼굴을 클로즈업한 채 멈춘다. 그는 천진한 얼굴로 동료들과 웃고 있다.

다시 세찬 빗줄기 속 손전등 불빛 밑의 탈선 전문 대원들의 모습. 네 사내가 동작을 맞춰 레일을 이동시킨다. 장면이 한번 더 밝은 열차 안으로 바뀐다. 앳된 독일 병사가 동료에게 담배 한 개비를 건네받는다. 담배를 건넨 동료, 그보다 조금 손위로 보이는 이가 불을 붙여주고는 재빠르고 부드러운 동작으로 그의 머리칼을 어루만진다. 그러자 주위에서 일제히 놀려댄다. 독일어로 떠드는 소리가 들린다. "귀염둥이 한스, 우고가 많이 보고 싶어할 거야! 우고, 너 결혼 승낙 얻으러 한스 엄마한테 인사 갈 거야?" 앳된 병사의 얼굴이 클로즈업된 채 오래 비춰진다. 병사는 난처한 미소를 짓다가 결국 웃음을 터뜨린다. 빗속의 어두운 철로, 짧은 휘파람소리가 들린다. 이제 레일은 제자리를 벗어나 있다. 네 사내는 도구들을 민첩하게 가방에 쓸어담고 비탈을 올라간 뒤 망을 보던 다섯번째 사내와 합류해 어둠 속으로 사라진다. 멀어져가는 손전등 불빛들과 다른 불빛 몇 줄기가 여전히 화면에 잡히다가, 이어 웃고, 농담을 나누고, 담배를 피우는 앳된 독일 병사의 얼굴이 다시 클로즈업되어 나타난다. 다섯 사내는 빠른 걸음으로 어두운 빗길을 걷고 있다. 기차 소리가 점점 가깝고 크게 들린다. 그사이 장면은 다시 열차 안으로 바뀐다. 독일군들의 떠들썩한 목소리, 웃음소리가 들려오고, 동료들과 약간 떨어져 마주앉은 한스와 우고는 한결 자연스럽고 진지하게 미소 지으며 서로를 바라본다. 철길을 따라 이어지는 작은 길 위에서 다섯 사내가 지나가는 기차를 바라본다. 차창은 환히 밝혀져 있고 어둠 속에서 승객들의 실루엣이 줄지어 스쳐간다. 곧 기차가 완전히 지나간다. 이내 삐걱거리는 소리가 크게 들리고, 몇 번의 충격음에 이어 금속판 부딪히는 굉음, 그리고 폭발음이 들린다. 이번에는 기차를 뒤덮은 화염 불빛이 어둠 속에서 세찬 빗줄기를 뚫고 길을 가는 다섯 사내의 뒷모습을 밝힌다.

다게르가는 한밤중이다. 큼직한 가방을 든 토미가 건물로 들어간다. 그는 계단으로 두 층을 올라가 열쇠로 문을 열고 어두컴컴한 원룸아파트 안으로 들어간다. 토미는 가방을 내려놓고 침대 머리맡의 불을 밝힌다. 엘렌은 침대에 혼자 누운 채 깨어 있다.

"엄마, 나 봤어?" 토미가 흥분해서 묻는다.

"그래, 지켜봤어, 토미. 기다리고 있었다, 떨면서 널 기다리고 있었어."

그는 얼른 침대로 가 옷을 입은 채로 엄마 옆에 드러눕는다.

"신발이라도 벗어라, 진흙투성이잖니." 그녀가 말한다.

토미는 신발을 벗고 이불 속으로 파고들어 엄마의 품속에 웅크리더니 그녀를 꼭 안고 뺨을 어루만진다.

"엄마, 나 봤지? 전부 잘됐어. 리카르도가 지휘했어. 엄마가 같이 있다는 거 난 알고 있었어. 내가 침목 볼트를 열다섯 개나 풀었어. 열차는 탈선했고. 독일 놈들이 한가득 타고 있었어, 얼마나 죽었을까……"

엘렌이 아들을 가만히 바라보다 입을 연다.

"잘했구나. 하지만 엄만 너 때문에 떨린다. 네가 어떻게 될까봐, 널 잃을까봐. 언젠가는 네가 돌아오지 않는 날이 오겠지."

"난 항상 돌아올 거야, 걱정 마."

토미가 엘렌의 어깨에 머리를 얹고 눈을 감는다. 엘렌은 부드럽게, 아들이 잠든 후에도 한참이나 머리를 쓰다듬는다.

엘렌과 토미 사이의 이 놀라운 장면들을 사람들이 믿을까? 엘렌이 저 미친 듯한 어머니의 사랑을 아들에게 무기처럼 내주었다는 것을? 사람을 수십 명 살상하기 위해 토미는 이 잔혹한 사랑과 동조를 필요로 했고 겁먹은 어린애처럼 엘렌의 품속에 웅크렸다는 것을? 이 장면들은 전부 사실이다. 내가 엘렌의 책에서 똑같이, 혹은 거의 그대로 가져온 내용이다. 나를 이 영화로 끌어들인 건 바로 이 장면들, 그리고 이와 비슷한 엄마와 아들 사이의 장면들이다. 바로 이런 장면들에 이 영화의 의미가 있다. 레지스탕스의 용기와 애국심에 대해서라면 이미 숱하게 다뤄졌으니까. 토미가 엄마의 무조건적 사랑이라는 완전한 면책특권을 갖고 살상에 임하지 않았다면, 이 영화가 새로이 보여줄 수 있는 것은 아무것도 없었으리라.

영화에서 그려진 이 열차 탈선 작전은 1943년 8월 3일에서 4일 밤사이에 일어났다. 프랑스 의용유격대 집행부의 공식 발표에 폭우를 비롯한 상세한 사항들이 기술되어 있다. 한밤중이었지만 현장은 기관차에 붙은 불길로 대낮처럼 환했다. 객차들은 무참하게 찌그러졌다. 확인된 정보에 따르면 독일군 사상자는 수백 명에 달했다. 동지들은 대장의 지휘하에 무사히 철수했다. 그 뒤에는 작전에 가담했던 대원들의 명부가 붙어 있다. 대장의 이름은 일도 스탄차니, 일명 '리카르도', 등록번호 10211번으로 마흔네 살의 이탈리아 공산주의자이며 스페인 내전에 참전했다. 알려지지 않은 이유로 조직을 탈퇴할 때까지 여러 건의 지상 작전을 지휘했다. 그는

1943년 연말 전에 이민노동자 의용유격대를 떠났고 전쟁에서 살아남았다. 그날 밤 리카르도와 토미 외에도 등록번호 10282번 '가소'(42세), 등록번호 10199번 '장클로드'(48세), 등록번호 10350번 '아소'(43세)도 현장에 있었다. 전원 공산주의자였다. 몇 달이나 탈선 전문반에 소속되어 있었으나 전후에도 일체 신원이 드러나지 않은, 오늘날에도 알려진 바가 전혀 없는 인물들이다.

희생된 독일군들은 며칠의 휴가를 얻어 귀향하던 중이었다. 토미는 그들에게도 그들을 기다리는 엄마가, 아내가, 혹은 아이들이 있음을, 그리고 어쩔 수 없이 나치의 공모자가 되었음을 알고 있었다. 나는 이 점을 강조하고 싶었다. 엘렌의 말처럼 토미가 독일군을 살상하면서 지독한 번민을 감수해야 했다면, 독일군 대부분은 무고하다는 걸 알고 있었기 때문이다. 1945년 4월 베를린에 있던 병사들, 쓰러져가는 중에 포도당 주사를 맞고 잠시 소생해 뺨을 붉적였을 히틀러의 헐렁한 군복을 걸치고 있던 그 무고한 어린 병사들처럼. 1944년 8월 파리 해방 때 굴욕적인 패전자들의 모습을 컬러로 촬영하던 미국인들의 카메라 앞에서 눈물을 흘리며 주저앉았던, 구겨진 군복 차림의, 덥수룩한 금발의 무고한 소년병처럼. 어쩌면 그 소년병도 프랑스인을 몇 명쯤 죽였을 테지만, 새하얗게 질린 그 얼굴은 토미의 얼굴만큼이나 내게는 무척 인상적이었다. 그 소년병의 이야기로 또 한 편의 영화를 찍고 싶었을 정도로. 나는 한스와 병사들 간의 동료애를 넘어선 순정에 관한 이야기를 지어내면서 그 소년병을 떠올렸다. 그런 사연은 독일군 안에도, 세상의 어느 군대 안에도 늘 있었다. 그렇지만 승리의 도구로서 이른바 신성 부대*를 창설하는 훌륭한 생각을 해낸 것은 오직 테베의 그리스인들뿐이었다. 이 기차 장면은 겨우 몇 초 만에 순식간에 지나가버리지만 나는 이 장면이 사람들의 뇌리에 남기를 바란다. 여기에 내가 발휘할 수 있는 연민을 전부 쏟았기 때문이다.

새벽. 2미터 50센티미터 높이에서 비춘 새벽녘의 긴 철길. 이탈해 있는 레일이 보인다. 증기기관차의 리드미컬한 소리가 점차 커지면서, 기관차가 카메라 밑을 지나가며 이내 연기 속에 잠기고, 열차 맨 앞 칸이 비칠 때쯤 기관차가 선로를 벗어나 옆으로 쓰러진다. 굉음을 내며 전복된 기관차를 첫 차량이 들이박으면서 일대가 아수라장이 된다.

한낮. 비가 내린다. 철도원이 쇠막대기를 가지고 레일을 규칙

---

* 150쌍의 동성 커플로 구성된 고대 그리스 도시국가 테베의 최정예 부대.

적으로 두드리며 철길을 따라 걷고 있다. 그는 뒤를 한번 돌아보고는 철길 옆 숲 쪽으로 빠지더니 안으로 더욱 깊숙이 들어간다. 진흙땅에 엎드려 있는 사내들 몇몇이 보인다. 그중 셋은 총을 갖고 있다. "나야, 쿠데르크!" 철도원이 소리친다. 진흙투성이의 꾀죄죄한 사내들이 몸을 일으켜 그를 에워싼다. 그 가운데 토미도 있다. 핀게르츠바이크, 일명 '마리위스'와 한밤중 빗속에서 철로를 탈선시켰던 두 남자, 토미와 비슷한 또래인 듯한 청년도 보인다. 젖은 흑갈색 머리를 뒤로 넘기고 몇 가닥이 옆으로 흘러내려와 있는, 호리호리한 체형의 그 청년은 허리춤을 꽉 쪼인 베이지색 야상점퍼를 입었다.

"오늘은 안 지나갈 거야." 자신을 둘러싼 사내들에게 철도원이 말한다.

"젠장, 그럼 그 열차는 대체 언제 지나가는데?" 첫 탈선 작전에도 가담했던 사내가 강한 이탈리아 억양으로 내뱉는다.

"벌써 이틀이나 기다렸는데." 토미가 말한다.

그러고는 이탈리아 억양이 강한 남자를 돌아보며 묻는다.

"강행할 거예요, 리카르도?"

"아직 아냐, 결정은 내일 할 거야." 그가 대답한다.

"난 오늘밤에 다시 올게." 철도원이 말한다.

그는 사내들과 악수를 나눈 뒤 왔던 길로 돌아간다.

사내들이 진흙탕에 다시 주저앉는다. 토미는 베이지색 야상점 퍼를 입은 청년 옆에 앉는다. 철도원이 레일을 두드리는 규칙적인 소리가 들려온다.

"이제 먹을 거 없어, 마르셀?" 토미가 묻는다.

"다 떨어진 지 오래야."

"로베르, 먹을 거 없어요?" 토미가 콧수염을 기르고 베레모를 쓴 가죽점퍼 차림의 사십대 사내에게 묻는다.

"없어, 농가에 한번 다녀와야겠어. 어떻게 생각해, 리카르도?"

"위험하지만 그래야지. 로베르, 마리위스, 너희들이 다녀와. 조금이라도 문제가 생기면 즉각 발사하고."

"서로를 겨눠야지……" 핀게르츠바이크가 로베르를 향해 웃으면서 말한다.

두 사람은 일어나 숲속으로 사라진다.

"망할, 지긋지긋해……" 토미가 중얼거리며 진흙탕 위에 벌렁 드러눕는다.

가느다란 빗줄기에 젖은 더럽고 지친 얼굴이 한동안 클로즈업된다.

"마르셀, 너 엄마 있어?" 토미가 묻는다.

"응, 있지. 위조 신분증을 가지고 알포르빌에 숨어 지내셔." 바이스브로트가 대답한다. "종종 뵈러 가. 너는?"

"있어. 엄마가 저기서, 쫄딱 젖고 굶주린 채 진흙탕에 누워 있는 나를 보고 있을까 생각하는 중이야."

한낮. 화물열차가 탈선한다. 기관차가 붕 떴다가 옆으로 떨어지고, 차량들이 굉음을 내며 쓰러지고, 기관차의 기관이 폭발한다. 기차는 몇 차례 들썩이더니 잠잠해진다. 문짝이 다 떨어져나가고 이리저리 뒤엉킨 차량들의 측면에서 곡물이 쏟아져나온다. 비명과 신음이 들린다.

프랑스 의용유격대 집행부의 공식 발표가 사실이라면, 1943년 8월에서 10월까지 토미는 일곱 건의 성공적인 탈선 작전에 가담했다. 물론 실패했거나 공식 목록에 오르지 않은 작전도 여러 건 있었다. 그중 하나가 이름을 알 수 없는 어느 역에서 벌어진 화물열차 화재 사건으로, 곡물을 실은 독일행 기차였다고 엘렌의 회고록에 나와 있다. 독일군에게 추적당한 토미와 동료들이 그날 밤 쉬지 않고 5킬로미터를 내달렸을 것이라고도. 어떤 작전은 며칠씩 걸리기도 했는데, 보초르가 지목한 기차들이 항상 정시에 지나지는 않기 때문이었다. 탈선 전문반은 때때로 프랑스인 철도원들로부터 정보를 받았다.

특수효과는 스티브의 팀에 일임했다. 영화에 등장하는 세 건의 탈선 장면은 당시의 기관차와 객차를 촬영한 실사, 축소 모형, 그리고 컴퓨터그래픽 영상을 조합한 결과이다. 비록 1945년 철도청에서 진짜 기차를 내주었던 르네 클레망의 〈철로의 싸움〉에 나오는 다시 없을 생생한 효과만큼은 아니었지만, 그래도 결과는 눈부셨다. 영화에 드물게 등장하는 파리 거리에서의 테러 장면들보다도 훨씬 멋졌다. 탈선을 암시하는 장면들, 즉 레일의 볼트를 빼거나 숲속에서 대기하는 장면들을 촬영하며 나는 전후 프랑스 영화를 풍미했던 〈철로의 싸움〉〈제리코〉〈그늘의 군대〉 등 레지스탕스의 영광에 관한 영화들을 끊임없이 떠올렸다. 아무래도 진부한 면을 지울 수 없는 내 영상에 대한 답답함, 결국 나도 비슷한 영화를 하나 더 찍고 있을 뿐이라는 불안감. 이런 고민들은 촬영감독 크리스토퍼가 해결해주었다. 그는 끈기를 가지고 빛의 효과를 연구하고 만들어냈다. 특히 밤 시퀀스들에서 사용한 새로운 코닥 필름 덕분에 노출이 부족한 상황에서도 계속 촬영해나갈 수 있었고, 거의 암흑에 가까운 화면 속에 미묘한 명암 대비가 잘 드러났다. 그렇지만 비나 진흙탕은 내 창작이 아니라 자료의 증언을 따른 것이고, 의상도 경찰의 인상착의 항목에 기록되어 있던 대로다. 두 독일군의 순정을 끼워넣은 것도, 이런 영화에서 적군의 인간미는 거의 표현된 적이 없었기 때문이었다.

이즈음의 시골 야외촬영에서 내가 답답함을 느낀 것은 가브리엘의 연기 때문이기도 했다. 빌마가 떠난 이래 그는 줄곧 침울해 있었으니, 그 침울함에는 나도 제법 익숙해져 있었다. 문제는 그의 과도한 몰입 연기였다. 한창 작전을 수행중인 토미로 분한 가브리엘의 표정은 너무 신랄했고, 몸짓은 너무 거칠었으며, 억양은 너무 도발적이었다. 나는 그 격렬함을 부드럽게 만드느라 촬영 중간중간 끝없이 그를 설득하고 달래야 했다. 그는 마지못해 내 말에 응했고, 우리는 세세한 사항들, 이를테면 철도 침목의 볼트를 풀 때 스패너를 쥐는 방식, 시선 처리, 발성의 리듬 따위를 놓고 기나긴 토론을 하느라 시간을 허비했다. 요컨대 내 답답함은 즉흥적이면서도 놀라웠던 그의 인물 해석이 옳은 게 아닌가 자문하기 시작한 탓이었다. 이 역들과 이 철로들 위에 있던 토미는 실제로 가브리엘이 보여준 것처럼 격정적인 모습이 아니었을까? 내가 스크린에 담고 싶었던 토미는 내가 만든 토미일 뿐 반드시 진짜라는 보장이 없다는 사실을 나는 비로소 알아차렸다. 해석한 인물이 타당한지 의심하는 나와 불가사의한 재능을 부정당한 가브리엘 사이에는 새로이 긴장감이 형성됐다. 이를 조금이나마 누그러뜨리기 위해 나는 몇 장면을 양보했다. 그렇게 토미는 나의 통제를 벗어나 있었다. 예를 들어, 볼트 해체에 거칠게 매달리는 토미는 내가 상상했던 토미가 아니었다.

일명 '마르셀', 그러니까 볼프 바이스브로트를 연기한 니콜라에게는 이런 문제가 없었다. 니콜라는 자신의 배역만큼이나 단순한 청년이었다. 마르셀은 1925년 3월 3일 폴란드 크라시니크 태생으로 기계공 수련생이었으며, 유대인 청소년들을 위한 직무 훈련소인 파리 로지에가의 직업학교를 그만둔 후 열일곱 살에 프랑스 의용유격대에 들어갔다. 1943년 7월 탈선 전문반에 합류하기 전의 레지스탕스 활동에 대해서는 크게 알려진 바가 없다. 이때까지는 제2분대 소속으로 몇몇 테러에 가담했던 것으로 보이는데, 불확실하게나마 유일하게 알려진 내용은 1월 3일의 작전이다. 그가 속해 있던 그룹은 라이만의 지휘하에 파리의 로벤달대로에서 독일군 분대에 두 개의 폭탄을 투척해 여러 사상자를 냈다.

우리가 필름에 담는 것은 두려움과 용기와 죽음이었지만, 스무 살이 채 안 된 니콜라와 조나탕은 촬영 사이의 시간을 아무렇지도 않게 즐기며 보냈다. 라이프 골드베르크, 일명 '쥘리앵'을 연기한 마티외도 마찬가지였다. 쥘리앵은 1924년 2월 14일 폴란드 우치 태생으로 파리의 벨빌에서 자랐다. 아버지는 재봉사였는데 벨디브 일제 검거 사건 후 그는 고아가 되었고, 그 역시 처음엔 제2분대에 있다가 탈선 전문반으로 이동했다. 첫 며칠 촬영이 진행되는 사이, 이 아이들은 처음 시나리오를 읽었을 때의 충격을 금세 깨끗이 잊었다. 롤러스케이트나 외모 관리, 지인들과의 만남 등은 다 잊고 현실 세계에서 완전히 등을 돌린 가브리엘과 달리 이들은 여전히 휴대전화와 아이팟을 끼고 살면서 태평한 청춘을 구가하며 즐겁게 돌아다녔다. 내가 토미의 세계 속에 그렇게 긴 시간 잠겨 우려낸 것들이 드디어 세상에 나올 채비를 마친 순간, 그 격심한 대비 때문에 그들을 진심으로 사랑할 수 없었다. 곧 열릴 파티를 계획하고 8월의 휴가를 위한 여행 상품 예약에만 정신이 팔려 있는 그들이 어떻게 죽음을 각오하고 나치즘과 싸우는 유대인 청년들의 모습을 구현할 수 있단 말인가? 바이스브로트, 핀게르츠바이크 그리고 골드베르크는 겨우 이것들을 위해 싸웠단 말인가? 한참 더 시간이 지난 뒤에야, 나는 그들이 꿈꾸었던 것이 실제로 이런 하찮음, 이런 알맹이 없는 자유, 이런 무의미한 쾌락이었음을 인정할 수 있었다. 하지만 당시에는 받아들이기가 쉽지 않았다. 자기 배역에 자격이 있는 사람은, 다소 지나친 구석이 있을지언정 오직 가브리엘뿐인 것 같았다. 가브리엘만이 오늘날의 허무함에 대척되는, 지난날의 숭고함과 강렬함을 향한 향수 속에서 나와 나란히 걷고 있었다. 가브리엘은 이 영화의 주역으로서 꼭 필요한 존재일 뿐 아니라 이제 내게 깨어나고 싶지 않은 꿈처럼 다가왔다. 나는 싱거운 구실을 붙여 그의 촬영이 없을 때도 수시로 현장에 가브리엘을 불렀다. 그는 다 알면서도 조용하고 진득하게 내 곁에 있었다. 내가 토미를 초라하게 만든다고 때때로 분통을 터뜨림으로써 그는 내게 용기를 주고 자신의 힘과 진실을 내게 나눠주려 하고 있었다. 거기에는 나를 향한 애착의 징후가 보였다. 사춘기 아들이 아버지에게 품는 것과 같은 무의식적인 애착이었다. 그후에 벌어진 일들은 내 생각이 틀리지 않았음을 증명했다. 그의 고통과 비밀과 과격함, 그리고 배격 행위까지도 그 모든 것이 매일 더 새롭게 나를 감동시켰다. 그리하여 어느 날, 그에 대한 내 애정—그때는 이렇게 부르는 것이 적절하게 느껴졌다—을 억제하려는 노력이 마침내 무의미해 보였다.

남색 펠트모에 남색 외투, 회색 바지, 검은 구두 차림의 토미. 그가 '로베르', 즉 에메릭 글러스와 함께 무프타르가를 걷고 있다. 로베르는 베레모를 썼고, 점퍼에 파란색 나사羅紗 바지 차림이다. 카메라가 그들을 따라간다. 뒷모습만 보이고 말소리도 들리지 않지만 그들이 이야기를 나누고 있음을 알 수 있다. 관객의 귀에 들리는 것은 한 남자의 숨소리, 그리고 아주 가까이서 들리는 발소리다. 그사이 토미와 로베르는 콩트르스카르프광장에 도착하고, 이어 계속 걸어 이제 데카르트가로 내려가는 중이다. 화면 가까이, 마침내 샤프펜슬을 쥔 손 하나가 나타난다. 그 손이 재빨리 수첩에 무어라 휘갈겨 적는다.

이 장면은 1943년 9월 22일 14시에 있었던 일이다. 이날, 경찰 정보청의 앙드레와 라부아냐 형사는 처음으로 토미를 보았다. 위에서 묘사된 대로. 토미는 마치 부르주아 시민처럼 옷을 입고 있었다. 우리는 나중에 이 외투를 다시 보게 될 것이다. 형사들은 수첩에 토미를 일단 '무프타르'라 적었다. 그날 토미와 함께 있던 글러스는 1902년 부다페스트 태생의 헝가리 공산주의자 기계공으로, 1937년부터 프랑스에 정착해 1939년 프랑스군에 외국인 의용병으로 들어갔다. 토미와 마찬가지로—아마 두 사람은 헝가리어로 몇 마디 나누었으리라—그는 원래 제1분대 소속이었다가 탈선 전문반으로 이동해 주요 책임자 가운데 하나가 되었다.

3주 뒤 형사들은 클로비스가에서 보초르와 함께 있는 토미를 다시 보지만 알아보지 못한다. 경찰 수첩에는 역시 거리 이름을 따 '클로비스'라 적혀 있었다. 탈선 전문반 미행은 9월 8일에 개시되었다. 형사들은 7월 30일 이래, 아마 밀고를 받고 '위치 탐

토미의 무덤   119

지'중이던 라이프 골드베르크를 미행하기로 결정한 날이었다. 골드베르크는 자신도 모르는 새 형사들을 핀게르츠바이크에게 로 데려갔고, 그다음엔 글러스, 이어 일명 '장'이라 불리던 국제 여단 출신의 1918년생 폴란드 유대인 요나스 게둘디크와 팔레 스타인과 오스트리아를 거쳐 1938년 프랑스에 정착한, '모리스' 라 불리던 1910년생 폴란드 유대인 빌리 샤피로에게도 데려갔 다. 이 두 사람도 각각 미행의 대상이 되었고, 경찰은 인내심 있 게 거미줄을 치기 시작했다. 9월 20일, 글러스는 두 형사를 탈선 전문반 대장인 보초르에게 인도했고, 그로써 22일에는 토미에게 도 인도했다. 이튿날 17시, 폴팽르베 공원으로 보초르와 바이스 브로트를 만나러 간 토미를 미행한 덕에 앙드레와 라부아냐 형 사는 탈선 전문반의 최연소 대원을 알게 된다. 24일, 보초르를 미행하면서 경찰은 14구 플레장스가에 있는 마누시앙─이때는 아직 경찰도 그가 파리 지역 이민노동자 의용유격대의 전술 지 휘관이라는 사실을 몰랐다─의 거처를 포착해냈다. 28일, 마누 시앙을 미행한 두 형사는 우아즈 메리엘까지 가게 된다. 전술지 휘관 마누시앙은 우아즈에서 직속상사이자 일드프랑스 지역 프 랑스 의용유격대의 대장인 조제프 엡스타인과의 주간 정례 만 남에 나갔다. 거미는 교묘하고 집요하게 거미줄을 치고 있었다. 천천히, 자신의 정체를 노출할 수도 있는 미행은 포기하면서,

최후의 일망타진을 위해 먹이들을 표면적으로는 자유로이 풀어
놓은 채.

이때부터 검은 그림자가 늘 토미를 뒤따라다녔다. 그림자는
다시는 그를 놔주지 않을 터였지만 토미는 보지 못했다. 죽음이
그의 뒤를 바짝 따라 걷고 있었다. 이 항구적인 위협에 담긴 새
로운 긴장과 서스펜스에 쥘리앵이 음악으로 자연히 반주를 맞춰
줄 것이었다. 나는 음악을 통해 관객이 두려움, 요컨대 아직은
희망의 빛줄기를 간직한 두려움과 예고된 종말을 마주한 체념
사이에서 동요하게 되기를 원했다. 쥘리앵은 심장박동처럼 규칙
적이고 선율이 살아 있는 낮은 소리만으로 내가 원하던 효과를
만들어냈다.

나는 온갖 책들을 읽었고 숱한 이야기를 접했고, 직접 시나리
오를 썼다. 그러나—현재 세부적인 것들에 집중해야 하는 감독
으로서의 입장과는 별개로—지울 수만 있다면 이 검은 그림자를
지우고 싶었다. 내가 다른 누구도 아닌 토미를 택한 것은 필요 이
상의 페이소스를 담아내지 않아도 될 것 같았기 때문이기도 했
다. 그런데 내 카메라 앞에서, 그의 어깨에 드리운 불길한 힘들이
그의 완고함과 격렬함을 벗겨내 그를 한 마리 얼어붙은 새끼 새
로 만들어버렸고, 나는 그 새를 손안에 품어 덥혀주고 싶었다. 이

걸 어떻게 말하면 좋을까? 갑작스러운 이 연민이 이때부터 나를 가브리엘과 이어줬던 것은 분명하다. 그날 그 잿빛 새벽에, 무프타르가에서 어두운 색 옷차림의 토미가 되어 걸어가는 가브리엘을 보고 나는 두 사람을 혼동했다. 그리고 가브리엘 역시 죽을 수도 있다는 생각이 들어 두려워졌다.

푸른색 작업복 차림으로 탕플 지하철역의 아르누보풍 난간에 팔을 괴고 있는 두 사내의 뒷모습이 보인다. 원경으로는 그들의 맞은편 튀르비고가에 늘어선 검은 건물들과, 그 한가운데에 85번지 건물이 보인다. 자전거를 탄 사람 몇몇과 심카 5* 한 대가 지나간다. 85번지 건물의 밝은색 나무문이 열리더니 한 남자가 나온다. 조제프 보초르다. 튀르비고가로 나온 그는 왼쪽으로 방향을 튼다. 작업복 차림의 두 사내 중 하나가 손목시계를 들여다보고 수첩에 뭐라고 적는다. 이들이 경찰임을 알 수 있다. 보초르가 지하철역을 지나자마자 이들은 그를 미행하기 시작한다.

---

* 프랑스 자동차 제조사인 심카의 제품명.

레퓌블리크광장에 이른 보초르는 지하철역으로 향하는 계단을 내려가 통로들을 지난 뒤 줄을 서서 검표를 받고, 이탈리광장역 방향 플랫폼의 열 명쯤 되는 승객들 틈에 끼어 열차를 기다린다. 몇 미터 떨어져 있던 두 작업복 사내도 그를 따라 초록색 객차에 오른다.

보초르는 이브리 시문 역에서 내려 지하철역을 나와, 여전히 미행을 단 채 마세나대로로 접어든다. 파테가 모퉁이에서 푸른색 나사 재킷에 카키색 바지를 입고 투박한 군화를 신은 사내가 그를 기다리고 있다. 일도 스탄차니, 일명 '리카르도'다. 둘은 악수를 나눈 뒤 걸음을 옮겨 카페로 들어간다. 두 형사는 맞은편 보도에 서 있다. 길에는 자전거, 자전거 택시, 낡은 자동차 들이 지나가고, 보도에서는 어린애들이 놀고 있다.

두 형사는 이제 카페에서 나온 스탄차니를 미행한다. 그는 보초르와 반대 방향으로 대로를 따라 걷다가 슈아지대로로 접어든다. 그가 41번지의 작고 수수한 4층짜리 건물로 들어가는 것이 보인다. 형사들은 몇 미터 거리를 둔 채 맞은편 보도에 있다. 한 명은 벤치에 앉아 수첩에 메모를 하고 있고, 또 한 명은 가게 진열창을 구경하는 시늉을 한다.

스탄차니가 건물에서 나온다. 이제 커다란 버들바구니를 들고 있다. 두 형사는 슈아지 시문 역으로 그를 따라간다. 미행은 그가 여전히 바구니를 들고 파리 동東역의 역사로 들어가 벤치에 가 앉을 때까지 계속된다. 두 형사도 이제 역 안에 있다. 한 명은 신문 판매대를 등지고 서 있고, 다른 한 명은 벤치에 앉아 있다. 제일 먼저 보초르가, 뒤이어 골드베르크와 게둘디크, 핀게르츠바이크, 토미, 바이스브로트가 나타난다. 골드베르크와 토미는 배낭을 지고, 더 어린 다른 셋은 어깨에 걸쳐 메는 가방을 메고 있다. 따로따로 도착한 그들은 두리번거리다가 이윽고 보초르와 스탄차니가 나란히 앉은 벤치 앞으로 모여든다. 짧은 밀담이 오간 뒤, 스탄차니가 바구니에서 꾸러미 두 개를 꺼내 하나는 게둘디크에게, 또 하나는 골드베르크에게 건넨다. 골드베르크와 핀게르츠바이크가 먼저 자리를 뜨고, 이어 약간 간격을 두어 토미와 게둘디크가 떠난다. 그들은 플랫폼에 정차해 있던 트루아행 기차의 객차 두 량에 제각각 오른다. 두 형사도 또다른 객차에 뒤따라 탄다. 스피커에서 출발 안내가 들린다. 플랫폼의 시계는 11시 45분을 가리키고 있다. 철도원이 호루라기를 불자 기차가 움직이기 시작한다.

흔들리는 기차 통로. 형사들이 열차간을 하나하나 눈으로 훑으면서 나아간다. 계속 걸어나가다 토미가 그들의 눈에 들어온다. 토미는 창가 좌석에서 스치는 풍경을 바라보고 있고, 맞은편 통로 좌석에 앉은 게둘디크는 꾸벅꾸벅 졸고 있다.

탈선 전문 대원들이 여행객들 틈에 섞여 트루아역에 멈춰 선 기차에서 내린다. 역사 안 시계는 14시 45분을 가리키고 있다. 여전히 둘씩 짝을 지어, 서로 10여 미터 떨어진 채 그들은 역을 나온다. 여전히 두 형사의 감시를 받으며 그들은 '벨포르의 사자'라는 주점으로 들어간다.

네 명의 대원이 테이블 앞에 둘러앉아 맛있게 음식을 먹고 있다. 흐릿하게 밝혀진 널찍한 홀에는 사람이 많지 않다. 낮은 목소리로 속삭이고 있는 듯, 서로에게 몸을 기울이고 있는 그들이 멀리 보인다. 그들이 점점 클로즈업되고, 그들은 일제히 웃음을 터뜨린다.

"로젠블럼 일가가 가짜 신분증을 갖고 경계선*을 넘을 때의 일이야." 핀게르츠바이크가 이야기를 하고 있다. "검문하는 독일 장교 놈이 의심쩍은 눈초리로 머리끝에서 발끝까지 훑어보며 신분증을 요구했지. 로젠블럼 씨가 전 가족의 가짜 신분증을 내놓으니까 그 장교가 신분증을 살펴보며 물었어. '모리스 튀부아 씨 되십니까?' '예, 장교님.' '부인분과 아이들 이름은 무엇입니까?' '보시다시피 장교님, 아내는 마르탱 태생의 뤼시 뒤부아, 아이들

---

* 1940년에서 1942년까지 프랑스 북부의 독일 점령지와 남부 자유 지대 사이를 가르던 분계선.

은 로베르와 마리 뒤부아랍니다.' **체르트**(증명서)…… **구트**(좋아)…… **체르트 구트**…… 크런데 혹쉬 유대인은 아니쉬겠치요?' '무슨 말씀을, 장교님! 아니죠, 절대 아니랍니다……' '크럼 탕신 종교가 무엇임니카, 뒤부아 씨?' '저희는 물론 **고이***지요, 장교님, 저희는 고이입니다……' "

또다시 웃음이 터진다. 잠시 침묵이 깔리더니 이번에는 게둘디크가 이야기를 꺼낸다.

"죽마고우 모이슈와 사무엘이 게토의 거리를 산책하고 있었어……"

그가 이야기를 이어가는 사이(계속해서 식당의 소리들이 들린다) 화면에는 주점 밖 테라스에 자리잡은 두 형사가 보인다. 그들은 빈잔 두 개를 앞에 놓고 칙칙한 표정으로 앉아 있다.

"……모이슈가 말했어. '사무엘, 만일 너한테 내장재는 가죽이고, 호두나무 계기판에, 은 손잡이가 달린 이스파노 수이자 J12가 완전히 똑같은 걸로 두 대 있으면 나한테 한 대 줄 거냐?' 사무엘이 대답했지. '아무렴, 우리가 누구야? 학교도 같이 다니고 군대 생활도 같이한 30년 지기인데. 만약에 두 대 있다면 한

---

* 현대 히브리어 혹은 이디시어로 '국가'라는 뜻으로, 유대인이 비유대인 즉 이교도를 경멸조로 이를 때 쓰이는 말이다.

대는 너 줘야지.' 모이슈가 또 말했어. '그러면 사무엘……'"

게둘디크의 이야기가 계속 이어지는 가운데 탈선 전문 대원 네 명이 주점을 나오는 모습이 보인다. 토미와 골드베르크는 다시 배낭을 지고 있다. 그들이 몇 미터 멀어질 때까지 지켜보다가 잠시 후 두 형사도 일어나 그들 뒤를 쫓아 옛 트루아가를 걷는다.

"'……만일 너한테 좋은 동네에 있는 아파트가 두 채 있으면, 널찍한 거실에 방 네 개, 두 채 다 욕실도 있고 더운물이 콸콸 나오고 중앙난방이 딸려 있으면 한 채는 나 줄 거냐?' '물론이야, 모이슈, 한 채는 너 줘야지. 넌 내 결혼식 때 증인도 서주고 난 네 아들 대부잖아. 그야말로 둘도 없는 친군데.'"

그들은 이제 좀더 조용한 거리, 안개가 살짝 끼어 윤곽이 흐릿해진 거리를 걷고 있다. 게둘디크의 이야기가 이어진다.

"'그럼 사무엘, 하나만 더 묻자, 만일 너한테 암탉이 두 마리 있으면……' 그러자 사무엘이 빽 소리를 쳤어. '됐어, 그만해라, 모이슈! 너 나한테 암탉 두 마리 있는 거 알잖아!'"

웃음소리, 그리고 여전히 주점의 소음이 들리다가 마침내 침묵이 깔린다. 이제 제법 짙어진 안개가 나무들이 울창한 고급 저택이 늘어선 거리를 뒤덮는다. 이 영상이 길게 이어지고, 그사이 아무런 움직임도 보이지 않는다. 그러다 안개 속에서 두 개의 실

128

루엣이 점차 나타나고, 이내 배낭을 멘 토미와 골드베르크임이 드러난다. 그들이 다가와 카메라 앞을 지나간다. 자전거 탄 사람 한 명이 화면에 들어왔다가 다른 방향으로 사라지는 순간, 이번 에는 핀게르츠바이크와 게둘디크의 실루엣이 모습을 드러낸다.

여전히 안개 속. 밤이 내려앉아 더 어두워졌다. 네 명의 탈선 전문 대원이 다리 위로 강을 건너고 있다. 그들은 점점 멀어져 이윽고 시야에서 완전히 사라진다. 한동안 폭포소리 같은 물소 리와 새소리만 들린다. 갑자기 다리 위에 쿵쿵대는 발소리가 울 리더니 대원들의 뒤를 쫓는 두 형사가 나타난다.

이 모든 장면들 가운데 내가 특별히 창작해낸 것은 거의 없다. 시각, 장소, 인물 전부 사실 그대로다. 1943년 10월 21일 이날 하루를 재구성할 수 있는 건 앙드레와 콩스탕이라는 두 형사의 미행 보고서 덕분이다. 특히 테러리스트들이 눈앞에서 저지르는 일을 구경만 하면서 미행을 최대한 오래 끌어 한 사람도 빠짐없 이 잡아들이려 한 경찰의 놀라운 전략이 그 보고서에 드러난다. 모든 것이 사실이다. 이를테면 스탄차니가 어디선가 가져온 바 구니에 뭐가 들어 있었는지 끝내 알 수 없었다는 것까지도. 아마 보초르가 마지막 순간 대원들에게 나눠준 무기가 들어 있었으리 라. 또한 스탄차니와 바이스브로트가 같은 기차를 타지 않았는데 이후 어떻게, 어디서 전원이 모였는지 역시 수수께끼로 남아 있다. 모든 것이 사실이다. '벨포르의 사자'라는 주점에서 대원들이 점심을 먹으며 들려준 유대인 이야기 장면만 빼고. 형사들은 주점의 홀까지는 들어가지 않았다. 며칠, 어쩌면 몇 주에 걸쳐 치밀하게 준비해온 작전이 시행되기 직전, 긴장을 푸는 데 이보다 효과적인 것은 없었으리라 나는 상상했다.

밤. 숲속. 네 명의 탈선 전문 대원이 빈집인 듯한 저택의 벽에 기대앉아 있다. 갑자기 골드베르크가 몸을 일으키며 외친다. "왔다!" 스탄차니와 바이스브로트가 나타나자 모두가 일어선다. "바로 출발하자." 스탄차니가 말한다. 그들은 걷기 시작한다. 층층이 쌓인 안개가 그들이 차례차례 가로지르는 풍경들 위를 떠다닌다. 탁 트인 들판의 작은 길, 숲속 오솔길, 철길. 그 풍경들은 가까스로 구분될 뿐, 어룽거리는 손전등 불빛밖에는 제대로 보이는 것이 없다. 달빛도 보이지 않고, 때때로 어슴푸레한 가로등 불빛이 어둠 속의 그들을 비춘다. 선두에서 걷던 스탄차니가 마을 초입에 걸음을 멈추더니 가방에서 지도를 꺼내 바닥에 펼치고 손전등을 비춘다. 대원들이 그를 둘러싼다.

"마 케 치 파차모 퀴(그런데 여기서 우리 뭐하는 거지)…… 10킬로미터를 헛걸음했어……" 그가 한숨을 뱉는다.

"이런, 젠장!" 토미가 버럭 소리친다.

그들이 조금 전과 같은 풍경들 속을, 이번에는 반대 방향으로 걷고 있는 모습이 보인다.

안개 속에서 손전등 불빛들에 철로의 일부분이 희미하게 드러 난다. 대원들이 선로 위에 몸을 구부린 채 볼트를 풀고 있다.

어스름한 새벽. 트루아역의 시계는 6시 10분을 가리키고 있 다. 탈선 전문 대원 전원이 두 명씩 짝을 지어 몇 미터씩 거리를 두고 도착한다. 다들 몹시 지쳐 보이는데, 특히 토미는 발을 절 뚝거리면서 힘들게 걷는다. 하나같이 머리가 부스스하고, 꾀죄 죄하고, 신발과 바짓자락에는 진흙이 묻어 있다. 카메라가 기진 맥진해 있는 그들의 얼굴을 하나하나 꽤 오래 잡는다. 좀 떨어 진 곳에 역시 후줄근한 행색으로 벤치에 앉아 있는 두 형사가 보인다.

구식 기차의 객차 안. 토미는 머리 받침에 고개를 기울인 채, 바이스브로트는 토미의 어깨에 기댄 채 잠들어 있다.

10월 21일에서 22일로 넘어가는 밤사이 트루아 지역에서는

무슨 일이 일어났던 걸까? 앙드레 형사와 콩스탕 형사의 보고서를 보면 그들은 트루아 인근 교외 지역 생쥘리앵데빌라를 벗어나 다리를 건넌 뒤 21일 18시 15분에 대원들을 놓친 것으로 기록돼 있다. 두 형사가 대원들을 다시 발견한 것은 그들이 이미 작전 한 건을 완수한 다음인 이튿날 트루아역, 새벽 6시쯤이었다. 역시 보고서를 보면 형사들은 얼마 후 스탄차니와 대원들이 트루아역에서 직선거리로 60킬로미터 떨어진 에르메역 근처에서 기차 한 대를 탈선시켰음을 알게 됐다. 형사들은 어떻게 그들을 역에서 다시 봤고, 어떻게 테러에 대해 파악했을까? 이상하게도 보고서에는 이 점과 관련한 언급은 전혀 없다. 제일 그럴듯한 가정은, 미행의 그물망이 너무 일찍 찢어지지 않도록 대원들을 그대로 내버려둔 채 작전의 전 과정을 그저 지켜봤으리라는 것이다. 보고서에는 차마 당당히 밝힐 수 없는 전략이었다.

스탄차니와 대원들은 도중에 길을 잃었다. 족히 20여 킬로미터는 되는 거리였다. 대원들은 적어도 150킬로미터를 이동했는데, 단시간에 도보로 가로지르기는 불가능한 거리다. 그들은 이동중 대부분 화물열차를 탔을 것이고, 철도원의 공모도 있었으리라 짐작된다. 나는 이런 세세한 사항까지는 파고들지 않았다. 오직 내 흥미를 끈 것은, 대원들이 허술하고 무모하게도 길을 잃었다는 점이었다. 그들은 엘리트 형사들에게 계속해서 뒤를 밟

히면서도 한없이 안이했고, 긴 여정 내내 미행을 달고 다녔다. 두 형사는 파리로 돌아온 후에야 일시적으로 미행을 멈췄다. 그들의 기록에는 토미가 10시 30분에 동료들과 헤어져 11시 40분에 귀가했다고 적혀 있다.

폭우가 쏟아지는 파리의 거리. 바이스브로트가 낡은 건물로 들어간다. 그는 한가운데 조명이 달려 있고 층마다 스테인드글라스로 장식된 아름다운 나선형 나무 계단을 올라간다. 남프랑스풍의 붉은색 육각 타일이 깔린 꼭대기층에 닿자, 다섯 개의 문이 나타난다. 그가 문 하나를 두드리고 낮게 속삭인다. "나야." 문이 열리자 미소를 띤 젊은 여자의 모습이 보인다. 그가 들어가고, 그녀는 문을 닫는다. 둘은 오랫동안 포옹한다. 빗소리가 점점 더 커진다.

다게르가의 원룸아파트. 엘렌이 문을 연다. 배낭을 멘 토미가 쫄딱 젖은 채 신발을 손에 들고 서 있다.

"토미, 너 맨발이잖아!" 엘렌이 한탄하듯 말한다.

"이 신발을 신고는 더 걸을 수가 없었어. 지하철역에서부터 맨발로 왔어. 아무도 없어?"

"없어…… 어서, 어서 들어와라."

집안. 여전히 빗소리가 들린다. 한낮의 흐릿한 빛이 커튼 사이로 스며들지만 침대맡 테이블 위에는 스탠드가 켜져 있다. 말끔해진 토미가 짧은 속옷 한 장 차림으로 침대 발치의 나무판에 베개를 세워 등을 기댄 채 침대머리에 앉은 엄마의 무릎 위에 발을 뻗고 반쯤 누워 있다. 스탠드 불빛이 엘렌의 고개 숙인 얼굴을 비춘다. 토미의 한쪽 발에는 붕대가 감겨 있다. 엘렌은 다른 한쪽 발에 기름을 발라 부드럽게 마사지한 다음 붕대를 감는다. 때때로 토미가 얼굴을 찡그리며 발을 빼려 하지만 엘렌이 붙든다.

"20킬로미터나 헛걸음을 했어, 엄마. 안개 때문에 방향을 잘못 잡았던 거야. 마지막엔 진짜 못 걷겠더라, 장비들도 전부 등에 지고 있었거든."

"그래서, 어쨌거나 기차는 탈선시켰니?"

"내일 돼봐야 알아."

토미가 잠시 입을 다물고 붕대를 감고 있는 엄마를 쳐다본다.

"엄마?"

"왜, 아들……"

"엄마가 세상에서 제일 예쁜 거 알아?"

"실없는 소리구나, 토미." 엘렌이 미소를 짓는다. "너 잠이 부족하구나."

"그럼 아니라고? 아냐, 내가 보장해, 엄마가 세상에서 제일 예쁘……"

다게르가 원룸아파트의 부엌. 식탁 앞의 토미는 여전히 속옷 차림에 단추도 잠그지 않은 잠옷 상의만 가볍게 걸친 모습이다. 발에는 붕대가 감겨 있다. 그는 먹다 말고 잠이 든 것 같다. 김이 솟는 그릇을 앞에 두고 식탁 위에 팔을 접어 베고 있다. 빵 한 조각이 입에서 비죽 튀어나와 있다. 엘렌이 다가가 아들이 깨지 않도록 조심스럽게 빵 조각을 입에서 꺼낸다.

검은 그림자가 토미로부터 가브리엘에게로 옮겨간 이래 나는 조금 경망스러우면서 강압적이고 종잡을 수 없는 감독이 되었다. 이제 내 눈에는 내 걱정밖에 들어오지 않았다. 그 걱정을 해소할 길을 찾는 것이 내 평판을 지키는 일보다 더 중요했다. 애초 시나리오에는 없었던, 바이스브로트와 토미가 작전에서 돌아오는 시퀀스들을 찍은 것은 그런 이유에서다. 이 시퀀스들이 빛을 보게 될지 확신할 수 없는 상태였지만, 나는 결국 퐁타르리에역(이곳은 감동적일 정도로 노후했고, 덕분에 1940년대의 트루아역을 재현할 수 있었다) 대합실에서, 새벽 장면 촬영이 준비되기를 기다리는 동안 이 대목을 썼다. 그 몇 분 전, 눈앞에서 스태

프들이 가브리엘을 준비시키고 있었다. 피곤한 얼굴처럼 보이도록 그의 얼굴에 뭔가 열심히 바르고, 머리를 축이고, 젖은 옷을 적당히 흐트러뜨렸다. 가브리엘은 나를 뚫어지게 쳐다보았다. 마치 엄마 아빠의 손길을 찾는 아이처럼 불안한 눈빛으로, 나만이 자신을 검은 그림자에서 구해낼 수 있다고 호소하듯이. 그 순간 나는 모든 촬영을 중지하고 가브리엘을 토미에게서 풀어줬어야 했는지도 모른다. 그렇지만 내게는 그럴 용기가 없었다. 대신 나는 엄마 엘렌을, 다시 말해 빌마를 떠올렸다. 촬영을 먼저 마치고 떠나 가브리엘을 어둠 속에 쓰러뜨린 그 빌마 말이다. 내가 벌인 이 미친 짓, 애초의 계획에는 없었던 이 장면들은 그러니까 몇 시간에 걸친 제작사와의 협상, 애원, 말도 안 되는 정당화와 변명, 끝내는 협박을 통해 성사되었다. 엘렌이 등장하는 모든 시퀀스는 이미 촬영이 완료된 상태였기 때문이다. 단 하루의 추가 촬영을 위해 빌마를 부다페스트로부터 불러들이고, 그녀가 출연할 예정이었던 스트린드베리의 〈죽음의 춤〉을 기획한 극장측에 손해배상금을 물어야 했다. 오로지 엘렌의 회고록 속 세 대목을 압축한 이들 모자간의 사랑 장면을 찍겠다고 말이다. 어느 날 작전을 마친 토미가 맨발로 돌아왔고, 그녀는 아들의 물집투성이 발에 기름을 칠해 마사지를 한 뒤 붕대로 감아주었다. 또 어느 날엔 어찌나 지쳤던지 토미는 식사를 하다 말고 빵 조각을 입에

문 채 잠들었다. 또다른 어느 날 토미는 더없이 진지한 어조로 엘렌이 세상에서 제일 예쁘다고 말했다. 자신을 누구보다 사랑하는 엄마에게 보호받고 위로받고 애지중지된, 이른바 '살인 부대'의 어린 병사 토미의 삶에 실제로 있었던 세 순간들. 그래서 나는 빌마를 다시 불렀다. 가브리엘에게서 엄마를 빼앗을 권리가 내게는 없다는 듯, 그리고 빌마가 곁에 있으면 그를 고뇌에서 끄집어내줄 수 있다는 듯이. 그가 고뇌에 빠져 허우적대는 모습을 보자니 나까지 어떻게 되어버릴 것 같았다. 빌마와 나는 가브리엘이 나오는 영화 속의 배우가 되어 있었다.

나는 가브리엘이 꽃을 들고 공항에 나갔고, 호텔까지 동행해 내내 그녀와 같이 있었다는 걸 알게 되었다. 전에도 한번 그랬던 것처럼, 두 사람은 촬영 날 아침 나란히 나타났다. 그렇지만 이번에 빌마는 동요하고 있었다. 그녀는 말했다. "그는 지금 위태로워요, 아프다고요. 더 살고 싶은 생각이 없는 사람 같아요. 난 알아요, 말은 안 하지만 느낄 수 있어요. 그는 꼭 다시는 못 만날 사람처럼, 마지막으로 내 모습을 눈에 담으려는 듯 날 쳐다봐요. 울고 싶으면서도 미소를 짓는다고요. 불길한 느낌이 들어요."

다게르가 원룸아파트의 세트를 다시 세워야 했다. 침대 장면을 찍기 전, 나는 촬영 스태프들에게 10분간 조용히 해달라고 했다. 가브리엘을 고요한 공간에, 안전한 엄마의 보호 아래 있게 해주고 싶었다. 토미가 엘렌의 사랑 속으로 도망쳐 검은 그림자를 잊었던 것처럼 가브리엘도 그렇게 되기를 바랐다. 촬영 때 딱한 번, 진짜 엄마의 다정한 손끝이 기적의 묘약처럼 잘 듣기를 은밀히 기대하면서, 나는 연기 지도를 하는 양 말했다. "가브리엘, 잘 기억해봐……" 그는 가볍게 고개만 끄덕였고, 빌마는 나까지 미쳤다는 눈초리로 나를 쳐다보았다. 그렇지만 그 결과가 바로 애초의 예정에는 없었던, 그리고 내가 영화에서 가장 감동적이라 생각하는 이 장면이다.

가브리엘이 처음이자 마지막으로 보여준 나른한 자세, 한 팔을 구부려 뒤통수에 댄 채 다른 쪽 팔을 침대가에 늘어뜨린 모습은 아름다웠다. 조명 아래 드러난, 카메라에 잡힌 그의 탁월한 모습 또한 감동적이었다. 고통과 죽음의 밤하늘에 불현듯 별 하나가 나타나듯 살인자의 우아한 관능미를 드러내는 이 즉흥적인 장면이 없었더라면 영화는 어떻게 되었을까?

하지만 내가 이 장면을 쓴 건 영화를 위해서가 아니었다. 그저 가브리엘을 달래주고 싶었을 뿐이다. 당분간이나마, 영화가 완성될 때까지만, 그를 위해서라면 언제든 달려오는 엄마의 사랑으로 그의 마음이 가라앉기를 바랐을 뿐이다. 과연 빌마는 너그럽게 그 사랑을 주었다. 자신이 상처 난 발을 어루만지고 영혼을 덥혀주는 이 어린 배우가 마치 진짜 자기 아이인 것처럼. 죽어가고 있지만 사랑만 있으면 아직은 살려낼 수 있는 자기 아이인 것처럼. 그의 얼굴에 억지 미소가 번진다. 아마 전날 밤 빌마가 가브리엘의 얼굴에서 봤다던 표정이리라. 그를 보살피는 그녀의 손길은 우아하다. 이제 장성한 아들한테서 세상에서 제일 예쁘다는 말을 들을 때는 감출 수 없는 기쁨이 그녀의 얼굴에 번진다. 그를 걱정하고, 그를 잃을까 두려운 마음은 굳이 연기할 필요가 없었다. 빌마는 엘렌을 연기한 것이 아니었다. 더구나 그녀는 엘렌의 회고록은 읽지도 않았고, 따라서 엘렌과 아들 사이의 끈끈한 관계, 아들이 수시로 쏟아내던 사랑 고백이며, 함께 뤽상부르공원을 산책할 때면 마치 한 쌍의 연인처럼 아들이 그녀의 허리나 어깨에 팔을 두르고 바싹 끌어당겨 안아줄 때 그녀가 느끼던 뿌듯함 따위는 애초에 알지도 못했다.

토미와 그의 몸에 대해, 까칠한 사춘기 시절의 성발달에 대해 엘렌은 회고록에서 두 차례 언급한다. 그렇지만 나는 그것을 시나리오에 어떻게 넣어야 할지도 몰랐고, 그러고 싶지도 않았다. 지나치게 내밀한 영역이었기 때문이다. 첫번째 대목은 토미가 열네 살이 될 때까지 그를 커다란 함지에 넣어 엘렌이 직접 씻겼다는 대목이다. 물론 그 이후에는 혼자서 씻었다. 그로부터 4년 뒤 무심코 욕실 문을 연 그녀가 마침 씻고 있던 아들의 탄탄한 몸에 몹시 놀랐으며, 토미는 얼굴이 새빨개져서는 노크도 못하냐고 화를 냈다는 대목이다. 열여덟 살에 토미는 이미 냉정한 투사였지만 여전히 수줍음을 타는 사내아이이기도 했다. 엄마 앞에서만 그런 것은 아니었다. 엘렌은 이렇게 썼다. 그애는 여자한테—그애는 늘 나를 여자로 취급했다—알몸을 보인 것을 창피해했다. 이 대목은 토미에 관한 두 가지 중요한 사실을 알려주었다. 그가 어린애처럼 부끄럼을 탔다는 것, 그리고 엄마를 여자로 생각했다는 것. 그러나 이 장면 역시 영화로 만들고 싶지 않았다. 그 사실이 만천하에 공개되는 걸 토미가 싫어했으리라는 확신이 있었기 때문이다. 두번째로, 엘렌의 회고록 속 같은 페이지에는 토미나 엘렌이 만나본 대원들이 여자를 꾸준히 사귈 수 없다며 불만을 토로했다는 대목도 있다. 엘렌은 이렇게 덧붙였다. 내 생각엔 어쨌든 토마도 이따금 사창가에 갔던 것 같다. 똑같은 이유로 이 또한 영화에 넣지 않았다. 내 생각엔이라는 표현이 어디까지나 불확실함을 남기는데다 짐작건대 그녀가 잘못 알았을 수도 있었다. 다른 여자들에게 욕망을 품기엔 토미는 엘렌을 너무 사랑했다. 물론 이 대목을 이용하려 드는 영화제작자들도 없지는 않을 것이다. 내가 이 장면을 넣지 않은 건 불확실함 말고도 일종의 존중, 내가 그려낼 인물에 대한 존중 때문이었다. 혹 토미가 아직 살아 있었다면 이런 부분까지 드러나는 것을 괴로워했으리라는 생각에서였다. 나는 돈으로 욕망을 채우는 일이 상스러운 짓이라고 생각하지 않지만, 만에 하나 토미가 그랬다 하더라도 그의 성격으로 보건대 떠벌리지는 않았지 싶다. 그는 이러한 엄마의 언급을 달갑잖게 여겼을 것이고, 그녀 역시 그가 살아 있었다면 이런 얘기는 쓰지 않았으리라. 어쨌거나 내게 토미는 여전히 살아 있는 인물이었다. 그는 영화 준비 작업 내내 나와 함께했고 내 눈앞에서 다시 태어났다. 그리고 나는 그의 수치심과 자존심을 존중했다. 이런 종류의 조심성이 내 예술 세계에는 어쩌면 제약이 될지도 모른다. 그러나 예술은 예술일 뿐이다. 예술은 사소하고 유익한 무언가일 뿐, 결국 그리 대단한 것이 아니다. 현실의 피와 눈물과 아름다움의 극히 일부를 드러낸 것일 뿐이다. 더욱이 나 자신의 가치를 높이기 위해 민감한 비밀들을 가지고 그를 희생시킬 생각은 없다.

내가 이 장면에 앞서 바이스브로트와 사라 단치게르라는 한 여인의 사랑을 끌어다놓은 것은 토미와 엘렌 사이의 사랑이 얼마나 강렬했는지를 강조하기 위해서였다. 그렇게 하기를 잘했다고 나는 생각한다. 실제로 바이스브로트는 청춘만이 할 수 있는 사랑, 단순하고 솔직한 사랑에 전율하고 있었다. 나는 그러한 점에서 바이스브로트를 좋아한다. 그래서 순전히 내 취향이라는 비판을 감수하고 그를 다정하고 수줍음 많으며 늘 웃는 인물로 만들었다. 내가 상상하는 그는 그런 사람이었다. 남아 있는 그의 마지막 사진들에서도 그는 미소를 짓고 있으며, 영화의 마지막 장면에 등장하는 특별하고도 중요한 사진 속에서도 그 모습을 확인할 수 있다. 그의 눈빛이나 토미의 권위에 복종하는 태도로 보아, 그가 소심한 성격이라는 걸 짐작할 수 있다. 조직의 엄격한 안전수칙에도 불구하고 1943년 여름, 비밀경찰 피에르 고트리의 보고서에 그의 "애인"이라 기록된 어느 여성의 집으로 이사한 사실로 미루어 다정다감한 사람이었으리라는 점도 짐작할 수 있다. 바이스브로트가 사랑한 여성의 이름은 사라 단치게르였다. 사라라는 이름이 알려져 위험 요소가 되었기 때문에 나중에는 쉬지라 불렸다. 당시 열일곱 살이었던 그녀는 1926년 5월 14일 바르샤바에서 태어났고, 아르시브가 35번지 7층 정면 오른쪽 집에 르블랑이라는 이름으로 세 들어 살았다. 아마 1901년 바르샤바 태생으로 오베르캉프가에 살았던 재봉사, 그러니까 바이스브로트의 엄마와 마찬가지로 벨디브 일제 검거 때 체포된 벵자맹 단치게르의 남겨진 딸이었을 것이다. 그녀는 학업을 중단한 상태로 이민노동자 그룹과는 연계가 없었으며, 당시 월 2300 프랑이었던 바이스브로트의 급료 말고는 다른 수입이 없었다. 나는 그녀가 가냘프고 겁 많은 성격에 좀처럼 외출을 하지 않았고, 바이스브로트가 없을 때는 형벌 같은 고독을 견디며 지냈으리라 상상했다. 그가 돌아오지 않는 날이면 그를 위해 특별히 만들어낸 신에게 기도를 바치면서 계단에 그의 발소리가 울리기만 하염없이 기다리고 있었을 거라고.

각각 밤색과 남색 외투를 입은 엘렌과 토미가 프루아드보가를 통해 몽파르나스 공동묘지로 들어온다. 토미는 엄마의 어깨에 팔을 두르고 있다.

"코앞에 살면서 한 번도 안 와봤어?" 토미가 묻는다.

"토미, 죽은 사람들이라면 엄마 주변에도 차고 넘친다. 나보고 어쩌라는 거니? 얼굴도 모르는 망자들까지 돌봐주라고?"

"하지만 보들레르라니까, 엄마. 보들레르라고! 그가 여기 묻혀 있다고!"

"알겠으니 그 보들레르를 보러 가자꾸나. 산책도 하고⋯⋯"

그들은 빠른 걸음으로 묘지의 오솔길을 걷는다. 구식 영구차를 앞세운 조촐한 행렬이 그들과 엇갈려 지나간다. 잠시 후 두 사람은 보들레르의 무덤 앞에 서 있다.

"자, 이번엔 모파상 묘지에 가자!"

"너 진짜 피곤하게 하는구나, 토미……"

모파상의 무덤 앞을 막 떠나는 두 사람의 모습이 보인다.

"램프를 발명한 피종의 무덤, 정말로 이게 마지막이야, 엄마, 거긴 꼭 가봐야 돼……"

토미 모자가 공동묘지의 오솔길 벤치에 앉아 있다. 뒤로 무덤이 보인다. 묘석에는 베일을 쓰고 슬픈 얼굴로 굽어보는 나이든 여인의 모습이 새겨져 있다. 토미는 몸을 숙이고 있다. 땅바닥의 자갈을 들여다보는 것 같기도 하고, 자신을 향해 돌아앉은 엄마를 마주보고 싶지 않아 그러는 것 같기도 하다.

"몇 명이나 붙잡혔니?" 엘렌이 묻는다.

"셋. 이탈리아인 로베르, 모리스, 쥘리앵."

"어쩌다?"

"작전 끝내고 돌아오는 길에 정찰대에 걸렸어. 그뒤론 소식이 없어. 탈선 전문반에서 체포자가 나온 건 처음이야. 하지만 탈선은 멋지게 성공했어. 나도 그 작전에 끼고 싶었는데. 열차가 송두리째 골짜기로 떨어졌어, 독일 놈들 보급 기차였어."

"소식이 없다면…… 그들이 털어놨는지 어쨌는지 모른다는 거구나."

"털어놨을 리는 없어, 절대 우리까지 끌어들이지 않을 거야."

"넌 몰라, 토미, 넌 모른다고. 조르주가 사흘 전에 체포됐어. 저들이 어떻게 알고 체포했겠니? 조제프한테 뭐 들은 거 없니?"

"엄마, 조제프는 사라졌어. 마르셀도. 그들은 그저께 마지막 소집에도, 어제 비상 소집에도 안 나타났어. 어디 숨어 있는 모양인지…… 나도 몰라."

"토미, 너 당장 떠나야 해. 저들이 너희들을 모조리 잡아들이는 중이야. 너희들 몇 주 전부터 미행당하고 있어. 너 벌써 두 번이나 약속했잖아. '알았어, 엄마, 다음 일요일엔 엄마랑 같이 떠날게' 해놓고는 번복했지. 약속해라, 이번 일요일엔 꼭 가겠다고. 시골에 있는 마르그리트한테 가자. 준비는 다 돼 있어. 넌 거기서 상륙작전을 기다려. 그리 멀지 않았다, 미군이 이탈리아까지 와 있어."

"그럼 다른 사람들은?"

"다른 사람들 누구?"

"마르셀을 남겨두고 갈 순 없어. 아마 그는 어디 숨었을 거야, 아마 나에게 연락해올 거라고."

토미는 여전히 고개를 들지 않는다. 엘렌이 그의 목덜미에 입을 맞춘다.

"토마, 우리 아들…… 그들은 전부 체포됐어, 아니면 뭐겠어? 저들은 이제 널 찾고 있고, 결국 찾아낼 거야. 맹세해, 일요일에 떠나겠다고. 널 시골로 데려가야겠다. 토미, 맹세해."

토미는 대답이 없다. 엘렌은 그의 어깨를 흔든다.

"날 봐, 토미, 가겠다고 맹세하라니까." 그녀가 울먹이는 목소리로 말한다.

토미가 고개를 들어 엘렌을 바라보더니 품에 안는다.

"알았어, 엄마, 일요일에 엄마랑 같이 갈게, 맹세해."

묘지를 산책하는 설정은 내 머릿속에서 나왔다. 다게르가의 원룸아파트에서 로제가를 거쳐 가면 불과 몇 미터 거리였기에 토미와 엘렌이 몽파르나스 공동묘지를 한 번도 거닐지 않았으리라고는 상상하기 힘들었기 때문이다. 7월에 11월 풍경을 연출한 것, 그러니까 한여름에 외투를 입히고 모자를 씌운 것을 빼면 내가 지어낸 것은 없다. 대화는 대부분 엘렌의 회고록에서 따온 내용이다. 엘렌은 자신의 책 속에 토미에게 파리를 떠나라고 애원하고, 오른 지역의 친구 집에 은신처를 준비해두었다고 누누이 일러주었고, 그가 몇 번이나 시골행을 연기해서 안타까웠다고 썼다.

최초의 계획 대로라면 가브리엘과 빌마가 함께하는 마지막 장면이었을 이 장면은 정확히 1943년 11월 19일 금요일에 있었던 일이 될 것이다. 먹이들을 쌓아놓기만 하던 검은 거미가 이들을 해치워가기 시작한 지 석 주쯤 되었을 시점이었다. 10월 26일 아침, 파리─트루아선 열차를, 이번에는 그랑퓌 근처에서 4시 44분에 탈선시킨 1911년생 이탈리아 공산주의자, 일명 '로베르' 아메데오 우셀리오, 1910년생 폴란드 유대인 공산주의자 '모리스' 빌리 샤피로, 1924년생 폴란드 유대인 '쥘리앵' 라이프 골드베르크, 탈선 전문반 대원이었던 이 세 사람은 이미 혐의 사실을 파악하고 있던 프랑스 경찰에 체포되었다. 당시 그들은 무슨 이유에서인지 작전 완료 후 여덟 시간이 지나도록 그 일대에 머물렀다. 경찰은 그들로부터 권총 두 자루, 볼트 해체 장비들, 위조 신분증을 압수했다. 즉각 파리 지역 경찰 치안과로 호송되었다가 경찰 정보청 제2특별반으로 넘겨진 그들은 결국 자신들의 신원과 그 밖에 가담했던 테러들에 대해 털어놓았다. 샤피로는 사흘의 취조 후 10월 30일 다른 두 대원과 대질하고서야 자백했다.

역시 10월 26일, 제2특별반 소속 경찰들은 오랫동안 미행해왔지만 경계가 심해져 속행이 불가능해지자 조제프 다비도비치, 일명 '알베르'를 콩플랑스생토오노린역에서 체포했다. 그는 1905년생 폴란드 유대인 공산주의자로, 5월부터 파리 지역 이민노동자 의용유격대의 전략 및 재무를 책임지고 있었다. 그는 아마도 고문당했거나 가족에 대한 보복 협박을 받고 경찰에 많은 정보를 제공했다. 5주 뒤 그는 결국 위장 탈주 제안을 수락하고 경찰의 정보원으로서 조직에 복귀했다. 그는 12월 말 프랑스 의용유격대에 의해 밀고죄로 처형되었다. 그렇지만 그가 제공한 정보들로 인해 조직망은 이미 거의 붕괴된 후였다. 그 정보들로 '조르주', 즉 마누시앙이 조제프 엡스타인과 더불어 11월 16일에 체포되었다. 그 몇 시간 후 마르셀 라이만과 올가 반치크도 체포되었다. 올가 반치크, 일명 '피에레트'는 1912년 베사라비아 태생의 유대인 공산주의자로, 이민노동자 의용유격대의 무기 보급 책임자였다.

이튿날인 11월 17일 수요일, 탈선 전문반의 대부분, 특히 토미와 가장 가까운 두 동료였던 일명 '마르셀'과 '피에르', 즉 바이스브로트와 보초르를 비롯해 핀게르츠바이크, 글러스, 게둘디크가 체포됐다. '리카르도'라 불리던 스탄차니는 그 얼마 전 조직을 떠나는 바람에 형사들도 그의 흔적을 놓쳤다. 토미로 말하자면, 기적적으로 이 일제 검거에서 벗어났다. 제2특별반 형사들이 착각하여 토미와 닮은 청년을 뒤쫓았던 것이다. 티베리오 페기베레라는 그 유대인 청년은 영국령 팔레스타인 거류민으로, 토미가 사는 동네인 카름가 3번지 볼테르호텔에 묵고 있었다. 청년은 11월 17일에 경찰 정보청으로 연행되었고, 형사들은 그가 예의 '무프타르'가 아님을 알아챘다. 매일 단테가의 경찰서로 끌려가 조사를 받던 청년은 신분상 문제가 없다는 것이 증명된 뒤 풀려났다. 엘렌의 주장에 따르면 그녀의 아들로 오인됐던 이 사내 역시 나중에 수용소로 끌려갔다가, 종전 후 살아 돌아와 그녀를 찾아왔고 한다.

동료들 거의 전원이 체포됐지만 토미는 그 사실을 아직 모르고 있었다. 그들이 더이상 소집일에 나타나지 않았으니 어쩌면 사태를 짐작했을지도 모른다. 그런데도 그는 그렇게 결론을 내고 싶어하지 않았다. 특히 토미보다 나이가 어린 유일한 대원으로, 조제프가 잘 보살펴주라고 당부했던, 사랑에 빠진 마르셀만큼은 순순히 체념할 수 없었다. 최악의 사태가 일어났음을, 그러니까 마르셀이 11월 17일 수요일 새벽 아르시브가 35번지 꼭대기 방에서 쉬지와 함께 제2특별반에 체포됐다는 것을 토미는 상상할 수 없었다.

남색 외투를 입은 토미가 마르셀과 쉬지가 사는 집으로 향하는 나선형 계단을 껑충껑충 올라간다. 그가 문을 두드리고 속삭인다. "마르셀…… 쉬지…… 나야, 토미……" 그는 잠시 기다리다가 문에 귀를 대보고, 다시 문을 두드리고 잠시 기다리다 계단을 내려온다. 1층 로비, 그가 안뜰과 관리인 거처로 향하는 문을 연다. 그리고 관리소 문을 두드리자 늙은 관리인 여자가 나온다. 토미는 7층의 르블랑이라는 여자와 같이 사는 마르셀 랑베르에게 전언을 남기고 싶다며 종이와 펜을 부탁한다. 관리인이 안으로 들어가 종이 한 장과 펜을 갖고 돌아온다. 토미는 벽에 종이를 대고 이렇게 적는다. "오늘 토요일 오후 2시 30분, 뤽상부르에서 기다릴게. 톰." 그가 종이와 펜을 관리인에게 건넨다.

"이걸 그에게 전해주시겠어요?"

"그래요, 매일 정오에 아가씨가 우편물을 확인하러 오니까 이따 전해주죠."

뤽상부르공원. 토미가 철제 의자에 앉아 있다. 그 앞의 연못가에서는 옷을 두툼히 껴입은 아이들이 장난감 돛단배를 띄우며 놀고 있다. 토미가 일어나 연못 주위를 한 바퀴 돈 뒤 상원의사당 앞을 지나친다. 그 앞의 시계는 15시 20분을 가리키고 있다. 그는 성큼성큼 걸어 생미셸대로 출구 쪽으로 멀어진다.

바이스브로트가 사는 건물 안뜰. 검은 모자에 검은 외투 차림의 사내가 관리인 앞에 서 있다. "호리호리하고, 금발 곱슬머리에, 푸른색 외투요." 사내가 토미의 메모를 읽는 사이 관리인이 말한다.

"몇시였죠?"

"11시경요."

사내는 파란색 펜으로 종이에 뭐라고 적고서 외투 주머니에 넣기 전, 관리인을 향해 모자를 살짝 들어올리며 인사한다. "대단히 고맙습니다, 르프랑수아 부인. 큰 도움이 됐어요. 저녁에 또 들르지요."

토미가 바이스브로트가 사는 건물로 들어오고, 다시 계단을 오른다. 바이스브로트와 쉬지네 집 현관문을 두드리고, 조금 기다렸다가 또 두드린 다음, 다시 관리인 거처로 내려온다.

"좀전까지 두 사람을 못 보셨나요?" 그가 묻는다.

"네, 못 봤네요, 청년도 아가씨도. 어쨌든 메모는 문틈으로 넣어뒀는데."

"종이랑 펜 한 번 더 주실래요?"

관리인이 안으로 들어가 종이와 펜을 들고 나온다. 토미가 다시 벽에 종이를 대고 적는다. "일요일 정오, 퐁마리(지하철역)에서 만나. 지난번 메모는 제때 못 받은 모양이네. 무슨 일이 있어도 와야 해. 토미."

토미는 마르셀이 언제고 한 번은 쉬지의 집에 돌아오리라 생각했다. 거기 둔 물건들, 그러니까 그들 그룹이 사용하던 9밀리 포켓 바야르, 7.35구경 스페인 벤세도르 권총 두 자루와 탈선 작업 때 필요한 대형 스패너들을 챙기기 위해서라도. 그는 최악을 상상하고 싶지 않았다. 같은 그룹의 대원 전원이 이미 체포됐고, 자신이 자유의 공기를 마시는 마지막 대원이라는 것을. 조르주도 조제프도, 그리고 엄마도 없이 홀로 남겨진 채 그의 투쟁은 이제 끝났다는 것을. 11월 20일 토요일, 이날 마르셀이 시테섬의 경찰 정보청과 본부에서 이미 사흘째 고문을 당하고 있다는 것을. 그는 아르시브가 35번지 그들의 집에서 사라, 일명 쉬지와 함께 체포됐다. 현재 그 건물로 들어가려면 우선 거리에 면한 공동 현관 비밀번호를, 그다음에는 계단실로 들어가는 문 비밀번호를 알아야 한다. 나는 누군가 그곳에 들어가기를 기다렸다가 따라 들어갔다. 마레 지구의 젊고 세련된 게이인 그는 내가 자신을 따라온 이유를 오해했다. 나는 그가 앞장서서 몇 층을 올라가도록 천천히 걸었다. 7층까지 올라간 그가 문을 열었다 닫는 소리가 들렸다. 나도 그 층에 도착했지만 쉬지가 살던 집 문을 두드릴 용기는 없었다. 쉬지와 마르셀의 집에서 그 게이 청년은 공들여 외모를 꾸미며 긴 시간을 보냈으리라. 같은 방, 다른 세계. 마르셀은 상상도 할 수 없을 허영에 찬 세상. 그렇지만 그는 그

세상을 위해 자신의 목숨을 바쳤다. 나는 아름다운 목조 계단을 다시 내려왔다. 토미가 기대와 불안에 젖어 올라갔던 계단, 볼프, 특히 쉬지가 작은 소리 하나에도 귀를 기울였던 계단, 그리고 검은 외투의 사내들에게 둘러싸여 떠나갔던 그 계단을. 나는 손으로 그 난간을 쓰다듬어보았다.

취조 때 쉬지는 마르셀이 뭘 하고 다녔는지 전혀 몰랐다고 주장했다. 마르셀도 똑같이 주장했지만, 그래도 집에 무기가 있었기에 그녀도 알고 있었음을 인정할 수밖에 없었다. 나는 그녀가 어디에 구류되었는지, 체포되자마자 바로 구류되었는지조차 모른다. 그렇지만 쇼아 기념관*의 자료를 통해 열일곱 살의 대학생이었던 사라 단치게르가 1944년 1월 20일 드랑시 수용소에 수용되었고, 2월 3일 67번 수송차에 태워져 아우슈비츠로 보내졌다는 사실을 알 수 있었다. 아마도 그녀는 돌아오지 못했으리라.

체포된 많은 이민노동자 의용유격대 대원들이 그랬듯, 마르셀 역시 고문에도 불구하고 경찰 정보청의 제2특별반이 이미 알고 있던 것들, 더 캐낼 가치가 없거나 너무 모호한 내용들, 아니면

---

* 유대인 학살과 관련된 자료들이 전시된 파리의 기념관. '쇼아'는 히브리어로 '재앙'이라는 뜻으로 원래 나치의 유대인 학살을 지칭해 사용되었으나, 종교적 요소가 개입된다는 이유로 '홀로코스트'란 말이 일반화되었다.

거짓말투성이의 시답잖은 정보들만 자백했다. 어머니를 보호하기 위해 어머니가 이미 수용소에 끌려갔다고 말하기도 했고, 이는 물론 사실이 아니었다. 그는 1943년 7월에 레지스탕스에 지원했다고 진술했는데, 자신이 탈선 전문반으로 이동하기 이전에도 다른 작전들에 가담했다는 사실을 경찰이 모르고 있음이 명백했기 때문이었다. 그는 자백한 작전 여섯 건에 함께했던 동료들의 이름도 가명 말고는 털어놓지 않았다. 미수로 그친 탈선이한 건, 성공한 탈선이 다섯 건으로, 그중 네 건이 토미와 함께였다. 이 정도만으로도 그는 얼마든지 사형감이었다. 그를 고문한 사람들은 토미를 놓쳤고 아직 그를 찾고 있으므로, 당연히 토미의 주소를 알아내려 했다. 마르셀은 거짓 일화를 털어놓았다. '토미'의 거처에는 한 번밖에 간 적이 없어요, 생시르 근처, 베르사유 위쪽이에요. 하지만 그가 워낙 조심성 많아서 내 눈을 헝겊으로 가렸기 때문에 정확한 주소는 몰라요. 그는 5층에 살았어요. 나이는 열아홉 살 정도, 외국인이고, 상당히 유식한 걸로 봐서 대입 자격시험에 통과했었던 것 같아요.

마르셀이 사라진 후 토미가 두 차례 전언을 남긴 것은 확실했다. 그렇지만 정확한 내용을 알아낼 희망은 없었고, 그 메모를 실제로 발견할 가능성은 더더욱 희박했다. 그러던 중 뜻밖에도 경찰 본부 기록보관소의 엉뚱한 서류철 속에 끼어 있던 그 메모들을 발견했다. 더없이 귀중한 그 보물들이 빛바래고 찢어진 종이들 속에 아무렇게나 방치되어 있었다. 오늘날 남겨진 토미의 자필 문서 넷 가운데 이 두 메모가 특히 귀중한 것은, 그 하찮은 종이쪽지로 인해 그의 운명이 결정되었기 때문이다.

그 기록보관소, 토미 이야기의 한복판인 몽타뉘생트준비에브가 아래쪽에 있었기에 즐겨 드나들던 그 작은 보관실에서 나는 토미의 손끝이 닿았던 종이쪽들을 우연히 발견했다. 그의 걱정과 그가 무릅썼던 죽음의 위험이 배어 있는 그 종이쪽들을. 아마 관리인의 남편이 일했던 듯한 사마리텐 백화점의 배달 전표 뒷면의 하얀 공란에 토미의 손글씨가 적혀 있었다. 첫번째 종이에는 토미가 쓴 메모 아래 형사가 굵은 파란 펜으로 이렇게 덧붙인 것이 보인다. 43년 11월 20일 11시경, 아르시브가 35번지 관리인실에 건네짐. 앞면에는 검은색으로 세 줄이 적혀 있었다. 르블랑, 아르시브가 35번지, 7층 오른쪽 정면 방. 이것을 보고 나는 마르셀과 쉬지의 집앞까지 갈 수 있었다. 첫번째 종이의 톰이라는 서명이 둘의 친밀한 관계를 짐작게 한다. 같은 날 오후 뤽상부르공원에서 마르셀을 만나지 못한 토미가 쓴 두번째 메시지는 보다 절박하다. 그는 약속 장소에 굳이 지하철역이라는 말을 괄호에 넣어 남겼다. 이번에는 토미라 서명한 그 몇 줄의 메모는 말하자면 지극히 조심성 없는 글이었다. 당시 프랑스에서는 매일, 단순한 말 몇 마디가 죽음을 불러올 수 있었다는 것을 생각하면 더더욱.

가브리엘이 비교적 수월하게 연기해냈던 아르시브가와 뤽상부르공원에서의 이 장면들은, 이번에야말로 빌마가 완전히 떠난 다음날 촬영되었다. 그는 그녀를 공항으로 배웅하지 않았고, 그녀 역시 작별인사도 없이 도망치듯 떠났다. 그녀가 떠나게 내버려둔 것을, 결과적으로 그녀가 오기 전보다 가브리엘을 더 깊은 절망 속에 처박게 된 것에 대해 나는 오랫동안 자책했다. 그날 그는 이미 삼키고 온 미량의 진통제로는 도저히 회복할 수 없을 정도로 오랜 고통에 시달려온 사람처럼 보였다. 그런 모습은 처음이었는데, 그도 그럴 것이 하필 모든 일이 한꺼번에 일어난 터였다. 최악의 것이 다가오려는 참에 그에게서 위안거리를 빼앗은 셈이었다. 그는 전체 시나리오를 알고 있었다. 엄마와 헤어진 토미처럼, 불안에 젖어 쫓기는 투사 가브리엘은, 극도로 약해진 가브리엘은 온 세상을 상대로 적의를 드러냈다. 가브리엘의 노골적인 무시와 변덕, 그 짜증에 촬영팀은 그의 목이라도 조르고 싶었으리라. 그날 나는 그를 진정시키기 위해서 아무 노력도 하지 않았다. 일그러진 얼굴, 팽팽한 신경, 지친 몸뚱이 밑바닥에서 거칠게 긁어낸 한 줌의 힘 같은 절망의 에너지가, 그가 걷어나, 계단을 올라가거나, 관리인에게 이야기하거나, 떨리는 손으로 메모를 쓸 때 고스란히 표출되었기 때문이다. 죽고 싶어하는 사람은 없으니, 살고자 하는 그 모든 분투야말로 그가 보여줘야 하는 토미의 모습이었다. 정확히는, 자유롭게 살고자 하는 그 모든 분투 말이다. 그것이 3년 전부터 토미를 움직여온 동력이었다. 그 불꽃 위에 이제 불길한 그림자가 드리워져 있었다.

그는 여전히 도망갈 길을 찾고 있었을까? 그리고 무엇이 최선이고 무엇이 최악인지 알지 못해 완전히 혼란에 빠져 있던 가브리엘은 토미의 운명에서 벗어나고 싶었을까? 이튿날, 그러니까 11월의 정오의 장면을 촬영해야 했던 8월의 그날, 그의 모습은 보이지 않았다. 이른바 살인 부대의 길 잃은 병사가 마르셀과 만나기로 했던 퐁마리 지하철역에 그는 나타나지 않았다.

8월 3일 일요일 퐁마리 지하철역, 배경은 준비되었다. 업계 용어로는 '빨판 붙이기'라고 하는, 다른 자동차 주차를 막는 작업이 필요했는데, 그 자리에 옛날 자동차를 몇 대 세워두고, 우체통을 새로 꾸미고, 지하철의 두 출구 사이에 있는 67번 버스 정류장 같은 현대적 표지를 철거하는 작업을 말한다. 1943년엔 이노선은 아직 없었으므로 정류장을 새로 세우진 않았다. 강변로의 가로수들을 겨울나무로 바꾸는 일, 생루이섬 쪽으로 환히 트인 전망을 확보하고 건물 외관의 색깔을 손질하는 일은 나중에 스티브가 해결해줄 것이다. 기술팀은 새벽 3시부터 집합해 있고, 엑스트라들과 배우들은 해가 뜰 즈음인 6시 30분경에 도착했다. 영화 촬영 허가 시간은 8시까지였다. 그 이후로 시청 앞 강변로의 교통을 통제하면 민폐가 되기 때문이다. 하지만 가브리엘은 나타나지 않았고, 그의 휴대전화 음성사서함은 이미 메시지로 가득차 있었다.

7시 15분, 나는 클레르에게 전화했다. 일요일 아침 그녀는 자다 깬 목소리로 며칠째 아들을 보지 못했다고 대답했다. 이따금 전화만 왔는데, 촬영의 편의를 위해 내가 우리집에 방을 하나 내줬다고 하더란다. 그녀는 방과 부엌과 욕실 어디에도 그가 다녀간 흔적이 없다고 했다. 그러더니, 가브리엘의 방에서 흥미로운 것을 발견했다며 내게 와달라고 부탁했다.

대체 언제부터 토미가 가브리엘의 방에 살고 있었을까? 클레르가 알 리는 없었다. 아들의 마음속에 들어가본 일이 없듯이 아들의 방에도 들어간 적이 없었으니까. 가브리엘은 사방 벽에 확대한 토미의 사진을 붙여두었다. 내가 주었던 토미의 사진 다섯 장이 수없이 프린트되어 햇빛도 스며들지 못할 정도로 창문까지 뒤덮고 있었다. 책상에는 토미에 대해 언급된 온갖 책들이 쌓여 있었다. 엘렌이 쓴 책, 몇몇 역사학자들의 책, 보리스 홀반, 아브라함 리스네르, 아담 라이스키 같은 투사들의 책…… 그중에는 점령하의 파리를 찍은 앙드레 쥐카의 컬러판 사진집도 있었다. 나는 엘렌의 책 두 페이지의 귀퉁이가 접혀 있는 것을 발견하고 나중에 살펴보려고 그것을 집어왔다. 나머지 모든 것, 그러니까 얼마 전까지만 해도 이곳이 평범한 사내아이의 방이라는 인상을 주었을 포스터나 책, 그 밖의 잡동사니는 커다란 쓰레기봉투 두 자루에 담겨 침대 밑에 던져져 있었다.

클레르는 아들이 갔을 만한 곳을 한 군데도 떠올리지 못했다. 그녀는 자기 엄마와 전남편—가브리엘에게는 늘 없는 것이나 마찬가지였던 아버지—그리고 전화번호를 아는 아들의 두 친구에게 전화를 해봤다. 아무도 그의 소식을 몰랐다. 그녀는 경찰에 신고하려 했지만 내가 말렸다. 토미와 자신을 완전히 혼동하고 있는 가브리엘은 어쩌면 경찰이 자신을 뒤쫓아주길 꿈꾸고 있을지 모르지만, 나는 아니었다. 아직은 그의 실종이 경찰 심문, 주의 관찰, 촬영과 나 개인에 대한 조사 같은 것 말고 보다 덜 드라마틱한 방식으로 해결되었으면 싶었다. 신문기사들이며 쏟아지는 비방과 중상, 그리고 시작보다 훨씬 나쁘게 끝날 상황이 내 머릿속을 스쳐가고 있었다.

나는 어디로 가야 할지 알고 있었다. 졸다텐하임에 대한 테러가 계획 단계에서 무산됐다던 클리시광장을 지나고, 그가 왜 하필 토미라는 인물을 선택했는지 내게 물었던 곳인 카루젤 다리를 건너고, 보다 본질적인 그의 질문에 내가 대답을 회피했던 오데옹 사거리를 지나쳐, 그가 처음에는 형제라고 상상했다가 이제는 그 자신으로 혼동하게 된 토미의 왕국으로 이어지는 생제르맹대로를 지났다. 그 길을 가는 동안 퐁마리 지하철역에서 찍지 못한 장면과 더불어 혹시 촬영을 중단하거나 아예 포기해야 할지도 모른다는 생각, 지금까지 쏟은 시간과 돈과 작업이 깨끗하게 날아가고 내 평판도 추락할 수 있다는 생각이 떠오르기도 했으나, 그것들도 걱정스러운 가브리엘의 비밀만큼 나를 사로잡지는 못했고, 이 길 끝에서 내가 발견하게 될 것만큼 중요하지는 않았다. 나는 이제 영화와는 전혀 별개로 그에게 몹시 집착하게 되었음을 깨닫는 중이었다. 유대 회당 장면을 찍던 이후로 그토록 피해보려 했지만 나는 또다른 거미줄에 걸려버린 것이다. 말하자면 나는 아주 진귀한 곤충의 손에 떨어진 셈이었다. 트로카데로의 평범한 롤러스케이터가 어떻게 이렇게 변모할 수 있었을까? 아니, 어떻게 이렇게 자신을 가득 채울 수 있었을까? 흔히 하는 말마따나 자연은 진공상태를 싫어하기 때문에? 애초에 스케이트 위에서 속도를 내고 가볍고 여물지 못하고 텅 비어 있던 탓에 그는 그렇게 질주라도 해야 했던 걸까? 그럴지도 모른다. 토미는 무기와 짐을 들고, 눈치볼 필요도 없이, 아무도 없는 그곳에 그저 한 발짝 들여놓기만 하면 되었다. 물론, 어디까지나 그에게 잘 맞고 그를 원하는 빈자리여야 했지만 말이다. 나는 조나탕이나 마티외나 니콜라를 거의 매일 보았다. 재능 있고 선량하며 때때로 별것 아닌 일에 몰두하기는 해도 매력적인 젊은 배우들이었다. 그들 역시 영혼이 이미 꽉 차 있는 건 아니었지만 그렇다고 배역에 자신을 완전히 바치거나 정말로 그 인물이 되어보려는 이는 없었다. 그들은 전문 배우였고 그래서 앞으로도 배우 생활을 담담하게 즐기며 이어나가려 했던 반면, 가브리엘은 배우가 아니었다는 점이 아마도 그 차이였으리라. 가브리엘은 자신이 뗏목 한 척만 가지고 미래라는 망망대해 앞에 서 있다고 믿었다. 가브리엘은 배우가 될 줄 몰랐고, 어쩌면 이번 여름이 지나고 나면 다시는 배우가 되지 못할지도 몰랐다. 자기 안에 들어앉은 토미와 헤어지거나, 반대로 토미가 영영 눌러살게 될 터였다. 어쩌면 그보다 확실히, 차이는 불행의 공간을 말끔히 지움으로써 생겨난 빈자리라는 슬픔의 본질에 있었는지도 모르겠다. 그런데 그는 대체 무얼 지우려던 것이었을까?

가브리엘은 언제부터 토미의 집에서 살고 있었던 걸까? 그렇다, 나는 그날 거기서 그를 찾아냈다. 어느 새벽녘, 카르디날르무안가 아래쪽에 그를 내려줬던 것을 나는 기억하고 있었다. 마치 그가 69번지에 살던 토미인 것처럼 말이다. 나는 그 기묘한 건물로 들어가 이미 1년 전부터 위치를 정확히 알고 있던 문 앞에 섰다. 그러곤 가브리엘이 무슨 방법을 써서든 그 집을 얻어 살고 있기를 마음속으로 빌면서 문을 두드리고 그의 이름을 불렀다. 두 번 불렀지만 대답이 없었다. 할 수 없이 돌아서서 계단으로 접어들 때, 복도 저쪽에서 내 이름을 중얼거리는 소리가 들렸다. 돌아보자 복도에 가브리엘이 빌마와의 마지막 장면을 촬영할 때 입었던 옛날 속옷 한 장만 걸친 채로 서 있었다. 새하얀 피부가 어둠 속에서 빛났고, 머리는 여전히 토미의 머리를 하고 있었다. 무엇보다 얼굴은 깊은 절망으로 얼룩져 있었고, 눈을 보니 한참 울고 난 것 같았다. 그 며칠 전, 촬영을 앞둔 시퀀스들에 대해 이야기하면서 우리는 눈물에 대해 논쟁했었다. 엘렌이 생각했던 것처럼 토미는 죽음이 가까웠을 때 정말 울었을까? 가브리엘은 그럴 리 없다고 단언했다. 그런데 지금, 절망에 빠진 듯한 그의 모습은 그 반대를 보여주는 것 같았다. 지친 목소리로, 복도를 울리며 그가 말했다.

"감독님인 줄 몰랐어요, 형사들인 줄 알고 겁이 났어요. 들어오실래요?"

1년 전부터 나는 그곳에 들어가보고 싶었다. 지난해 8월의 어느 날, 나는 경찰청 기록보관소에서 토미의 마지막 은신처의 주소를 발견했다. 운명의 조롱인지 그의 집은 22호였다. 몽타뉴생트준비에브가 아래쪽에 있는 기록보관소에서 몇백 미터 떨어진 그곳, 카르디날르무안가 69번지로 나는 당장 달려갔다. 건축 연대가 불확실한 그 기묘한 건물에는 커다란 아치 아래의 철문 뒤쪽으로 꽃 핀 정원이 딸려 있었다. 바로 옆의 71번지는 사실상 사설도로로, 계단이 여럿 딸린 작은 건물이었다. 그곳에 1919년에서 1937년까지 소설가 발레리 라르보가 살았으며, 우리와 관계 있는 사람으로는 엘렌의 절친한 친구이자 아마 토미와도 친했던 라슬로 퍼르커시 박사가 살았던 곳이다. 1911년 헝가리 태생의 유대인 공산주의자인 라슬로 퍼르커시는 1933년에 프랑스에 정착했다. 이민노동자 의용유격대 등록번호 10201번으로, 처음에는 정보, 나중에는 의료 부문에서 활동했다. 1944년 2월 주소를 입수한 독일 당국이 그를 체포하기 위해 들이닥쳤을 때 그의 거처는 이미 비어 있었고, 이에 독일은 프랑스 경찰에 수사를 요구했다. 보고서에는 퍼르커시가 1943년 11월 말 대규모 일제검거 당시 종적을 감추기 전까지 엘렌이 그를 빈번히 방문했다는 언급이 있다. 그가 나란히 붙은 옆 건물에 토미의 은신처를 마련해주었으리라는 점에는 의심의 여지가 없다. 라슬로 퍼르커시는 프랑스 의용유격대와 더불어 전쟁이 끝날 때까지 싸웠으며, 그후 자신이 꿈꾸던 공산주의 체제 헝가리로 돌아갔다.

꽃 핀 안뜰에는 밝은색 돌이 깔려 있었고, 관리인실은 닫혀 있었지만 창문에 거주자 쉰여 명의 이름과 호수가 적혀 있었다. 22호처럼 이름 없이 호수만 있는 집도 있었다. 안뜰 안쪽의 첫번째 작은 외부 계단이 현관으로 이어졌다. 복도를 지나며 호수가 표시된 작은 동판이 붙어 있는 문들이 눈에 들어왔고, 나는 이 건물에는 원룸아파트만 있다는 걸 알아차렸다. 아마 지역 학생들에게 세를 놓기 위해 지어진 모양이었다. 나는 22호 앞에 서서 문을 두드렸다. 문에는 하얀 도자기로 된 구식 손잡이가 달려 있었다. 수없이 토미의 손길이 닿았을 손잡이였다. 안에서 아무도 나오지 않았고, 대신 여자 목소리가 들렸다. 어느 지역인지 모를 억양이 있는, 누구냐고 묻는 소리였다. 문을 사이에 두고 설명하기가 쉽진 않았다. 불분명한 몇 마디 대화 끝에 나는 건물주의 전화번호를 알아냈다. 여러 차례 전화했지만 성과는 없었다. 모호한 이유들을 대며―아마도 뜨내기 외국인들에게 임대료를 받으면서 제대로 신고를 하지 않은 터에 조심하는 것 같았다―그는 그 방을 구경하고 싶다는 나의 부탁을 끝내 거절했었다.

"무슨 형사들 말이야, 가브리엘? 오늘 아침 촬영장에 안 나타났다고 벌써 수색이라도 시작했을까봐?"

그는 대답하지 않았다. 그의 흐릿한 시선으로 미루어 정신이 딴 데 가 있음을 알 수 있었다. 그는 몽유병자처럼 꿈속을 헤매는 중이었다. 그가 열심히 읽고 보고 들은 것들을 전부 끌어다 만들어낸 그 꿈을, 그는 눈을 뜬 채 꾸고 있었다. 방안은 더웠다. 12제곱미터쯤 되는 간소한 방이었다. 구깃구깃한 하얀 시트가 널브러진 침대와 구식 세면대, 등나무 의자, 합판으로 된 옷장, 그리고 퍼르커시의 아파트가 있는 71번지 건물 사이 작은 골목 쪽으로 난, 나무들이 내다보이는 창문 말고는 아무것도 없었다. 토미의 피난처. 그의 마지막 안식처. 나는 벽들을 더듬어보고, 어쩌면 토미도 매일 봤을 자잘한 것들을 관찰했다. 옛것 그대로 일 전기 스위치와 수도꼭지, 나무 창틀, 벽의 굽도리와 마루판. 이 모든 것에서 냄새가 뿜어나오고 있었다. 토미에게는 자유의 마지막 향기였으리라. 그사이 가브리엘은 빌마와 함께 지냈을 때처럼, 하지만 이번에는 그녀 없이, 속옷 한 장만 걸친 채 침대 위에 태아처럼 웅크리고 베개를 꼭 품고 있었다. 나도 그 옆에 책상다리를 하고 앉았다. 나는 어떻게, 언제부터 이 집에 머물게 되었는지 그에게 물었다. 열흘 되었다고 했다. 가브리엘은 관리 인으로부터 이 방이 비었다는 것, 그리고 한 달 치 집세를 현금 으로 미리 내면 방을 빌려주겠다는 말을 들었다. 그는 몇 달 후 성년이 되면 마음대로 쓸 수 있게 될 영화 출연료 가운데 엄마한 테서 미리 받은 1000유로 중 400유로를 헐어 방을 빌렸다.

"토미는 연 2000프랑에 여기 세 들었어요, 그의 한 달 급료보다 약간 적은 금액이었죠." 그가 몽롱한 얼굴로 덧붙였다.

"그건 65년 전 일이야, 가브리엘."

그는 아무 말도 하지 않았다. 나는 외투를 침대에 던져두다가 호주머니에서 삐져나온 엘렌의 노란 책을 보았다. 그러자 귀퉁이가 접혀 있던 게 떠올랐다. 그중에 내가 시나리오에 넣었던 대목도 있었고, 다음과 같은 대목도 있었다. 그는 자신이 무슨 일에 가담했는지 완벽하게 알고 있었다. "우린 전부 죽을 거야, 그리고 아무것도 안 한 자들이 프랑스를 다스리겠지. 2년만 지나면 우리 존재는 언급조차 안 될 거야." 2년 후는 물론이고 그 이전에도, 그들이 단 한번도 언급된 적이 없었다는 걸 그가 알았다면. 마치 그들이 존재하지도 않았던 것처럼. 열일고여덟 살의 이 순수한 아이들…… 가로세로 2미터의 묘지, 그것이 그들이 얻은 전부였다…… 다른 대목도 있었다. 그는 여전히 어린애처럼 놀았다. 벌써 열여덟 살인데도 동생들과 초콜릿 한 쪽을 놓고 다투었다. 그는 청년이, 그러니까 성숙한 청년은 아니었다. 레지스탕스가 그에게 많은 것을 가르쳐준 것은 틀림없다. 그가 인간관계로 고생을 많이 했다는 것도 틀림없고 말이다. 귀가 접힌 페이지들은 대개 토미의 성격이 드러나는 대목, 가브리엘의 연기를 풍부하게 해주는 대목이었다. 또한 죽은 그들을 잊거나, 가브리엘이 보기에 더 나쁘게는 그들의 기억 중 일부만을 떠올리는 일에 대한 분노가 그 부분에서 엿보이기도 했다. 나는 더운

방안에서 거대한 태아처럼 웅크린, 연약하고 섬세한 그의 뒷모습을 바라보았다. 그리고 가브리엘 덕분에, 그의 열정과 기이함 덕분에, 수십 명을 죽인 이 순수한 어린아이가 더없이 완벽하게 구현되리라 확신했다.

또다른 대목의 여백에 가브리엘이 볼펜으로 세 줄을 그어 표시해둔 부분이 내 호기심을 끌었다. 토미와 다른 가족들이 몽타뉴생트준비에브가 34번지의 건물 두 채에 따로 살던 시기에 대한 부분이었다. 우리에게도 그에게도 고통의 시간이었다. 매일 저녁 우리는 그 아이의 귀가 여부에 신경을 곤두세웠다. 남편은 완전히 제정신이 아니었다. 그는 그애를 찾으러 어디든 갔다. 어느 날 토마가 돌아오지 않자 그애 아버지는 그애의 집으로 찾아갔다. 토마는 우리집 근처에 살았다. 남편은 그애의 방문 앞 계단에 납작 엎드려 불빛이 새어나오는지 확인했다. 불빛이 보이면 그도 돌아왔다. 그렇지만 토마의 귀가를 확인하지 않으면 그는 한숨도 자지 못했다. 우리는 톡톡히 고통받고 있었다. 나는 이 대목을 가브리엘에게 읽어주고, 왜 표시해두었는지 물었다. 그러자 그가 몸을 쭉 펴고 돌아보더니, 품고 있던 베개를 놓고 나를 바라보았다. 그의 입가에는 미소가 떠올라 있었다.

"토마가 돌아오지 않은 날이면 아버지가 그의 집으로 찾아갔다잖아요." 그는 계속해서 그저 이렇게만 말했다.

지하철 퐁마리역의 두 출구 사이에 놓인 벤치. 남색 외투를 입고 앉아 있는 토미의 뒷모습이 보인다. 그의 앞쪽으로 구식 자동차들이 오간다. 독일 군용트럭 한 대, 자전거 택시 두 대. 차도 너머 강변길에는 두툼한 옷차림의 산책객들이 제법 보인다. 연인들과 가족들이 느긋하게 걷다가 이따금씩 헌책 노점상들 앞에서 발걸음을 멈춘다. 짙은 색 양복을 입은 남자 둘이 토미 뒤로 다가가는 것이 보인다. 그들이 벤치를 돌아 토미 앞에 선다. 거의 동시에 왼쪽에서 검은색 트락시옹 아방* 두 대가 튀어나와 벤치 바로 앞에 거칠게 멈춘다. 자동차 두 대에서 두 남자가 제각각

---

* 시트로엥사의 자동차 모델명.

내려 먼저 와 있던 이들과 합류한다. 그들이 총을 들이대고, 토미는 손을 든다. 강변길의 산책객들이 이들을 쳐다본다. 한 남자가 토미의 외투 주머니를 뒤지지만 아무것도 발견하지 못한다. 이번에는 외투 단추를 풀고 안주머니들을 뒤지다가 지갑을 꺼내다른 남자에게 건넨다. 토미의 소지품은 그것뿐이다. 두 남자가 토미의 팔을 붙든다. 토미는 저항하지 않는다. 그들이 토미를 앞에 선 차의 뒷좌석에 밀어넣는다. 네 남자도 차에 오르고, 차는 세차게 출발한다. 행인들이 숙덕거리더니 강변길을 따라 다시 걷기 시작한다.

파리 거리를 달리는 구식 자동차 안 뒷좌석. 토미가 조금 전 그를 체포한 두 형사 사이에 앉아 있다. 토미의 지갑을 뒤지던 형사 하나가 신분증 몇 장을 꺼내 하나씩 들여다본다.

"이름이 피에르 데샹?" 그가 묻는다.

토미는 대답하지 않는다. 그는 앞만 똑바로 바라본다.

일요일 정오, 퐁마리(지하철역)에서 만나…… 토미는 마르셀에게 전하는 메모에 이렇게 남겼다. 시청 앞 강변길 헌책 노점상들이 늘어선 곳, 생루이섬 맞은편의 이 장소가 그들의 일상적인 약속 장소였을 것이다. 그곳은 두 사람의 거처로부터 거의 같은 거리,

각자 걸어서 10분 안에 올 수 있는 지점이었다. 나는 토미가 자유의 몸으로 걸었던 마지막 길을, 잃어버린 그의 왕국을 가로질러 걸어보았다. 1943년 11월 21일 일요일 12시 15분 전쯤 집을 나온 그는 카르디날르무안가를 걸어내려가 센강 쪽으로 향했다. 형사들이 수첩에 그를 '클로비스'라는 별칭으로 적어두게 했던 예의 클로비스가를 지나고, 어릴 때 등굣길이었던 몽주가도 지나, 또 에콜가와 쥐시외가가 만나는 교차로를 지나고, 생제르맹 대로를 향해 내려간 뒤 레스토랑 '라 투르 다르장'이 있는 투르넬 강변길을 향해 걷다가, 투르넬 다리를 가로지르고, 되퐁가를 따라 생루이섬을 건너 그는 마침내 퐁마리에 도착했을 것이다. 흐린 날씨에 기온은 겨우 2도라 11월 말치고는 제법 추웠다. 거리는 헐벗고 칙칙했다. 사람들이 장을 보거나 외출을 하는 그 일요일 아침에, 그는 어쩌면 가슴에 노란 별을 붙인 이들 혹은 야위고 창백한 아이들 몇몇과 마주쳤을지도 모른다. 제 손으로 덫을 놓았다는 생각에 문득문득 두려워지는 순간은 없었을까? 아마 있었을 거라는 생각이 점점 더 든다. 다른 대원들의 소식을 모른다는 사실이야말로 토미에게는 최악의 상황이었다. 이 약속의 목적은 오로지 대원들의 소식을 알기 위한 것이었으리라. 만일 마르셀이 나온다면 정보를 얻을 터였다. 그가 끝내 나타나지 않는다면 체포됐다는 뜻이고, 그러면 전부 끝이었다. 혹은 다른 대원이 대신 올지도 모를 일이었다. 나는 이런 의문도 품어본다. 토미가 이날 마르셀과 만났건 못 만났건 어쨌거나 여전히 자유의 몸이었다면, 이틀 전 엄마와의 약속을 지킬 생각이었을까? 내가 확신할 수 있는 것은 하나뿐이다. 차 안에서 그는 엄마 생각을 했으리라.

형사들이 압수한 지갑에는 랭시의 센에우아즈 경찰청에서 발급한, 피에르 데샹이라는 이름으로 된 위조 신분증과 생트준비에브 도서관 열람증, 그리고 국립공예학교 학생증이 들어 있었다.

트락시옹 아방 두 대가 카르디날르무안가 69번지 앞에 멈춰 선다. 수갑을 찬 토미가 형사들에게 둘러싸여 내린다. 카메라가 불안정하게 움직이며 그들을 따라간다. 그들은 아치형 철문을 지나 침묵 속에서 계단을 오른 뒤 22호 문을 열고 들어간다. 형사들이 침대 매트리스를 뒤집고, 수납장 안의 내용물을 모조리 바닥에 쏟아붓고, 배낭을 뒤져 열차 탈선 작업 때 쓰던 대형 스패너 세 개를 찾아낸다. 그들은 탁자 위에 있던 잡다한 종이들을 거칠게 쓸어담은 다음 토미를 문 쪽으로 민다. 입을 여는 사람은 아무도 없다.

두 대의 차가 출발한다.

토미가 제2특별반 차장 고트리 요원의 손에 '인계'되었음을 의미하는 이 장면은 정확하게 재구성되어 실제 장소에서 촬영되었다. 내 기억이 맞다면 사실 나는 처음에 이 장면을 시나리오에 쓰지 않았다. 토미가 살던 집안에 대해 아무것도 모르는 채로 토미에게 지극히 사적인 장소인 그 방의 모습을 지어내고 싶은 생각은 없었기 때문이다. 그러다가 내가 가브리엘을 찾아냈던 그날, 불과 몇 시간 뒤 우리는 즉석에서 디지털 비디오카메라로 이 장면을 찍었다. 그러니까 이 장면은 순전히 가브리엘 덕분에 탄생한 셈이다. 그날 가브리엘은 소리 없이 웃더니 아버지의 사랑을 확인하고 비로소 안심하고 느긋해진 아들처럼 침대 위의 내곁에 다가왔다. 나는 그에게 다시 현장에 나와 촬영을 시작하겠다는, 끝까지 나와 함께하겠다는 약속을 받아냈다. 그 순간 우리는 이 세상에서 그야말로 단둘이었다. 그 순간 시간은 자연 법칙을 거스르는 것 같았다. 피와 살을 지닌 유령이 살고 있는 이 방에서, 나는 그의 살갗을 만졌고, 내 손끝에 그의 체온을, 내 얼굴에 그의 숨결을 느꼈다. 가브리엘은 미소를 지었다. 이어 꽤 오래 침묵했다가 차분히 중얼거렸다. 토마는 아버지를 사랑했다. 그가 지어낸 것이 아니라 엘렌의 회고록에서 인용한 문장이었다. 그녀는 이렇게 부자지간의 사랑에 대해 언급하며 서둘러 덧붙였다. 그렇지만 아버지보다는 나하고 더 가까웠다. 내게는 그가 아버지를 사랑했다는 사실만으로 충분했다. 하지만 내가 굳이 시나리오로 발전시키지 않은 이 사소한 내용에 가브리엘은 감동했다. 장비를 다 챙겨 모이라고 촬영팀과 배우들을 부른 뒤 기다리는 동안, 그는 이 아버지와 아들의 관계를 생략한 것, 미클로스를 비중 없는 역으로 전락시킨 것, 아버지가 방문 앞에 납작 엎드려 방안의 불빛을 확인하는 장면을 찍지 않은 것에 대해 나를 비난했다. 그런 장면은 우스꽝스럽다고 대꾸하자 그가 말했다. "하나도 안 우스꽝스러워요." 어쨌거나 미클로스는 이미 떠난 뒤였다. 그렇게, 유감스럽게도 영화 속에서 아버지는 불과 10여 컷의 배경에만 잠깐 등장한 뒤 알 수 없는 이유로 자취를 감추었다. 모호하게 남겨진 그 빈자리는 영화도 시간도 뛰어넘어 어느 결엔가 나와 토미를 이어준 관계 속에서 내가 메워야 하리라.

다게르가의 원룸아파트. 문 두드리는 소리가 들린다. 식탁에 앉은 마르타와 벨라가 현관문을 열러 가는 엄마를 눈길로 좇는다. 문턱 너머 토미를 체포했던 형사 둘의 모습이 보인다.

"엘레크 부인?"

"그래요. 무슨 일이죠?"

"아드님 되시는 토마가 어디 있는지 알고 싶습니다, 엘레크 부인. 혹시 아십니까?"

"예, 아마 일요일 이 시간이면 배급 식량을 타러 갔을 텐데요……" 엘렌은 얼른 돌아서서 벨라에게 헝가리어로 몇 마디 한다. 자막이 달린다. "내려가, 형이 오거든 올라오지 말라고 해."

두 형사는 집안으로 들어와 사방을 둘러보지만 무엇에도 손을 대지 않는다.

"배급이라……" 한 형사가 가구들 위에 놓인 다양한 물건들을 들여다보면서 말한다. "그게 아닐 거라는 생각이 드는데요, 엘레크 부인. 거짓말을 하시는군요. 뭐, 아무래도 좋습니다. 여기 그의 물건들이 있습니까?"

"없어요, 아무것도. 그 아인 여기 살지 않아요. 아시다시피."

"압니다. 하지만 거의 매일 여기 온다는 것도 알죠."

"어떻게 이럴 수가 있죠?" 갑자기 엘렌이 성을 내며 말한다. "형사님들은 프랑스인이면서 독일을 위해 일을 하다니요! 그들이 적이라는 걸 모르나요?"

형사는 식탁으로 다가가 아이들이 먹던 요리들을 물끄러미 내려다보더니 중얼거린다.

"목구멍이 포도청이니까요, 엘레크 부인, 목구멍이 포도청이라고요."

문가로 향한 그는 문을 열며 이렇게 말한다. "안녕히 계십시오, 부인, 실례했습니다." 그가 밖으로 나서고, 다른 형사도 뒤따라 나간다.

배우가 매끄럽게 연기에 몰입할 수 있도록 나는 촬영 순서를 영화 속 시간의 흐름에 맞추려고 최대한 노력했다. 그렇지만 이 며칠간은 시퀀스의 순서가 뒤죽박죽되었다. 시청 앞 강변로에서 토미가 체포되는 장면을 촬영하기 위해 우리는 재차 촬영 허가를 얻었는데 촬영 가능한 날짜는 다음 일요일, 그러니까 가택수색 장면 촬영일 일주일 후였다. 가브리엘은 이미 같은 상태가 아니었다. 다게르가의 엘렌의 집에 형사들이 들이닥치는 장면으로 말하자면 빌마의 첫번째 출국 전에 촬영된 것이었다. 엘렌의 회고록에도 등장하는 이 장면은 우리가 책이나 역사 영화에서 익숙하게 봐왔던 것들과는 조금 다른 느낌을 준다. 실제로 그 일요일, 제2특별반 형사들은 토미를 체포한 다음 엘렌의 집으로 가서 가택수색을 했다. 토미를 찾는 척하며 체포 사실을 감춘 것이다. 짐작건대 그들이 그녀 앞에서 수치심을 느꼈고, 그녀의 고통과 분노를 직시할 용기가 없었기 때문이리라. 더욱이 그날의 가택수색은 순전히 형식에 불과했다. 그들이 상부에 올린 보고서에는 이렇게 기록되어 있다. 다게르가 63번지, 엘레크 부모의 거처를 수색함. 엘레크는 일상적으로 이곳을 드나들고 있었으나 수상한 물건이나 서류는 일절 발견되지 않음. 그랬다, 그 일요일에 토미를 체포했던 하급 형사들은 아들과 공모했던 것이 분명한, 역시 유대인인 그의 모친의 집으로 가 그저 형식적으로 들여다봤을 뿐 그녀를 체포하지 않았다. 엘렌은 심지어 이렇게 단언한다. 경찰은 매우 친절하고 예의가 발랐다. 그들은 끝을 예감하고 있었던 것이다. 1943년 겨울에 일찌감치. 하지만 그건 사실과 다르다. 만일 그들이 정말로 끝을 예감했다면 벌써 멀리 도망가고 없었을 테니까. 그리고 또 하나, 앞으로 밝혀지듯이, 그들은 그렇게 친절하지 않았으니까. 그렇다면 그들은 왜 그녀의 목숨을 살려두었을까? 왜 몇 달 전부터 감시 대상이었던 엘렌은 불안이나 동요나 걱정을 느낄 일이 없었을까? 무슨 조홧속으로 이 누구나 알 만한 공산주의자 유대인 가족, 더욱이 가족 한 사람이 독일군을 살해한 레지스탕스 대원이었던 이 가족이 전쟁에서 살아남았을까? 모래 알갱이 같은 요소 하나가 경찰 조직을 느슨하게 만드는 일이 이따금 있다고 생각하는 수밖에 다른 답은 없으리라. 엘레크 일가는 그날 당장, 세간을 고스란히 남겨둔 채 다게르가의 거처를 완전히 떠났다. 그렇지만 새로 정착한 곳은 거기서 몇 미터 떨어지지 않은 프루아드보가의 친구들 집이었다.

토미를 담당했고 그를 고트리 요원에게 넘긴 형사들의 이름은 각각 라부아냐, 베스, 플랑슈노, 로 그리고 오를리앙주였다. 틀림없는 프랑스 경찰, 그것도 순수 프랑스인으로서 독일의 명령을 따르는 이들이었다. 요컨대 위에서 시키면 뭐든지 하는 자들. 어쩌면 그들도 최악의 인간은 아니었을지 모르고, 어쩌면 그중 몇 명은 고문을 혐오했는지도, 끔찍이 싫었지만 마지못해 고문을 가해야 했는지도 모르고, 어쩌면 그들 가운데 레지스탕스에 정보를 제공하는 사람이 있었을지도 모른다. 그렇지만 어쨌든 이들의 이름은 심문조서의 서두에 해당하는, 이른바 "피의자 신원확인 및 신병인도"라는 서류에 분명히 기재되어 있다. 자백을 끌어내기까지의 다소 오랜 과정은 심문조서에 드러나 있지 않았다.

햇빛이 흘러들어오는 긴 복도. 그곳을 걷는 토미의 딱딱하게 긴장한 얼굴이 클로즈업된다. 화면 안에 얼굴과 어깨, 그를 둘러싼 짙은 색 양복 차림 사내들의 모습이 부분부분 들어온다. 말없이 나아가는 그들 발밑의 마루판이 삐걱거리는 소리가 들린다.

"왼쪽으로!" 한 사내가 지시한다.

커다란 공간이 나온다. 안쪽에 쇠창살로 가로지른 창문이 두 개 있고, 두 창문 사이에는 페탱의 초상이 걸려 있다. 화면 전경에 아무것도 놓여 있지 않은 기다란 금속 탁자가 잡힌다. 그리고 저멀리 아무도 앉지 않은 책상 하나와 그 앞의 빈 의자 하나가 보인다. 왼쪽 벽을 따라 길게 놓인 선반 위에는 끈으로 매어놓은 서류 묶음들이 나란히 놓여 있다. 그 앞에 다른 탁자가 있고, 그 너머 한 여자가 앉아 카메라를 바라보고 있다. 탁자 위에는 백지와 먹지를 끼워놓은 옛날 타자기가 놓여 있다. 이어 한 남자가 화면 안에 모습을 드러낸다. 그가 선반에서 서류철 하나를 꺼내 책상에 올려놓는다. 그러곤 책상에 앉더니 서랍을 열어 흰 종이와 펜을 꺼내 앞에 놓는다.

"앉아."

수갑을 찬 토미가 책상 앞 의자에 앉는다. 그는 체포될 때와 똑같은 차림이다. 모자는 쓰지 않았고 남색 외투 안에 청회색 재킷과 넥타이 없이 목 끝까지 단추를 채운 흰 셔츠를 입고 있다. 세 형사는 그의 뒤, 텅 빈 탁자에 기대서 있다.

"이름?"

토미는 대답이 없다. 취조관이 고개를 들어 그를 바라본다. 형사 하나가 천천히 다가와 그의 1미터쯤 앞에 있는, 타자기가 놓인 탁자에 기댄다.

"이름 물었다." 취조관이 말한다.

토미의 시선은 취조관을 향해 있지만, 그를 보고 있지 않은 듯 멍한 눈빛이다. 여전히 대답이 없다.

취조관이 소리 없이 웃으며 펜으로 종이를 톡톡 친다.

"시작부터 재미있네……"

다른 형사들과 여자도 냉소를 짓는다.

"엘레크." 취조관이 이맛살을 살짝 찌푸리며 말한다. "이건 그냥 형식이야. 난 몇 가지 묻고, 넌 대답하고, 저기 저 여성분은 조서에 기록하고, 그럼 만사 만족이지. 첫번째 질문, 성姓?"

"엘레크." 토미가 아무런 감정이 느껴지지 않는 목소리로 대답한다. 눈빛은 여전히 멍하다.

타자원이 자판을 두드린다. 취조관의 목소리가 타자기 두드리는 탁탁 소리와 겹쳐 들린다. 토미는 줄곧 대답하기 전에 마치 생각에 잠긴 듯 뜸을 들인다.

"이름?"

"토마."

"아버지 이름?"

"엘레크 알렉상드르."

"어머니 이름?"

"호프만 엘렌."

"생년월일과 출생지는?"

"1924년 12월 7일, 부다페스트."

취조관이 타자원을 돌아본다.

"괄호 하고 '헝가리' 추가해요. 국적?"

"헝가리."

"외국인 신분증을 갖고 있나?"

"아뇨, 없었어요."

"그거 경찰청에서 발급한 거지?"

"예."

"발급 날짜는?"

처음으로 토미가 고개를 숙인다. 돌연 몹시 지쳐 보인다.

"날짜는…… 기억 안 나요."

서 있던 형사가 토미의 머리칼을 휘어잡아 고개를 홱 젖힌다.

"날짜 말해……"

"43년 초였던 것 같아요."

취조관이 타자원을 돌아본다.

"1943년 1월 1일이라고 기록해요. 종교?"

토미는 대답하지 않는다. 그는 여전히 멍한 눈빛으로 앞만 바라보고 있다. 서 있던 형사가 갑자기 토미의 뺨을 거세게 후려친다. 토미의 얼굴이 클로즈업된다. 처음에는 너무 놀라 멍한 어린애의 얼굴, 이어 애써 고통을 드러내지 않으려는 듯한, 아무렇지도 않은 체하는 얼굴이다.

"넌 유대인이야, 엘레크." 취조관이 차분하게 말한다. "헝가리 태생의 더러운 유대인 테러리스트. 그게 뭐 그리 말하기 힘들다고."

타자원이 자판을 두드린다.

"가족관계?"

"미혼."

"아이는?"

"없어요."

"직업?"

"무직. 학생이에요."

"거주지?"

"14구 로제가 7번지."

취조관이 자기 앞에 놓인 서류철을 열어 재빨리 뒤적이더니 뭔가를 확인한다.

"오데트, 이렇게 기록해요. '서류상 거주지는 파리 14구 로제가 7번지로 되어 있으나 실제로는 파리 5구 카르디날르무안가 69번지 22호에 데샹이라는 이름으로 5월부터 거주.' 집은 얼마에 빌렸어?"

"2000프랑요."

"오데트, '연 임대료'라고 정확히 기록해요. 전과는?"

"없어요."

취조관이 서류철을 덮고 종이와 펜을 서랍에 넣으면서 말한다. "여러분, 일요일이니까 이 정도면 충분하지 않겠소? 저놈을 다른 놈들이랑 같이 23호에 처박아두지……"

형사들이 토미를 일으켜세우자 취조관이 소리 없이 웃으며 덧붙인다.

"만나서 반갑다. 내일 다시 보자고. 본론으로 들어가야지."

이 장면은 독일의 적을 색출하는 경찰 정보청 제2특별반, 그러니까 경찰청 남쪽 회랑 3층에서 있었던 일이다. 제2특별반은 그중 가장 넓은 방인 35번 방, 즉 이 취조실과 유치장 몇 개, 그리고 사무실 여러 개를 이용했다. 체포자는 이곳으로 보내져 며칠 취조를 받은 뒤 추가 심문 여부를 결정하는 독일 당국에 넘겨졌다. 심문조서는 다섯 부 타이핑되었는데, 원본이 한 장이고, 타자기에 끼운 먹지 덕분에 복사본 네 부를 얻을 수 있었다. 타자원은 언제나 여자였다. 얼마나 폭력적이고 모욕적인 심문이 이루어지건, 그 자리에는 여자가 있었다. 말하자면 여자는 남자들의 심문에서 심리적 장치의 일부였다.

자백을 얻는 과정에서의 가혹행위는 당연히 조서에 기재되지 않았다. 정보청에서는 가혹행위가 조직적으로 자행되었다. 나는 생존자들의 구체적인 증언을 재현하기보다는 토미가 감내해야 했던 순간들을 표현하고 싶었다. 이 시퀀스는 본격적인 조사에 앞서 체포자의 신원확인 과정을 보여준다. 나는 충격에 빠진 채

의기소침해진 토미를, 무력하고 전의를 잃은 모습의 토미를 상상했다. 첫 질문부터 대답은 쉽게 나오지 않았을 것이고, 그가 유대인임을 확인하는 질문에는 더더욱 침묵할 수밖에 없었으리라. 저들이 말하는 '유대인'은 어디까지나 나치의 선전이 만들어낸 이미지였다. 토미로서는 도저히 받아들일 수 없는, 그리하여 무기까지 들게 만들었던, 그렇지만 이제 그도 벗어날 수 없을 이미지. 이날 이후 토미에게 가장 큰 정신적 고통이 무엇이었는지, 잃어버린 엄마였는지, 잃어버린 자유였는지, 잃어버린 존엄이었는지 아니면 잃어버린 인생이었는지 알 수 없다. 그렇지만 수려한 외모의 오만한 황태자 같던 그에게는, 유대인은 기생충이나 원숭이 같다는 이미지를 꼼짝없이 뒤집어써야 했다는 것 또한 고통이었을 것이다. 어쩌면 그것이 물리적 폭력보다 더 쓰라렸으리라.

이 장면에서 가브리엘은 처음으로 연기의 진정한 어려움을 겪었다. 살상력을 잃고 전의가 꺾인, 실추된 토미를 구현하기란 그에게 거의 견디기 힘든 일이었다. 그럼에도 그는 결국 훌륭하게 해냈다. 사실 나는 이 심문 장면을 원 테이크로 찍고 싶었다. 그러니까, 그가 대여섯 번쯤 무너지지만 않았더라면 말이다. 그는 갑자기 의자에서 일어나거나 휴식을 요구했고, 뺨을 맞고 나서는 심지어 눈물을 쏟았다. 나는 형사 역 배우에게 힘 빼고 때릴 필요는 없다고, 가브리엘에게는 맞는 시늉만 하는 게 아니라고 미리 일러두었다. 그런데도 그는 몹시 충격을 받았고, 그 모습은 이 영화에서 손꼽힐 정도로 강렬한 영상이 된 것 같다. 그렇지만 눈물은 나도 예기치 못했다. 취조관이 대사를 다시 시작하고 몇 초 후 그가 왈칵 눈물을 쏟기 시작했고, 나는 곧바로 촬영을 중단시켰다. 그러곤 이내 이 판단이 옳았는지, 그 눈물을 그대로 카메라에 담아야 했던 건 아닌지, 이 상황에 맞춰 토미의 태도를 완전히 바꿔야 하는 건 아닌지 자문했다. 전에도 몇 번 가브리엘이 시나리오와 달리 연기하도록 내버려뒀고, 대체로 그의 판단이 옳았다는 걸 나는 알고 있었다. 아니, 그렇지만 이 대목에서는 아니었다. 눈물은 그의 것, 오직 그만의 것, 위로받기 원하는 어린애의 눈물이었다. 가브리엘은 토미의 운명을 동정하고 있었다. 달리 말해 격렬한 동일시를 통해 스스로의 운명을 가여워했다. 진짜 토미였다면 체포와 갑작스러운 폭력으로 충격은 받았을지언정 생각할 능력은 남아 있었을 것이다. 토미라면 자신을 불쌍히 여기기보다는 스스로의 부주의를 죽도록 원망했을 것이 분명하다. 그러니까 눈물은 절대 상상할 수 없었다.

만일 가브리엘이 토미를, 그리고 스스로를 동정했다면, 그래서 위로받고 싶어 울었다면, 이는 며칠 전부터 그에게 생긴 변화 때문이었다. 정확히 말하자면 내가 그를 카르디날르무안가, 토미의 방에서 찾아낸 이래 조금씩 찾아온 변화 때문에. 우선 조수를 보내도 됐을 일에 내가 직접, 전부 제쳐두고 찾아나섰다는 것이 그를 감동시켰다. 정말 그랬다. 내가 그 고뇌와 감정을 누구에게도 대신하게 하지 않았으리란 걸 그는 느꼈다. 물론 복도에서 나를 보자마자 알아챈 것은 아니었다. 그렇지만 잠시 후, 아이가 좋아하는 이야기를 몇 번이고 읽어주는 엄마 아빠처럼 내가 엘렌의 책에서 귀퉁이가 접힌 부분을 읽어주었을 때였으리라. 그랬다, 내 곁에 웅크리고서 엘렌의 이야기를 읽는 내 목소리를 들으면서 그는 뭔가를 느꼈던 것이다. 나의 존재, 내가 그에게 쏟아부은 시간이 증명하는 뭔가를. 내가 읽어준 대목은 오로지 우리 둘만 온전히 공유할 수 있는 구절이었다. 어느 날 토마가 돌아오지 않자 그애 아버지는 그애의 집으로 찾아갔다는 구절을, 그는 미소를 지으면서 농담처럼 곱씹었다. 그렇지만 그는 진지했다. 나는 그가 나를 조금은 아버지처럼 여기며 혼동하고 있다는 걸 그 훨씬 전부터 이미 인지하고 있었다. 내가 시나리오를 쓰며 그의 역할을 직접 만들어냈고, 그는 그에 반기를 들었으니까. 그 역시, 내가 자신을 필요로 하며 어떻게든 곁에 두고 싶어한다는 것을 일찌감치부터 알고 있었다. 그리고 잠적했던 그날, 자신을 찾아나선 내게서, 내 목소리에서, 내 눈빛에서, 요컨대 내가 발산했을 어떤 것으로부터 그는 마침내 알아차렸다. 자신이 내게 그저 영화의 주연, 영화를 잘 찍기 위한 존재만은 아니라는 것을. 그는 무언가를 느꼈다. 정체도 확실히 모르는 채 그 무언가를 음미했다. 나한테는 너무 위험하고 난처한 것이라 차마 이름도 붙일 수 없는 그 무엇을 그는 목마른 사람처럼 꿀꺽꿀꺽 들이켰다. 그것이 한없이 깊은 결핍을 메워주었다. 어쩌면 빌마의 품속에서 느낀 엄마의 사랑보다 한결 달게 느껴졌으리라. 빌마의 사랑은 따뜻했지만, 결국 한 자락 꿈같은 고통 뒤에 도사린 현실 속으로 점차 그를 데려갔으니까.

이런 연유로 가브리엘은 능욕당하는 토미를 연기하면서 연민에 젖어 울기 시작했다. 이제 토미라는 인물을 관찰할 수 있을 만큼 토미와 분리되기 시작했고 그의 고통을 실감, 더 나아가 동정했기 때문이기도 하고, 그뿐 아니라 그의 눈물이 필연적으로 내게서 인자한 위로를 끌어낼 것이기 때문이기도 했다. 아닌 게 아니라 그의 눈물은 나를 혼란에 빠뜨렸다. 나는 손짓으로 촬영팀 전원을 내보냈다. 그는 수갑을 찬 채 의자에 앉아 있었고, 나는 그 발치에 무릎을 꿇고 앉아 그의 손을 잡았다. 내가 찾아낸 위로의 말들, 토미의 고통과 배우로서의 고통과 가브리엘 자신의 고통까지 모두 어루만지려 했던 말들은 그의 오열을 더 자극할 뿐이었다.

"잘될 거야, 가브리엘, 잘될 거야…… 네가 우는 건 당연해, 내가 너였으면 벌써 통곡하다 떠내려갔을 거다. 하지만 잘될 거야, 넌 해낼 수 있을 거야. 넌 전부 견뎌낼 수 있단 걸 알아, 넌 이겨낼 거야, 두고봐라, 넌 틀림없이……"

대충 이런 말들이었다. 그는 기진맥진한 목소리로, 자기 자신이 아니라 어디까지나 배우로서 하는 말인 척 내 말을 모조리 부인했다. 절대 해낼 수 없을 거라고, 너무 힘들다고, 끝까지 못 갈 거라고. 그 끝이 이 시퀀스의 끝인지 영화의 끝인지는 말을 피하며 결국 자기 인생에 대한 이야기임을 그는 은연중에 암시했다. 나는 괜찮다고, 이 촬영을 중단하고 싶거든 내일 다시 찍으면 된다고, 혹 아예 영화를 그만두고 싶다면 나는 깨끗이 포기하겠다고, 내게 그보다 더 중요한 건 없다고 말했다. 다행히 그 순간 그의 눈물이 그쳤다. 가브리엘은 수갑을 찬 채로 의자에 앉아 마음을 진정했다. 어둠 속에서 기다리고 있는 스태프들과 배우들 사이를 뚫고 촬영장을 가로질러 분장실로 돌아가고 싶어하지는 않았다. 그가 소리 없이 웃음을 지었다. 그러고는 중단됐던 장면부터 다시 찍자고 말했다. 나는 그의 분장을 손봐달라고 지시했다. 그는 이 첫번째 취조 장면, 이어서 두번째 취조 장면을, 마침내 마지막까지 용감하게 연기해냈다.

천장에서 불빛이 쏟아지는 작은 공간. 스웨터 차림의 사내가 빈 벽면에 수직으로 고정된 긴 막대 끝, 가로 5센티미터에 세로 2센티미터쯤 되는 금속 틀에 22, 11, 43이라고 적힌 작은 종이를 끼운다. 그 바로 위에 달린 더 작은 틀 속에는 19라고 적힌 종이가 있다. 이 막대 위로 나란히, 끝에 금속 반구半球가 달린 긴 막대가 하나 더 있다. 사내는 숫자판 석 장을 다 끼운 뒤 몸을 돌려 벽에서 물러난다. 이어 막대들 밑에 놓인 등받이 없는 의자를 가리킨다. 나선형 조절기로 높낮이를 조절할 수 있는 의자다.

"앉아."

토미가 화면에 나타난다. 청회색 양복에 넥타이는 매지 않고 목 끝까지 단추를 채운 흰 셔츠를 입고 있다. 피로한 얼굴이다. 그가 앉자 그의 오른쪽 옆얼굴이 드러난다. 사내가 토미를 일으키고 의자 높이를 조절한 다음 다시 앉힌다. 그러곤 토미의 머리를 살짝 젖혀 뒤통수를 기다란 막대 끝 금속 반구에 맞추어 고정시킨다.

"움직이지 마."

이제 토미의 오른쪽 옆모습만 어깨까지 보인다. 머리는 위쪽의 기다란 막대에 맞게 고정되어 있고, 목덜미 뒤에는 숫자가 적힌 그보다 짧은 막대가 있다. 찰칵 소리와 동시에 그의 얼굴 가득 환한 불빛이 번쩍 비친다. 이내 그 화면은 흩어지고, 이번에는 얼굴 앞면이 보인다. 토미의 얼굴과 가슴까지 정면으로 드러나 있고, 그 아래쪽 작은 틀 속에 날짜 22.11.1943과 번호 849864, 그리고 대문자로 ELEK라 적힌 것이 보인다. 토미의 눈빛은 공허하고, 불안과 조롱이 나란히 드러난 표정은 수수께끼 같다. 그의 얼굴 윤곽이 조금씩 변하고 색깔들이 흐릿해져 흑백이 되더니 실제 수용기록부 사진, 그러니까 진짜 토미의 사진이 나타난다. 다시 한번, 찰칵 소리와 동시에 불빛이 번쩍이며 장면이 끝난다.

이 모핑* 기법은 시나리오에 없던 것이다. 이 작업을 스티브에게 요청하기 전까지 나는 오랫동안 고민했다. 픽션인 영화 속에 실제 이미지를 삽입하는 것은, 특히 역사 영화에서는 참기 힘들 만큼 과하고 상투적인 기법 같았다. 결국 촬영 직전 그것을 넣기로 결정했다. 가브리엘의 표정이 사진 속 토미, 그가 확대해 자기 방 벽을 도배했던 그 사진 속 토미의 표정, 이미 오래전부터 그를 따라다녔던 그 표정과 얼마나 똑같았는지를 보여주는 일종의 증거였다. 실제 사진을 넣음으로써 역사 속의 토미에게 경의를 표하는 의미이기도 했다. 곧 삶을 마감하는 인물의 진짜 얼굴을 적

---

* 점점 형태를 바꾸어 다른 화상으로 만드는 기법.

어도 한 번은 관객에게 보여주고도 싶었다. 이는 또한 가브리엘의 재능에 대한 경의이자 그가 내게 보여줬던, 그리고 그 자신을 깊은 구렁으로 끌어당겼던 열정에 대한 경의이기도 했다. 영화 속에는 실제 자료가 하나 더 등장한다. 그것은 시나리오 단계부터 계획했던 것으로, 좀더 나중에 나올, 이른바 붉은 포스터다.

이 수용기록부 사진 속에서 토미의 표정과 그의 목덜미 뒤에 보이는 19라는 숫자만 빼면 모든 요소가 아주 명확하다. 19는 물론 그의 나이가 아니다. 그의 나이 같은 것에 관심을 갖는 사람은 아무도 없었고, 더욱이 그는 아직 열아홉 살이 안 됐었으니까. 사진은 그가 체포되어 첫 취조를 받은 다음날, 두번째 취조 전에 찍은 것으로 짐작된다. 말하자면 그가 다른 세상, 이제 자신이 아무 영향력도 권리도 갖지 못하는 세상에서 인생의 첫 밤을 보낸 직후다. 그후의 전개에 관해서 엘렌의 회고록은 영화에 아무 도움이 되지 못했다. 실제로 그녀가 이날 이후 토미에게 아무것도 해줄 수 없었던 것처럼. 만일 쥘리앵 로프레트르(이 사람 역시 영화 한 편의 소재가 될 만하다)라는 인물의 증언이 없었더라면 토미가 경찰청에서 이 시기를 어떻게 보냈는지 나로서는 알 길이 없었으리라. 1984년에 출간된 다비드 디아망의 『레지스탕스의 투사들, 영웅들, 순교자들』이라는 책에 쥘리앵 로프레트르에 관한 기록이 있다. 그는 자신이 반세기가 넘도록 운영해온

'프랑스 민중 원조'라는 단체의 사무실에서 내게 그때의 일을 증언해주었다.

쥘리앵 로프레트르는 파리 11구와 12구의 청년 공산당 조직원이었고, 그의 아버지는 경찰의 수배를 받고 있던 철도노조원 노동총동맹의 지도자였다. 당시 거울 제조공이었던 그는 11월 20일 20시 30분 체포될 당시 채 열여덟 살이 되지 않았다. 그는 특별반 본부로 호송되어 24일이나 25일까지 구류되었다가 상테 감옥으로 옮겨져 넉 달간 수감되었다. 재판 결과 증거불충분으로 석방된 그는 나중에 파리 해방 투쟁에 가담했다. 그러니까 네댓새 동안, 그는 자신이 체포되고 나서 몇 시간 뒤에 체포된 토미와 함께, 그리고 11월 17일부터 체포되어 있던 이민노동자 의용유격대의 다른 대원들과 함께 구류되어 있었다. 가혹행위는 당하지 않았다. 아마 제2특별반 형사들의 표적은 어디까지나 이민노동자들이었고, 더욱이 사흘에 걸쳐 그들을 고문하느라 이미 피곤했으리라는 것이 그의 짐작이다. 그가 해주는 이야기는 내게 매우 중요했다. 그가 며칠 동안 토미 곁에서 잠을 자고 함께 많은 이야기를 나누었기 때문이다. 토미는 분명 자신처럼 수영을 좋아하는, 그러면서도 자신과는 분명히 다른 종류의 의연함을 지닌 이 청년에게서 힘과 감동을 얻었을 것이다. 보다 차분하면서 일부러 누군가의 비위를 맞추거나 남의 뜻에 무조건 맞추지 않으면서도 타인을 배려하는 품성은 정말 특별했다. 나는 그로부터 65년이 흐른 뒤 그 품성의 흔적을 경탄하는 마음으로 느끼게 되었다. 그건 바로 인간애였다. 나는 로프레트르의 진술에 마르셀의 동생 시몽 라이만의 진술을 보태어 더 완전한 내용을 얻어낼 수 있었다. 경찰청에 구류되었을 당시 겨우 열여섯 살이었던 시몽은 이후 상테 감옥을 거쳐 부헨발트 수용소로 보내졌고, 거기서 종전을 맞아 살아 돌아왔다. 그는 2005년에 사망했다. 라이만 형제의 모친 하나 역시 11월 17일에 체포되어 같은 곳에 구류되었다. 그녀는 아마 경찰청에서 만났을지도 모르는 사라 단치게르, 즉 쉬지처럼 67번 수송차에 실려 아우슈비츠로 보내졌다. 그리고 아마 쉬지와 마찬가지로 즉각 가스실로 보내졌을 것이다. 경찰청 특별반에서 이 며칠간 취조를 받은 수십 명의 레지스탕스들 가운데 쥘리앵 로프레트르와 시몽 라이만만이 살아서 종전을 맞았고, '마누시앙 그룹'의 대원들이 겪은 수난의 첫 며칠간의 이야기를 증언해줄 수 있는 유일한 인물이었다.

청회색 양복을 입고, 수갑을 차고, 발목에 사슬이 채워진 토미가 한 형사를 따라 취조실로 들어온다. 여섯 명의 사내와 타자원 오데트가 기다리고 있다. 전날과 똑같은 면면이다. 주임 취조관은 전날 보았던 똑같은 서류철을 펼쳐둔 책상 앞에 기대서 있다.

"풀어줘." 취조관이 명령한다.

취조실에 있던 남자 하나가 토미의 수갑과 사슬을 풀어준다.

"앉아." 취조관이 의자를 가리키며 말한다.

토미가 앉는다. 극도로 불안한 모습으로 떨고 있다. 취조관이 뒤로 돌아가 그의 어깨에 손을 얹는다.

"춥나?"

토미는 대답이 없다. 그리고 고개를 떨군다. 취조관이 갑자기 그의 머리칼을 휘어잡아 홱 젖힌다.

"엘레크, 넌 영리한 아이야." 말투는 짐짓 관대한 듯하지만 손은 여전히 토미의 머리칼을 틀어쥔 채로 취조관이 말한다. "공부도 좀 했고. 저 게토의 깡패놈들하고는 다르지. 그렇지만 놈들과 어울려 몹시 어리석은 짓을 저질렀어. 바이스브로트나 핀게르츠바이크 같은 너절한 놈들과 하룻밤을 보냈으니 이미 얘긴 들었겠지. 여기, 이 방에서 질문에 대답을 안 하면 어떻게 되는지 말야. 보초르까지 포함해서 그놈들은 전부 불었어. 물론 너한텐 아무것도 안 불었다고 했겠지만 내 말 믿어라, 진짜니까. 우리 둘이 지금부터 하는 일은, 말하자면 놈들이 이미 자백한 내용을 가볍게 확인하는 절차일 뿐이야. 알겠나?"

토미는 대답하지 않는다. 취조관이 머리를 거칠게 밀어내자 그가 의자에서 떨어진다. 형사 둘이 달려들어 1분 동안 발길질과 주먹질을 퍼부은 뒤 일으켜 의자에 다시 앉힌다. 반쯤 기절한 토미가 의자 위에서 허물어진다. 얼굴에는 벌써 혈종이 보인다.

"똑바로 앉아!" 취조관이 명령한다.

토미가 가까스로 몸을 가눈다.

"조직 내에서 쓰던 가명은?"

토미는 대답하지 않는다. 취조관이 토미의 턱을 잡아 쳐들고 그의 눈을 똑바로 들여다보면서 다시 묻는다.

"엿이나 먹어." 토미가 내뱉는다.

취조관이 그의 턱을 붙들었던 손을 거두며 다른 형사들에게 말한다. "됐어, 시작해."

형사 둘이 토미의 옷을 벗기기 시작한다. 토미가 저항하자 다른 형사들도 가세한다. 이윽고 그는 완전히 벌거벗겨져 기다란 탁자로 끌려가 그 위에 엎어진다. 형사 넷이 각각 그의 양쪽 팔다리를 붙든다. 경마용 채찍을 쥔 다른 한 명이 화면에 들어온다. 호된 채찍질이 시작된다. 채찍질 두 번 만에 토미의 입에서 비명이 터진다. 채찍질은 쉴새없이 쏟아진다. 열 번. 쉭쉭거리는 채찍소리, 살을 철썩철썩 때리는 소리가 들린다. 붉은 얼룩이 번지더니 이내 피가 배어난다. 취조관의 "됐어" 소리에 채찍질이 멈춘다. 화면에 토미의 왼쪽 얼굴이 클로즈업된다. 부릅뜬 눈에, 얼굴은 온통 땀과 눈물과 콧물로 범벅이 되어 있다.

"대답할 거야?" 취조관이 거의 상냥한 목소리로 묻는다.

"토미……" 그가 꺼져가는 듯한 목소리로 말한다.

"더 크게!" 취조관이 명령한다.

"토미……"

탁탁거리는 타자기 소리가 들린다.

"등록번호?"

"10306……"

"그래, 그거야, 토미. 등록번호 10306번. 그건 우리도 이미 알고 있었어. 그리고 프랑스 의용유격대의 공보 덕분에 네가 무슨 작전에 가담했는지도 알지. 잠깐만, 다 불러줄게."

토미의 클로즈업된 얼굴이 화면에서 사라진다. 취조관이 책상 뒤로 가서 서류의 첫 장을 집어들고 읽기 시작한다.

"1943년 7월 28일 파리-샤토티에리선 탈선. 8월 4일 라 페르 테미용에서 파리-랭스선 탈선. 8월 13일 르샤틀레에서 철로 볼트 해체. 8월 18일 몽트로-롱주빌선 탈선……"

열거는 계속되고, 목소리 크기가 줄어든다. 토미가 눈을 감는다.

이미 확인된 사실보다 더 나쁜 상황을 상상하지 않으려고 고통스럽게 몸부림치던 엘렌은 결국 아마 자신이 지어낸 듯한 사실을 굳게 믿으며 현실을 회피했다. 그렇게라도 해야 두려움을 잊을 수 있었던 것이리라. 아들이 고문을 당하지는 않았을 것이다. 이미 석 주 전에 체포됐던 다른 대원들이 자백할 건 다 자백했을 테니까. 다른 대원들이 체포된 건 실제로 석 주 전이 아니라 사흘 전이었고, 엘렌도 그 사실을 알고 있었으나 곧 잊었으리라. 게다가 설령 다른 대원들이 석 주 전에 체포되어 그새 자백들을 쏟아냈다 해도, 토미의 혐의 사실을 최대한 정확하고 빈틈없이 밝히려는 탐욕스러운 프랑스 경찰에게는 충분치 않았을 것이다. 나치의 선전에 이용할 잘 요약된 조서를 작성하자면 토미가 저지른 모든 악행을 낱낱이 밝히는 상세한 자백이 필요했다. 그렇지만 엘렌에게는 최악의 상황을 상상하고 싶지 않은 더욱 괴로운 이유가 있었다. 최악은 고문 자체가 아니라, 고문에 굴복하게 된 토미가 맛볼 자기혐오와 박탈감이었기 때문이다. 그녀로서는 그것이 가장 두려울 수밖에 없었다. 아들은 종종 이런 말을 했다. "난 털어놓지 않을 거라고 장담 못해. 고문을 견딜 수 있을지 나도 모르겠어." 그 아이는 영웅과는 거리가 멀었다. 외려 몹시 겁을 냈다. 엘렌은 회고록을 출판하고 15년이 지난 1980년대 후반에 사망했다. 쥘리앵 로프레트르의 증언이 나오고 서너 해 후였다. 말년의 그녀가 그의 증언, 그러니까 나는 엘레크 옆에서 잤다. 그는 끔찍한 고문을 받았다라는 문장을 읽었을지 모르겠다. 엘렌이 끝내 환상을 품고 죽었을지, 아들이 긴 육체적 고통을 겪었다는 걸 알고 괴로워하면서 죽었을지 나는 알지 못한다. 또 예상과는 달리 아들이 영웅적으로 응수했다는 놀라운 증언이 그녀에게 위로가 되었을는지도 알 수 없다.

우리는 예상 밖의 첫번째 취조 장면의 분위기를 몰아 두번째 취조 장면을 촬영했다. 뺨을 맞는 장면을 찍고 눈물을 쏟으며 가브리엘은 거의 기진맥진한 상태였다. 그것이 한편으로는 그의 연기에서 불필요한 힘을 걷어냈고, 다른 한편으로는 40여 명의 스태프 앞에서 알몸이 되어야 하는 상황에서 오는 심리적 저항감을 살짝 누그러뜨렸다. 처음부터, 심지어 계약서를 쓰기 전부터 나는 이런 장면이 들어간다는 사실을 그에게 미리 일러줬었다. 자아의 박탈, 고통, 모욕의 결집인 고문의 괴로움에 대해 아무것도 숨기고 싶지 않던 터였다. 그는 내 설명을 듣고 지나치게 적나라한 영상이 아니어야 한다는 조건으로 수락했다. 그는 준비가 되어 있었다. 경찰청 특별반에서는 그보다 더한 고문, 특히 명백히 성고문이라 불러야 할 일도 자행되었지만 토미가 그런 고문을 당했다는 기록은 어디에도 없다. 생존자의 정확하고도, 이미 충분히 끔찍한 증언으로 충분했다. 체코의 공산주의자 라디슬라브 홀도스가 그 증인이다. 토미도 그를 만난 적 있을 텐데, 그가 제1분대 소속이었다가 나중에 대원 모집을 담당하는 이민노동자 관리부의 책임자가 되었기 때문이다. 그는 1943년 2월에 특별반의 고문을 겪었다.

이 시퀀스들, 그리고 이어지는 최후의 심문 장면으로 인해 영화는 12세 이하 관람불가 등급을 받았고, 영화 첫머리의 자막에도 경고문을 넣어야 했다. 수치스러울 수도 있는 알몸을 정말 클로즈업으로 잡아야 했을까? 아무리 특수효과라고는 해도 채찍으로 인한 살갗 위의 상처들, 이를테면 방울방울 떨어지는 피와 등에 생긴 흐물흐물한 상처들을 전부 보여줄 필요가 있을까? 나는 알 수 없었고, 그래서 주저했다. 그렇지만, 이 영상들이 반드시 필요하다는 확신은 없다 해도, 그럼 그것들을 드러내지 말자는 쪽으로도 결론은 나지 않았다. 있는 그대로 보여주지 않는다면 결국 감미료를 치고, 특히 관객과의 사이에 일종의 거리감을 형성하고, 결국 관객을 현실에 절대 닿지 않는 안락의자에 편히 앉혀두는 셈이 된다. 물론 관객이 이런 안락함을 요구할 수도 있다. 반면 전부 드러낸다면 관객에게 끔찍한 고역을 치르게 하는 셈이고, 나아가 고어영화들이 으레 그러듯이 사디즘의 본능을 자극할 수도 있었다. 보여줄 것인가, 말 것인가? 결국 나는 보여주기로 했다. 사실을 완벽하고 충실하게 재현하기로 했다. 그 장면을 마주한 관객에게는 언제든지 눈을 감을 자유가 있었다.

토미는 재킷을 어깨에 걸치고 뒤돌아선 채 문턱에서 꼼짝도 하지 않는다. 그의 앞에 있는 방은 어둡고 퍽 협소하지만, 그곳이 사람들로 가득차 있음을 짐작할 수 있다. 형사가 수갑을 풀고 그를 방안으로 밀어넣은 다음 문을 잠근다. 장의자에 앉아 있던 남자 몇 명이 일어나 토미에게 다가온다. 어둡지만 그들이 바이스브로트, 보초르, 핀게르츠바이크, 글러스, 게둘디크임을 알 수 있다. 토미는 문 앞에 가만히 서 있다. 재킷은 어깨에 걸친 채 흰 셔츠의 단추가 풀려 있고 얼굴에는 맞은 자국이 있다. 보초르가 그를 부축해 장의자로 데려가 앉힌다. 그들이 걸음을 옮기는 사이 화면에 스무 명쯤 되는 사람들이 비치는데, 그중에는 여자들, 특히 쉬지 단치게르의 모습도 보인다. 몇몇은 서 있고, 몇몇은 장의자 혹은 바닥에 앉아 있다. 네 개의 창문에는 파란색 종이가 발려 있어 아주 흐릿한 빛밖에는 들어오지 않는다.

보초르가 손수건으로 토미의 얼굴을 닦는다.

"아프니? 너 쇠심줄 채찍이었어? 알겠지만, 우리도 다 그랬어."

"나 안 털어놨어요."

"잘했어, 토미. 견뎌야 해. 정보를 단 한 줄도 내줘서는 안 된다. 저들이 이미 알고 있는 사실들만 적당히 늘어놓는 거야."

"하지만 다시 시작될 거예요. 조제프, 나 계속 버틸 수 있을지 자신이 없어요."

토미는 벽에 기대지만, 등이 닿자마자 얼굴을 찡그리며 상체를 일으켜 숙인다. 등을 굽히고 허벅지에 팔꿈치를 붙인 채 손을 맞잡는다. 보초르가 토미의 재킷을 걷어내 등과 흰 셔츠 위로 번진 핏자국을 살펴본다.

똑같은 방. 이제 천장에서 불빛이 아주 세차게 쏟아지고 있다. 대원들 대부분이 장의자를 붙여 침대처럼 만들어 누워 있지만, 아직 잠든 것은 아니고 이야기를 나누는 중이다. 남색 외투를 덮고 모로 누워 있는 토미의 모습이 보인다. 그의 바로 옆 다른 의자에 누워 있는 그보다 어려 보이는 청년을 마주 보고 있다.

"……난 남동생이 있어." 토미가 말한다. "열세 살이야. 하루에 책을 한 권씩 독파하는 아이지. 분명 그애가 열심히 엄마를 안심시키고 있을 거야. 그애는 믿어도 돼, 진정한 꼬마 레지스탕스니까. 그애만큼은 살아남았으면 좋겠어, 어차피 난 이제 끝났으니까. 넌 형제 있어?"

"없어, 외동이야. 다행이지, 애들이 많았어도 골치였을 거야, 우린 12구에 있는 아주 작은 집에 살거든."

"아버지는 뭐 하셔?"

"철도원. 하지만 벌써 몇 달째 도피중이야. 하루는 형사들이 아버질 잡으러 리옹역으로 와서, 그때……"

그들의 목소리와 실내의 온갖 소음이 점차 희미해진다. 화면이 디졸브되며 다시 유치장 풍경이 드러난다. 이번에는 수감자 대부분이 잠든 것 같다. 실내는 여전히 지독하게 밝다. 여기저기서 신음과 앓는 소리가 들린다. 토미는 이제 엎드려 있다. 의자 위에 외투를 매트리스처럼 깔아둔 채다. 흰 셔츠 위의 핏자국은 거뭇거뭇해졌다. 그는 한 팔을 늘어뜨린 채 잠들어 있다. 그렇지만 그가 고개를 흔들며 "난 안 털어놔, 안 털어놓을 거야"라고 되뇌는 소리가 또렷이 들린다. 그 말의 앞뒤로 알아들을 수 없는 웅얼거림이며 신음과 탄식이 섞여든다. 아직 잠들지 않은 앳된 청년이 곁에서 그를 가만히 들여다보고 있다.

"난 끝났으니까"라고 토미는 말했다. 이 대목에서 나는 "다들 죽게 되리라는 걸 알고 있었나요?"라는 다비드 디아망의 질문에 쥘리앵 로프레트르가 이렇게 대답했던 것을 상기시키고 싶었다. "예, 어쨌든 보초르, 알폰소, 그리고 엘레크는 그랬죠." 마르셀 라이만도 동생과 같이 구류되어 있을 때 비슷한 말을 했다. "'난 끝났다는 걸 알아둬. 엄마한텐 말하면 안 된다'라고, 형은 내 손을 잡으면서 말했습니다."

이 악몽 같은 장면이 나로서는 가장 촬영하기 힘든, 그리고 가브리엘에게는 가장 연기하기 힘든 장면들 가운데 하나였다. 고문 장면처럼 폭력적이어서가 아니라, 단지 가브리엘이 믿지 않은 탓이었다. 쥘리앵 로프레트르가 가공의 인물이 아니라는 점을 납득시키느라 나는 애를 먹었다. 로프레트르는 이렇게 증언했다. 그는 체포와 고문으로 인해 크게 흔들린 상태였다. 밤새 악몽을 꾸며 "난 안 털어놔, 안 털어놔"라고 끊임없이 되뇌었다. 그야말로 강박이었다. 그는 정말이지 적에게 단 한 줄의 정보도 내주면 안 된다는 생각밖에 없었고, 그래서 밤새도록 악몽을 꾸며 잠꼬대처럼 중얼거렸다. 토미는 스스로의 약함을 두려워했고, 자신이 자백해버릴지 모른다는 생각에 시달렸던 것이다. 가브리엘은 토미가 어지러운 잠 속에서 이런 말을 입 밖에 내며 두려움을 표현했다는 사실을 좀처럼 믿을 수 없어했다. 우리는 그가 적절한 힘을 실어 올바른 어조로 대사를 말할 수 있을 때까지, 그리하여 그럴듯한 장면이 나올 때까지 열 번 이상 촬영했다. 뺨을 맞는 장면에서 눈물을 쏟은 이래 그는 토미와 분리될 수 있었고, 그렇게 매우 애를 써가며 마침내 토미를 연기해냈다. 나는 이 장면에서 어떻게 관객의 마음을 움직일 것인지로 고민중이었다. 밤에도 지독히 밝은 불빛이 쏟아졌던 그 방에서는 조명을 이용해 뭔가를 표현하기가 불가능했다. 해결책은 쥘리앵의 시선이었다. 토미의 영웅적인 모습보다 오히려 약한 모습을 강조하는 연민 가득한 시선을 넣는 것이다. 나는 쥘리앵 역을 맡은 로맹에게 1930년대 프랑스 영화들, 노동자나 철도원이나 장인들이 주인공인, 대개 장 가뱅이나 바넬이나 카레트가 나오는 영화들을 보라고 했다. 빈정거림과 감성과 시정詩情이 넘치며 결코 음울하지 않았던 그 시대의 영화는 서민계급의 모습을 영화로 그려냈다. 훌륭한 배우인 로맹은 거기서 배울 점을 제대로 배워 나타났다.

이런 상황에서 그들의 태도가 얼마나 훌륭했는지 증명하고 교훈도 조금 가미할 겸, 미사크 마누시앙을 마르셰뇌프 강변로에 면한 이 23호실에 데려다놓을 수도 있었으리라. 그렇지만 쥘리앵 로프레트르의 증언은 명료했다. 마누시앙은 적어도 21일 일요일부터는 이민노동자 대원들과 떨어져 다른 방에 구류되었으며, 로프레트르가 23호실로 옮겨지기 전까지 그곳에서 그와 함께 지냈다고 했다. 사실 마누시앙도 처음에는 23호실에 구류되었다. 17일에 체포된 시몽 라이만은 체포되던 날 23호실에서 그를 목격했다. 그러다 이후 마누시앙만 다른 방으로 옮겨졌다. 취조가 계속되면서 제2특별반 형사들이 그의 역할과 비중, 대원들에 대한 영향력 등을 알아차렸던 것이리라. 모두들 우러러보던 또 한 명의 인물 마르셀 라이만 역시 따로 구류되었다. 한편 23호실에는 특수팀의 다른 대원들도 있었는데, 열혈 스페인 공산주의자로 스페인 공화파 군인이었던 셀레스티노 알폰소가 그 예다. 리터 장군을 암살한 삼인조 중 하나인 그는 당시의 극좌파 스페인만이 만들어낼 수 있었던, 절반은 돈키호테요 절반은 투우사라 할 만한, 길들일 수 없는 자부심과 용기의 소유자였다. 그 자부심과 용기는 수용기록부 사진 속의 도발적인 미소와 불꽃같은 시선, 물결치는 머리칼에서 잘 드러난다. 시몽 라이만은 알폰소가 몇 차례나 힘이 되어주었다고 증언한다. 로프레트르는 자신이 상테 감옥으로 이송되던 23일 혹은 24일 알폰소가 주먹을 쳐들고 "세계혁명 만세!"라고 외쳤다고 증언한다. 시몽 라이만은 올가 반치크도 같은 방에 있었으며 다른 사람들과 똑같이 고문을 당했다고 밝힌다. 어린 딸아이의 어머니이기도 했던 서른한 살의 올가 반치크는 1944년 5월 10일, 슈투트가르트 감옥의 음산한 안뜰에서 기요틴의 칼날 아래 생을 마쳤다.

푸르스름한 빛이 새어드는 유치장. 문이 열리더니 바지와 셔츠 차림의 형사 둘이 나타난다.

"엘레크!" 한 명이 외친다.

장의자에 앉아 있던 토미가 그들을 향해 고개를 돌린다. 보초르, 바이스브로트, 전날 밤의 앳된 청년이 다가가 토미를 부축해 일으킨다.

"잘 버텨, 토미." 보초르가 속삭인다. "아무것도 털어놓지 마. 넌 할 수 있어. 나와 마르셀을 생각해, 그리고 너를 보고 계실 엄마도……"

"힘내." 전날 밤의 청년이 말한다.

토미는 대답하지 않는다. 그가 문 쪽으로 가자 형사들이 수갑을 채워 데려간다.

벌거벗겨진 토미가 의자에 앉아 있다. 등뒤로 꺾인 손에는 수갑이 채워진 채다. 채찍을 든 형사가 그의 주위를 돌고 있다. 취조관은 책상 너머에, 타자원은 타자기 앞에 앉아 있다. 네 형사는 제각각 기다란 탁자에 기대거나 걸터앉아 있다.

"좋아, 요점을 정리해보지." 취조관이 서류 한 장을 들여다보며 말한다. "성공시킨 탈선 다섯 건에, 미수에 그친 게 세 건이다 이거지?"

"예."

"거짓말. 성공시킨 탈선은 여섯 건이야. 7월 28일 파리-샤토티에리선 탈선을 빼먹었잖아."

"말했잖아요, 난 그때 망만 봤다고. 피에르와 장클로드가 철로의 볼트를 해체하고 폭약을 설치했지만, 기차는 탈선하지 않았어요."

채찍 담당 형사가 갑자기 토미의 허벅지를 채찍으로 세차게
내려치며 외친다.

"거짓말!"

"네 조직의 공식 발표를 읽어주지." 취조관이 일어나 토미에
게 다가가며 차분히 말한다. "1943년 7월 28일 밤새 세 명의 대
원, 등록번호 10003번, 10306번, 10199번이 파리-샤토티에리
선 탈선 작전을 수행함. 어쩌고저쩌고…… 화물열차 한 량이 완
전히 탈선했다."

취조관이 토미의 머리칼을 휘어잡고 들어올려 바닥에 내동댕
이치더니 발로 걷어찬다.

"10306번, 그게 너지? 너 맞지?" 그가 소리를 지른다.

"예."

"그런데? 기차가 탈선을 안 했다고?"

"안 했어요. 공식 발표가 틀렸어요. 기차는 계속 나아갔어
요……" 토미가 숨을 몰아쉬며 토막토막 끊어지는 목소리로 대
답한다.

"됐어." 취조관이 말한다. "피곤한 놈이네, 탁자에서 손 좀 봐
줘."

형사들이 토미를 붙드는 사이 취조관은 돌아서서 책상 위의

서류를 집어 몇 장 넘겨 본다. 채찍소리와 헐떡이는 숨소리, 토미의 비명이 들린다.

"오데트, 그에게 공식 발표를 읽어주자 '공식 발표가 잘못됐다. 나는 기차가 계속 나아가는 것을 직접 목격했다'라고 진술했다고 기록해요."

타자원이 무표정한 얼굴로 타자를 치는 모습, 이어 타자기 캐리지를 움직이는 모습이 클로즈업된다. 타자기의 탁탁 소리에 토미의 비명과 애원이 섞여든다.

"그만…… 그만해요……"

매질은 계속된다. 토미는 입을 다문다. 담당 형사가 전날처럼 탁자에 엎어진 토미를 채찍으로 집요하게 내려친다. 온통 시커먼 그의 등과 눈물과 땀으로 범벅된 얼굴, 벌어진 입, 감긴 눈이 보인다. 형사가 손을 멈추고 취조관을 돌아본다.

"기절했는데요."

"깨워! 물 한 동이 뿌리고!"

형사가 토미를 흔들고 뺨을 때린다. 거친 숨소리가 들리는가 싶더니 그의 얼굴에 물이 끼얹어진다. 토미가 눈을 뜬다.

"좋아." 취조관이 말한다. "이젠 우리 기대를 저버리지 않겠지. 털어놔야 할 자잘한 사항이 아직 몇 개 있을 거야. 그렇지?"

"날 내버려둬요, 부탁이니 제발 날 그냥 둬요……"

"그냥 둘 거야, 엘레크, 두세 가지만 더 말해주면. 좋지?"

"예……" 토미가 중얼거린다.

나는 여기서 멈췄다. 이 심문과 토미의 진술이 경찰측에 썩 중요한 내용이 아니었기 때문이다. 어쩌면 조금도 중요하지 않은 내용이었으리라. 경찰은 탈선 작전 외에 그가 가담한 다른 작전들을 캐고 싶어했다. 그는 파리 동쪽 지역에서 철로들을 답사한 사실을 인정했지만 다른 혐의는 부인했다. 엘렌의 증언으로는 실은 100여 건은 족히 되었다. 한 대원과 함께 폭파 작전을 시도했다는 사실은 시인했다. 그 대원의 이름은 모른다면서, 제시된 여러 장의 사진을 보고 얼굴만 지목했다. 글러스였다. 대신 토미는 경찰이 열을 올려 추적중이던 리카르도에 대해서는 일절 진술하지 않았다. 그저 리카르도가 강등된 뒤 돌연 조직을 떠났다는 사실만을 밝혔다. 그는 취조 내내 중요 인물로 강조되었던 '피에르'의 본명이 '보초르'라는 사실을 인정하고 사진 속에서 그를 지목했다. 그렇지만 경찰은 이미 몇 주에 걸친 미행과 본인의 자백을 통해 가명과 등록번호 등 보초르에 대한 모든 것을 알고 있었다.

탈선 전문 대원들을 대상으로 한 취조 가운데 가장 영웅적인 사례를 찾고 싶다면 일명 '로베르', 그러니까 토미와 가까이 지내던 헝가리인 에메릭 글러스의 조서를 읽어야 한다. 뚜렷한 증거들과 미행을 통해 보고된 사항들, 사진에서 그를 지목한 몇몇 대원들의 자백에도 불구하고, 11월 17일 체포된 글러스는 사건 일체를 송두리째, 끝까지 부인했다. 그는 단 한 건의 테러 혐의도 인정하지 않았고, 자신의 가명이 '로베르'이며 등록번호는 10020번이라는 것도, 보초르는 물론이고 심지어 토미도 모른다고 부인했다. 하지만 그가 무프타르가에서의 약속을 포함해 몇 번이나 토미와 만나는 모습을 경찰이 이미 목격한 터였다.

"엘레크가 6월인가 7월에 너랑 테러 두 건을 저질렀다고 자백했어. 그중 하나는 로니쉬르센 지역에서였고. 이 점에 대해 할 말은?"

"거짓말이오. 난 엘레크를 몰라요. 난 그와 함께 어떠한 테러에도 가담한 적이 없소."

그의 용기는 결국 아무 의미가 없었고, 아마 글러스 본인도 이를 알고 있었으리라는 점에서 더욱 감동적이었다. 증거들이 넘치게 많았으므로 그는 살아남을 수 없었다. 로프레트르나 라이만의 증언에도 그에 대한 언급은 없고, 그래서 나는 당시 그가 이 소명을 관철하기 위해 어떤 대가를 치렀는지 알지 못한다.

푸르스름한 빛이 새어드는 유치장. 수감자 대부분이 잠들어

있다. 토미는 바닥에 외투를 깔고 엎드려 있다. 돌돌 말아 베개
처럼 만든 옷을 베고 있다.

"아파……" 그가 아주 낮은 소리로, 혼잣말처럼 중얼거린다.

장의자에 누워 있던 앳된 청년이 몸을 일으켜 토미를 굽어본
다. 청년은 내려와 토미 곁에 무릎을 꿇고 앉는다. 그러곤 조심
스럽게 토미의 등을 덮은 재킷과 흰 셔츠를 걷어낸다. 등은 시꺼
멓고 퉁퉁 부어 있다. 청년이 집게손가락을 살갗에 갖다대자 이
내 핏방울이 번진다. 청년은 일어나 방을 가로질러 가서는 금속
컵에 물을 약간 담아 와 토미 곁에 앉는다. 그가 셔츠 끝자락을
물에 적셔 상처를 살살 두드린다. 닦아내고 또 닦아내도, 피는
계속 번져나온다.

불이 환히 밝혀진 감옥 내부를 잡은 고정 영상. 화면 좌우에 초록색으로 페인트칠된 철제 난간이 달린 다섯 층의 복도가 보인다. 회색 감방 문들이 저멀리 화면 한복판까지 길게 늘어서 있다. 제복 차림의 총을 든 독일군이 두 명씩 화면 중경쯤의 좌우의 복도를 잇는 구름다리 위에 서 있다. 아래쪽, 1층에서 독일군 장교 세 명이 화면에 나타났다 원경을 향해 멀어져간다. 들리는 것은 장교들의 발소리, 뭔가 바닥에 떨어졌다 튀어오르는 금속음, 두세 차례의 기침소리뿐이다.

토미는 지푸라기로 속을 채운 철제 침대 매트 위에 앉아 있다. 남색 외투를 입고, 어깨에는 회색 담요를 둘렀다. 그의 상체는 끊임없이 앞뒤로 미세하게 흔들린다. 그의 뒤편 벽에 게시물이 몇 장 걸려 있는데, 제일 큰 것에는 **내부 수칙**이라는 제목이 붙어 있다. 역시 그 뒤로 짙푸른색 페인트칠이 된 촘촘한 쇠격자가 달린 커다란 창문 하나가 있다. 감방은 가로세로 4미터에 2미터 50센티미터 크기다. 카메라는 토미가 신은 끈 없는 운동화를 천천히 비추다 떡갈나무 마루판을 거쳐 연녹색 타일을 댄 굽도리를 비춘다. 그 굽도리 앞을 긴 쇠사슬 하나가 지나고, 카메라는 쇠사슬을 따라 움직인다. 쇠사슬은 흰 나무의자의 다리 하나를 칭칭 감고 있다. 의자 앞에 놓인 작은 탁자는 더러운 흰 벽에 붙어 있고, 탁자 위에 책 두 권이 놓여 있다. 흰 전등갓을 씌운 전구에서 벽을 향해 불빛이 쏟아진다. 감방 안의 모습이 조금씩 드러날수록 문 여닫는 소리와 사람들의 목소리가 점점 커진다. 벽 여기저기에 낙서가 있지만 내용은 알아볼 수 없다. 한쪽 구석에 나무 변좌가 달린 변기가 보인다. 변기에서 1미터쯤 위에 자리한, 누름단추가 달린 가느다란 금속관은 아마 수도관인 것 같다. 카메라가 계속 움직여 회색 철문을 비춘다. 문에는 감시창, 그리고 식사 배급용 창구가 뚫려 있다. 이어 다른 쪽 벽의 작은 선반 위에 놓인 법랑 그릇과 나무 숟가락, 작은 솔이 차례로 비친다. 마침내 카메라가 토미에게서 멈춘다. 토미는 여전히 같은 자리에 앉아 있다. 어깨에 담요를 두르고 침대에 앉아 몸을 앞뒤로 흔들면서, 떡갈나무 마루판만 노려보고 있다.

갑자기 문 두드리는 소리가 세 번 들린다. 토미는 벌떡 일어나 한 손으로는 어깨 위의 담요를 붙든 채, 다른 손으로는 그릇을 움켜쥐고 가 철문의 창구 아래 달린 판 위에 올린다. 동시에 창구가 열리면서 "안녕, 엘레크!" 하는 목소리가 들린다. 손 하나가 들어와 그릇을 움켜쥐고 그 안에 검은 국물을 가득 붓는다. 이어 조그만 기름 덩이가 올라간 거무튀튀한 잡곡빵 한 조각이 옆에 놓인다. 이내 창구가 다시 닫힌다. 이때부터 토미의 움직임은 매우 빨라진다. 한 손으로 그릇을 집어 탁자에 올려놓고 책을 한쪽으로 밀어낸다. 이어 다시 창구 쪽으로 가 빵을 집어 그릇 옆에 놓은 뒤 선반으로 몸을 돌려 나무 숟가락을 집는다. 한 손으로는 여전히 담요를 붙든 채 다른 한 손만 기민하게 움직인다. 그가 쇠사슬로 묶인 흰 의자에 앉는다. 기름 덩이를 숟가락으로 잘 펴 바른 다음, 빵을 국물에 적셔 입으로 가져간다. 그는 천천히 씹으면서, 빵을 한입씩 베어물 때마다 김이 올라오는 국물을 몇 모금씩 마신다.

나는 무엇보다 그를 배반하지 않기를, 그를 있는 그대로 존중하기를, 내 영화를 위해 사실과 감정과 감동을 지어내지 않기를 원했다. 그러면서 혹시라도 그가 돌아온다면 곧바로 자신을 알아볼 수 있으리라, 스크린에서 자신의 이야기를, 자신의 진실을 볼 수 있으리라 생각했다. 토미가 세상에서 고립되어 독방에 갇혔을 땐 돌연 나 자신도 눈멀고 귀먹은 채 어둠 속을 더듬는 느낌이었다. 11월 26일, 며칠간 이어진 고문 끝에 토미는 혼자, 혹은 다른 대원들과 함께 프렌 감옥으로 이송되었다. 그가 수감된 제3동의 남동쪽 부속건물은 전적으로 게슈타포의 관리를 받는, 어떤 식으로건 필연적으로 사형당할 사람들만 격리된 곳이었다.

그 밖에는 확실한 정보가 하나도 없었기에 나는 감옥 장면은 전체적으로 어디까지나 가정이라는 점을 드러내고자 했다. 그는 독방에 있었을까? 예외 없이 사형을 언도받고 즉시 총살된 '대다수의 테러리스트들'처럼? 혹은 이른바 나흐트 운트 네벨, '밤과 안개'* 속으로 끌려가 라인강 너머로 흔적도 없이 사라질 사람들이 그랬던 것처럼? 어쨌거나 토미는 독방에 있었을 가능성이 가장 크고, 엘렌도 다음과 같이 지적한 바 있다. 토마는 프렌에 있었다. 그는 격리되어 있었다. 전부 자백하지 않는 한 정치범들은 누구나 격리되었다. 그렇지만 역시 프렌에 수감되었고, 몇 주 후 다른 수용소로 이송될 때까지 핀게르츠바이크, 샤피로와 같은 방에 있었던 시몽 라이만의 증언이 있다. 내가 핀게르츠바이크 특유의 유

---

* 1941년 히틀러가 시행한, 레지스탕스 암살 작전명.

머감각을 알게 된 것도 그의 증언을 통해서다. 시몽은 사형수 구역에서의 그 몇 주가 "오락 시간" 같았다고 말한다. 내가 토미의 구류 상황에 대해 의혹을 품는 것은 그 때문이다.

어쩌면 토미는 아직 전부 자백하지 않았던 것일까? 독일 당국은 다른 대원들보다 특히 토미가 더 많은 걸 알고 있다고 생각했던 걸까? 끝내 답을 찾지 못한 이런 의문도 떠오른다. 게슈타포에 넘겨져 프렌에 수감된 다른 많은 레지스탕스들처럼, 토미도 아침 6시에 끌려나와 포슈대로나 소세가로 연행되어 다시금 고문을 받았을까? 사실 독일 당국으로서는 그럴 이유가 없지 않았다. 미행을 당했고 정체가 드러났던 이민노동자 조합 파리 지부의 많은 대원들, 특히 이탈리아인으로 지도부 멤버였던 알프레도 테라니와 지노, 대원 관리부 책임자인 폴란드 유대인 아브라함 리스네르, 정보부 책임자인 루마니아 유대인 크리스티나 보이코 등 걸출한 이들이 여전히 활보중이었다. 당시는 물론이고 이미 오래전부터 파리 한복판에서 독일에 맞설 수 있는 사람은 이 비범한 이국인들 말고는 없었다. 일제 검거로 파리에서 체포됐던 예순여덟 명의 레지스탕스 가운데 불과 오분의 일인 열네 명만이 '아리아족' 프랑스인이었다. 거기다 이민노동자 조합의 전국 지도부의 멤버들과 그들을 지휘하던, 자크 뒤클로 이하 공산당 간부들도 아직 체포되지 않은 상태였다. 많은 이들이 어쩌면 토미, 아마도 보초르, 그리고 틀림없이 미사크 마누시앙과 조제프 엡스타인의 침묵 덕에 목숨을 건졌으리라.

그렇다면, 토미는 석 달의 수감 기간 동안 혼자였을까? 프렌 감옥이 수인들로 넘쳐나던, 독일 지배하의 마지막 그 겨울, 감방에 동료 한두 명 정도 있었을까? 바이스브로트, 글러스, 아니면 운 좋게 그를 북돋아줄 불굴의 보초르와 함께 지낼 기회가 있었을까? 어떻게 해야 그것을 알아낼 수 있을까? 왜 나는 어떻게든 그것을 알아내고 싶은 걸까? 마치 토미가 죽기도 전에 캄캄한 굴 속에서 그를 잃어버리기라도 한 양, 이 불확실함이 이토록 나를 괴롭히는 이유가 뭘까? 왜 이런 의혹 앞에서 자꾸만 최악을 상상하게 될까? 여전히 아무것도 알 수 없다. 그저 아무것도 모르는 채로 나는 프렌 수감 시기의 시나리오를 써야 했다. 가브리엘의 말로는 나는 틀린 것이 아니었다. 감방 세트가 준비되고 조명이 자리잡기를 기다리는 사이 그는 내게 말했다. 자신이 곧 죽는다는 것을, 그렇게 사랑했던 삶을 잃는다는 사실을 알았던 토미는 분명 고독했으리라고. 그 고독은 무엇으로도 위로받을 수 없으리라고. 그는 엘렌의 책에서 귀퉁이를 접어둔 페이지를 찾아내 소리 내어 읽었다. 그애는 살고 싶어했다. 그애는 삶을 사랑했다. 그러곤 실제와 똑같이 재현된 감방을 가리키며 단지 이렇게 덧붙였다. "그러니까 저런 데서는……"

프렌의 옛 감방은 1945년에 출간된 앙리 칼레의 사진집 『프렌의 벽』을 참고해 재현했다. 나머지는 이곳에 수감됐던 레지스탕스들, 특히 토미와 같은 시기 몇 달 동안 독방에 수감됐던 아리기와 프랑스 국내군 하사였으며 역시 1943년 프렌에서 열아홉 살 생일을 맞았던 질베르 알리마르의 증언에서 착상했다. 사형 언도와 집행이 있던 날까지 기록된 그의 일기는 아리기의 일기와 마찬가지로 국립 기록보관소에서 열람할 수 있다.

내부 수칙의 상세한 사항들까지는 영상에 나오지 않는다. 기본적으로 수감자는 간수가 방에 들어오면 일어나 창문 앞에 차려 자세로 서 있어야 하며, 감방들 사이의 잡담, 노래나 휘파람, 낙서와 벽 두드리기는 금지였다.

수감자 중 독일어를 잘하는 사람은 칼팍터, 즉 '만능 잡부'로 임명되어, 간단한 통역이나 형편없는 식사를 배급하는 일 등 잡일을 거들었다. 감방에서 혼자였건 아니었건, 토미도 다른 수감자들과 마찬가지로 배고픔과 추위로 고통받았다.

토미에게서 빠져나온 가브리엘은 타오르던 불꽃이 꺼진 양 더 이상 전과 같은 가브리엘이 아니었다. 그렇지만 토미 역시 자유를 빼앗김으로써 그 안의 불꽃도 꺼져버린 게 아니었을까? 토미의 마지막 시기를 촬영하는 동안 가브리엘의 연기는 그 침울한 시선과 신중한 동작, 더없이 올바르게 계산된 표정으로 인해 갈수록 진짜 같아 보였다. 나는 토미가 가브리엘을 떠난 것이 아니라 아예 그를 데려가버린 것은 아닐까 두려워졌다. 마음의 평정을 찾고 마침내 적당한 거리를 둘 수 있게 되기까지 가브리엘이 보여준 변화는 내가 그에게 쏟은 애정이라 부를 만한 것, 그리고 그 애정에서 전해지는 현실적인 위로에서 비롯된 게 아니라, 실은 패배하고 체념하고 자포자기한, 자신의 운명을 내맡겨버린 투사의 무기력일 뿐인지도 모른다는 생각이 들었다. 정말 그렇다면 둘은 함께 가버렸다는 얘기였다. 나는 영화의 마지막 장면들이 나의 두려움을, 내 아이들, 얼마간은 내가 만들어낸 이 청년들에게서 조만간 버림받으리라는 두려움을 드러낸 것은 아닐까 자문하곤 한다. 토미에게는 이미 끝난 일이었고, 나 또한 작품의 완성이 가까워질수록 마법이 조금씩 풀리리라는 점을 일찍이 각오해온 터였다. 그렇지만 갈수록 시들고 여위고 유령이 되어가는 가브리엘의 모습을 지켜보기란 너무 고통스러웠다. 더욱이 나는 그런 그의 미세한 몸짓과 손짓, 지친 얼굴빛, 꺼져가는 숨결까지도 내 카메라에 매우 가까이 담아야 했다. 지금에 와서는 그때의 영상들을 다시 보는 일조차 견디기 힘들다.

무언가가 긁히는 듯한 소리가 규칙적으로 들리면서, 회색 벽 위의 **프랑스 만세, 적들에게 죽음을** 같은 낙서가 클로즈업된다. 카메라가 벽을 따라 내려가자 포크 손잡이로 보이는 금속 조각으로 글자를 새기고 있는 손이 보인다. 글자는 '린'자인 것 같다. 카메라는 그 손에서부터 조금씩 위로 움직여 새겨진 글자들이 차차 전부 드러난다.

43년 12월 7일
열아홉 살이 된
프랑스 의용유격대원 토마 엘레크
죽음을 기다린

마침내 토미가 화면에 나타난다. 외투 차림의 그는 벽을 마주 보고 서서 마지막 글자를 새기고 있다.

문 두드리는 소리가 세 번 들리고, 이어 창구의 회색 철문을 여는 토미의 손이 보인다.
"메리 크리스마스, 엘레크! 적십자회에서 온 선물이다!"
붉은 십자가가 그려진 꾸러미 하나가 건네진다.
토미는 여전히 외투 차림으로 침대에 앉아 꾸러미를 열어, 말린 자두 몇 개와 과일 파이, 잡곡빵 한 조각이 든 봉지 하나와 '마이체나'*라고 적힌 종이 상자를 꺼낸다. 토미가 말린 자두와 과일 파이를 차례로 먹는다. 그러다 꾸러미 속에서 사등분으로 접힌 종이쪽을 발견하고 펼쳐본다. 그는 먼저 눈으로 훑어본 다음, 입속 한가득 먹을 것을 우물거리며 소리 내어 읽는다.

「희망」, 샤를 페기.
주께서 말씀하시기를, 내가 제일 좋아하는 믿음은 희망이어라.
믿음이란 썩 놀라운 일이 아니다,
내 창조하면서 놀랄 일을 많이 터뜨렸으니.
주께서 말씀하시기를, 하지만 희망이란 진정 놀라운 것이더라……

그사이, 성탄 성가를 부르는 여자들 목소리가 멀리서 들려온다. 토미가 읽기를 중단하고 귀를 기울인다. 그의 입가에 미소가 떠오른다. 노래하는 여자들이 점점 많아지고, 이제 남자들의 목소리도 더해지고, 노랫소리는 더 가까이서 들려온다. 토미는 과일 파이를 천천히 우물거리며 계속 노래를 듣는다.

---

* 옥수숫가루의 상표명.

벽의 작은 균열에 고정된 영상. 자세히 보면 꼭 사람의 옆모습처럼 보이기도 한다. 담요를 덮고 침대에 누워 그것을 뚫어지게 바라보고 있는 토미가 화면에 잡힌다.

살짝 어스름에 잠긴 감방. 밖은 대낮이지만 파란색 종이가 발린 창문에서는 희미한 빛밖에 들어오지 않는다. 멀리서 아이들이 노는 소리가 들린다. 스포츠 중계를 하는 듯한 남자의 목소리 같은 소리가 확성기에서 울려나온다. 외투 차림으로 바닥에 앉은 토미가 접어둔 간이침대를 마주보고서 무릎을 감싸안는다. 때때로 한 손을 외투 속에 넣어 등이나 가슴을 긁적인다.

국자가 나타나 창구 선반에 놓인 그릇에 검은 국물을 붓는다.

"프랑스군이 이탈리아에서 싸우고 있어." 속삭이는 목소리가 복도에서 들려온다. "쥐앵 장군의 지휘 아래 미군이랑 연합해서 독일 방어선을 폭격중이래. 독일 놈들은 패할 거야, 분명해."

"하지만 대체 언제?" 토미가 묻는다.

상대는 대답 대신 작은 기름 덩이가 얹힌 빵 조각을 선반에 내려놓는다.

"상관없어." 토미가 중얼거린다. "인생은 아름답고, 놈들은 끝장이니까."

상반신을 벗은 토미의 뒷모습이 보인다. 그는 변좌 위로 몸을 숙인 채 거품이 전혀 나지 않는 새까만 비누로 윗몸과 팔에 재빨리 비누질을 한다. 등에는 찢어져 불그스름한 흉터가 보이고, 아물지 않은 곳도 제법 있다. 그는 가느다란 수도관에서 흘러나온 물을 그릇에 받아 손을 적신 뒤 구석구석 문지른다. 그가 추위에 떨고 있는 게 역력하다. 그는 담요를 털어 몸을 닦고, 옷들도 탈탈 털어 다시 입는다. 외투를 껴입고 그 위에 담요까지 두른 다음 의자에 앉는다. 그는 문을 향해 앉아 있다. 문이 열리기만을 기다리는 사람처럼.

토미가 침대에 무릎을 꿇고 앉아 벽에 귀를 대고 있다. "프롬 웨어?(어디서 왔어요?)" 그가 묻는다. 벽 너머에서 대답이 돌아오는 것 같다. 대화가 계속된다.

"노, 아이 돈 노…… 하우 유 워즈 어레스티드?(난 몰라요…… 어떻게 체포됐죠?)" "앤드 더 패러슈트?(낙하산은요?)" "신스 포티 세븐 데이즈.(사십칠 일째예요.)"

토미가 여전히 외투 차림으로 벽에 붙은 작은 탁자 앞에 앉아 있다. 탁자 위에는 책 두 권이 포개져 있다. 첫번째 책 표지에 고딕체로 적힌 J. W. 폰 괴테라는 저자 이름과 제목 『1792년 프랑스 출정기』가 보인다. 토미가 2~3센티미터 정도밖에 남지 않은 몽당연필을 쥐고 조그만 종이쪽에 깨알 같은 글씨로 뭐라고 적는다.

토미가 회색 철문의 창구로 종이쪽지를 내민다.
"이거, 불영 사전이랑 독불 사전을 부탁하는 내용이야. 다게르가 63번지, 외울 수 있겠어?"
"응, 걱정 마."

엘렌은 프렌 감옥에서 온 짧은 편지를 받았을 때 행복해서 숨이 막힐 것 같았다며 이렇게 회상했다. 담배 종이에는 이렇게 적혀 있었다. "엄마, 불영 사전이랑 독불 사전 보내줘." 나는 남편에게 말했다. "이것 보라니까, 당신, 연락이 올 거라고 했잖아." 그것이 내가 받은 전부였다. 그렇다, 그것이 그 긴 몇 주간 그녀가 아들에게서 받은 유일한 연락이었다. 그들은 한 번도 직접적으로 연락을 주고받지 못했다. 그녀는 롤랭가의 관리인 베리에 부인을 통해 아들에게 풍성한 소포를 몇 번이나 보냈다. 거위 한 마리, 버터, 큼직한 초콜릿 한 통. 그리고 아마 독일군들이 먹어치웠지 싶다는 그녀의 짐작은 틀리지 않았다. 독방 수감자는 적십자에서 보낸 물건 외에는 외부 물품을 일절 받을 수 없었고, 산책이나 샤워도 금지였다.

프렌의 감방들은 낙서로 뒤덮여 있었다. 적들에게 죽음을이나 프랑스 만세라는 문구가 제일 흔했다. 토미의 서명이 들어간 것은 발견되지 않았고, 이민노동자 의용유격대의 다른 대원들 것도 마찬가지다. 그렇지만 생의 흔적을 남겨보려 토미가 자신의 생일을 새겨넣고 싶어했으리라 상상하기란 어렵지 않았다.

아이들 소리와 멀리서 울리는 확성기의 목소리는 질베르 알리마르가 들었던 것이다. 내 감방에서는 밖에서 아이들이 노는 소리가 들렸다. U.S. 메트로의 축음기 소리도 들렸다. 실제로 U.S. 메트로 종합 체육관은 당시―그리고 지금도―감옥에서 직선거리로 500미터 거리에 있었다. 알리마르의 증언으로 담요에 벼룩이 들끓었다는 사실도 알 수 있다. 닷새 동안 백세 마리나 잡았다. 갈아입지 않는 옷들은 순식간에 헐었고, 감옥에 빗이 없었으며, 책은 일주일에 두 번, 대독 협력 시절의 『라 누벨 르뷔 프랑세즈』 따위를 열람할 수 있었다는 것도 그의 증언이다. 반면 1943년 크리스마스의 자세한 사항, 그러니까 적십자에서 보낸 꾸러미와 페기의 시, 성가 따위는 아리기의 증언을 참조해야 했다. 질베르 알리마르는 11월 20일 총살되어 이미 세상에 없었으므로.

우리는 끝을 향해 다가가고 있었다. 촬영장 분위기는 갈수록 엄숙해졌고, 내가 어떻게 해줄 수 없을 만큼 침울해진 사람들도 있었다. 가브리엘은 여전히 카르디날르무안가, 토미의 방에서 지냈다. 나는 이따금 아침에 거기로 그를 데리러 갔고, 저녁에는 거의 매일 데려다주었다. 유령이 사는 이 작은 방, 이 무덤 속에 고립된 채 그는 스스로를 전혀 돌보지 않았다. 먹는 것은 과자류뿐이고 잘 씻지도 않으며 잠은 아무 때나 내킬 때, 불도 환히 켜둔 채 잤다. 벽에는 확대된 토미의 사진 한 장이 걸려 있었다. 독일이 마지막 순간에 찍은 선전용 사진으로, 정말이지 가장 아름답게 나온 사진이었다. 고개를 사십오 도 정도 튼 얼굴 클로즈업 사진인데, 그는 멍한 상태로 고통 너머 아득한 왼쪽을 바라보고 있다. 마치 다가오는 죽음을 응시하는 것처럼. 엘렌이 회고록에 언급한, 토미가 울고 있다던 사진이 어쩌면 이것일지도 모른다. 저녁에 내가 그 방에 잠시 머무는 날도 있었다. 우리는 나란히 침대에 앉아 언제까지고 침묵을 깨지 않았다. 아무 일 아닌 것처럼 내가 다음날의 촬영 이야기를 꺼내기도 했지만 그는 여전히 별말이 없었다. 때때로 피곤한 날이면 나는 그의 어깨에 팔을 두르지 않고는 버틸 수 없었다. 그러면 그는 내게 머리를 기댄 채 내가 자신의 머리칼을 쓰다듬게 내버려두었고, 애정어린 내 손길을 가만히 느꼈다. 그러다 어느 저녁에는 친절하게 이런 말로 나에게 그 애정을 돌려주기도 했다. "두고봐요, 누가 뭐라 해도 아름다운 영화가 될 테니까." 또 어느 저녁에는 이런 말도 했다. "그는 이 영화를 마음에 들어할 거예요. 진짜 중요한 건 영화에서 보여줄 수 없다는 것도 잘 알 거고요. 감독님을 용서해줄 거예요, 그리고 나처럼 감독님을 좋아할 거고요."

그는 조용히 떠나가고 있었다. 토미가 싸울 수도 죽일 수도 없게 된 이래, 가브리엘의 맹렬한 에너지는 헛돌다가 결국 사그라들었다. 그리하여 미래를 똑바로 마주할 용기밖에는 남은 것이 없었다. 토미에게 그것은 죽음이었다. 가브리엘에게는, 촬영이 끝난 다음날부터는, 토미의 유령이 그의 몸과 마음을 떠나고부터는, 삶이 계속되기를 나는 바랐다. 그렇지만 무덤 같은 이 방에 틀어박혀 제 분신의 초상화 밑에서 제대로 먹지도 않으며 지내는 모습을 보면, 그가 오늘날 이 세상의 거대한 공허와 맞설 각오로 새로 태어나리라 도저히 상상할 수 없었다. 나는 그와 그런 이야기를 해보려 했다. 장차 뭘 하고 싶은지, 무슨 공부에 관심이 있으며 어떤 직업을 원하는지, 영화 쪽 일에 흥미가 있는지…… 그는 냉소를 흘리며 이런 이야기를 했다. 그에게 공부는 아무런 도움도 안 되고, 직업이라면 매춘이냐 노예냐의 선택에 불과하며(직업의 세계에 대한 그의 혼란스러운 의견을 나는 이렇게 요약한다), 영화는 케케묵고 흔해빠진 물건만 찍어내는 공장에 불과했다. 토미와 달리 그에겐 싸워야 할 이유라고는 아무것도 없었고, 목숨을 내주어야 할 이유는 더더욱 없었다. 그리고 나와 달리 그는 이 막다른골목에서 빠져나가는 데 필요한 특별한 재능도 없었다. 남의 목소리나 몸짓을 흉내내는 재주도 다 바람 같은 것으로, 진짜이기를 바랄 때만 믿음직한 통제 불능의 능력이라는 것이었다. 요컨대 내 생각과도 거의 일치했으므로 나는 별 반박을 할 수 없었다. 그렇지만 그는 이런 말도 했다. 토미가 없었다면 그도 흘러가는 대로, 세상 사람들이 대개 그러듯 아무 의미 없이 살았을 거라고. 내가 그의 눈을 열고, 그로써 그의 잔잔한 일상을 전복시켰다고 이해할 수도 있는 말이었다.

토미를 불꽃 같은 인물로 되살려낸 가브리엘을, 시나리오에는 없던 강렬함을 내 영화에 실어준 가브리엘을 선택했던 것을 오늘 나는 후회해야 할까? 때마침 롤러스케이트를 타고 그 거리를 지나가던, 가볍고 텅 빈 상태의 평범한 사내아이를 캐스팅하던 그때, 죽을 각오가 된, 그렇지만 삶을 사랑한 투사의 역할이 그 아이를 불태워 훨훨 날려버리리라는 걸 왜 내다보지 못했을까? 자신이 맡은 배역과 적절한 거리를 유지하면서도 내 시나리오를 충분히 빛내며 그럴듯한 토미를 연기할 수 있는 다른 배우를 왜 더 오랫동안 찾아보려 하지 않았을까? 나 자신을 용서할 수가 없다.

다시 푸르스름한 빛이 들어오는 감방. 외투를 입고 담요를 어깨에 두른 토미가 방문에서 창문으로, 창문에서 방문으로, 고개를 숙인 채, 끈 없는 신발을 끌며 왔다갔다한다. 갑자기 문에서 소리가 들리자 토미의 몸이 굳는다. 문이 열리고, 독일군 두 명이 문턱에서 소리친다.

"라우스! 슈넬!(나와! 빨리!)"
토미의 어깨에서 담요가 떨어져내린다.

등뒤로 수갑이 채워진 채 토미가 두 독일군 사이에서 걷고 있다. 그들은 한쪽은 난간이고 한쪽은 감방들이 늘어선 긴 복도를 지나 계단을 내려간다. 층계참에서 토미는 바이스브로트와 마주

친다. 그도 수갑이 채워진 채 두 독일군에 둘러싸여 있다. 바이스브로트는 외투 대신 두툼한 플란넬 블루종에 재킷만 하나 걸쳤을 뿐이다. 바지는 계절에 맞지 않게 너무 얇아 보인다. 몇 달째 멋대로 자란 숱 많은 흑갈색 머리칼이 고불고불하다.

"어디 가는 건지 알아?" 그가 토미에게 묻는다.

"몰라. 마르셀, 너 괜찮아?"

바이스브로트는 거칠게 떠밀려 나아가느라 대답할 틈이 없다. 긴 복도를 몇 미터 더 걷다가 그들은 안마당 앞에 다다른다. 삼면이 규석 벽으로 둘러싸여 있고 창문엔 창살이 나 있다. 그 철창문 하나를 통해 또다른 안마당이 보인다. 그곳에는 이미 무장한 독일군이 한 줄로 늘어서 있고 그 맞은편에 마누시앙과 알폰소, 그리고 경찰청 23호실에서 보았고 탈선 작전 때도 보았던 한 남자가 벽에 기대서 있다. 그들의 수갑이 풀린다. 레지스탕스 대원들이 미소를 띠며 서로 악수하고, 마누시앙은 토미를 껴안는다. 뒤이어 라이만, 보초르, 역시 경찰청에 있었던 다른 두 남자, 마지막으로 핀게르츠바이크가 나타난다.

마누시앙은 가느다란 줄무늬 양복 안에 넥타이는 매지 않은 채 목깃을 여민 셔츠와 자카르 체크무늬 스웨터를 받쳐 입었다. 알폰소는 목깃 없는 셔츠와 조끼 위에 재킷만 걸쳤지만 추워 보이지는 않는다. 반면 바이스브로트는 떨고 있다. 보초르와 라이만, 경찰청에서 봤던 두 남자는 다들 재킷을 껴입고 목도리를 둘러 목과 가슴을 덮고 있다. 역시 멋대로 자란 긴 머리칼이 관자놀이까지 흘러내린 라이만의 재킷 한쪽 소매는 일부분이 뜯겨나갔다. 핀게르츠바이크는 목도리를 하지 않았으나 목둘레가 늘어나고 말려들어간 스웨터를 브이넥 스웨터와 겹쳐 입고, 그 아래 받쳐 입은 셔츠의 칼라 한 쪽이 스웨터 위로 삐져나와 있다. 외투를 입고 있는 것은 토미뿐이다.

열 명 모두 하나같이 초췌하고 머리가 부스스하다. 그들은 굶주림과 추위, 그리고 아마도 매질로 고통을 겪었으리라. 대원들에게 둘러싸인 마누시앙이 차례차례 모두를 격려하며 안부를 묻는다. 그는 승리가 다가온다고, 연합군의 프랑스 상륙이 임박했으며 아마 프로방스 지역에서 시작될 거라고 덧붙인다. 또 믿음을 간직해야 한다고. 비록 그들은 죽을 테지만 남은 사람들은 머지않아 자유를 얻으리란 믿음을. 바이스브로트가 그를 향해 미소 짓는다.

그사이 독일 장교가 각각 마대와 소형 촬영기를 손에 든 두 병사를 대동하고 안마당에 라이카 카메라를 들고 나타나 열 명의 대원들의 사진을 찍기 시작한다. 처음에는 대원들이 서서 이야기하는 모습 전체를, 그런 다음 서로 떨어지게 한 다음 한 사람당 몇 컷씩 독사진도 찍는다. 대원들은 시키는 대로, 무표정한 얼굴로 사진을 찍힌다. 다만 토미만이 눈물이라도 쏟을 듯 어쩔 줄 모르는 표정이다. 장교는 그들을 벽 앞에 일렬로 늘어세운다. 토미가 화면 앞쪽에 보이고 그 오른쪽으로 핀게르츠바이크와 경찰청에서 봤던 한 남자, 바이스브로트, 보초르, 마누시앙, 그리고 경찰청에서 봤던 또다른 남자가 섰는데 그가 앞으로 몸을 약간 숙인 탓에 마지막 세 사람은 잘 보이지 않는다. 전원 뒷짐을 진 가운데 바이스브로트만이 양손을 앞으로 모아 비비며 덥히고 있다. 사진 찍는 장교는 이제 아리플렉스 35 촬영기를 들고 한 명 한 명을 몇 초씩 찍기 시작한다. 그후 촬영기를 병사에게 건네주고, 마대를 든 다른 병사에게 무어라 지시한다. 병사가 마대에서 철로 볼트 해체용 대형 스패너를 꺼내 토미에게 들리더니 양손으로 자루를 단단히 붙들고 스패너의 아가리 부분을 아래로 향하게 한다. 장교가 스패너를 쥔 채 애통한 표정의 토미의 모습을 카메라에 담는다. 이어 핀게르츠바이크도 처음에는 토미와 똑같은 자세로 사진을 찍히고, 거기다 스패너를 쥔 채 쭈그려앉아 볼트를 해체하는 시늉까지 해야 한다. 사진을 찍고 나자 병사는 스패너를 마대에 집어넣고 이번에는 권총을 꺼내 라이만에게 쥐여준다. 리터 장군의 암살자는 철책 앞에서 무기를 쥔 채 팔을 가볍게 굽히고, 마치 이런 연출이 증오스럽다는 듯 렌즈를 노려본다.

촬영이 끝났다. 장교는 짐을 든 두 병사와 함께 안마당을 떠난다. 독일군이 수인들을 줄 세우고 등뒤에서 수갑을 채운 후 아까 들어왔던 문 쪽으로 끌고간다. 한 줄로 나란히 서서 각각 두 명의 간수에게 붙들린 채 그 문을 통해 사라진다. 그런 뒤 몇 초 더, 빈 안마당의 고정 숏이 이어진다.

1944년 2월 11일부터 영화관에서 상영된 〈프랑스 뉴스〉의 르포에 프렌 감옥 안마당에서 촬영된 영상이 포함된 것으로 보아, 이른바 '살인 부대' 대원들 중 몇몇의 얼굴을 후세에 영원히 남긴 그 촬영은 그보다 며칠 전인 2월 초에 이루어졌으리라 짐작된다. 뉴스영화에 그즈음에 일어난 테러 몇 건이 거론됐다. 열여덟 명의 사망자와 서른두 명의 부상자를 낸 샬론쉬르사온 근처의 탈선, 1943년 12월 2일의 그르노블 병영 폭파 사건, 드브니 장군의 장례식 날 벌어진 부르앙브레스의 상점 약탈 때 알 수 없는 정황으로 부르보네 지역 유격 예비군 그룹의 경비병 세 명이 사망한 사건.

1944년 초 독일의 패색이 짙어지고 심지어 패망이 상당히 가까워졌다는 분위기가 형성되면서, 프랑스 전역에는 무장 항독 지하단체의 활동이 강화되고 대규모 작전들도 대폭 증가했다. 보초르와 마누시앙, 그리고 라이만, 알폰소, 핀게르츠바이크와 바이스브로트의 모습을 죽 보여주며 이 자칭 '레지스탕스'들이 실은 타락한 테러리스트 집단에 불과하다는 사실을 영화관 관객에게 보여주는 것은 나치에게 매우 효과적인 선전이었으리라. 이상의 테러는 외국인이자 거의 전원 유대인인 테러리스트들의 소행이다. 이들은 각각 아르메니아인, 폴란드 유대인, 극좌파 스페인인, 폴란드 유대인, 또 폴란드 유대인이다. 이 영상에 토미가 나오지 않은 것은 아마 그의 외모가 너무 '아리아인 스타일'이었기 때문이리라. 유격 예비군 소속의 독일 협력자 세 사람의 화려한 장례식 영상이 흐른 다음, 뉴스영화는 당시 밀리스*의 지휘관이었던, 이른바 '치안유지 대장' 조제프 다르낭의 발언으로 끝맺는다. 우리는 폭력에 대해 올바른, 그렇지만 가차없는 탄압으로 대응할 것입니다. 이렇게 2월 초부터 영화관에 상영된 뉴스영화를 통해서 이민노동자 의용유격대 대원들의 국적이 나치 선전에 악용되기 시작했다. 이미 대원들이 대다수 체포된데다 이들보다 덜 과격한 작전에 가담한 것만으로도 수많은 레지스탕스들이 총살된 마당이라 그들 조직의 와해는 자명한 터였다. 그런데도 나치의 머릿속에서는 인기가 높아진 레지스탕스 전체의 신용을 떨어뜨리기 위해 살상 테러를 자행하던 몇몇 무국적자를 전면에 내세우자는

---

* 비시정부가 레지스탕스 소탕 목적으로 창설한 친독 의용대.

치졸한 생각이 싹텄던 것이다.

독일군 장교의 카메라 앞에 선 수인들의 심경을 상상하기란 쉽지 않다. 그들은 분명 다시 만나 얼싸안고 이야기를 나눌 수 있게 되어 행복했을 것이다. 그 순간만은 일종의 기쁨, 다시 한번 동지애를 맛보는 기쁨에 고통은 잊었을 것이다. 한자리에 모인 그들은 이런 연출이 필연적으로 암시하는 죽음 앞에서 더 큰 용기와 힘을 느꼈다. 이 사진과 영상이 어디에 쓰일지, 왜 하필 자신들을 찍으며 어떤 파급이 있을지 그들은 알고 있었다. 그들의 짧은 행복은 이 최후의 모욕으로 더럽혀졌다. 나치 선전의 하수인들은 흉악범들의 지치고 초췌하고 볼품없는 모습을 드러내려 했다. 토미는 큰 모욕감을 느꼈을 것이다. 그런데도 사진 속 열 명 전원에게서는 자유로운 인간의 기품이, 방랑자의 자부심이, 처형대 아래 선 귀족의 위엄이 뿜어나온다. 뻣뻣하게 풀먹인 군복을 빼입은 나치 친위대원의 비겁함이나 허세와는 극히 대조적인 모습으로.

사진을 찍은 독일군 장교의 이름은 테오발트였다. 흔한 종군 사진가로, 프랑스에서 전쟁 말기까지 독일군을 따라다녔으나 그 이후에는 별다른 흔적을 찾아볼 수 없다. 그가 그날 프렌 감옥

236

안마당에서 찍은 사진들 중 한 장이 나를 특별히 감동시켰다. 아마 그날 초반부에 찍힌 것이지 싶은데, 탈선 전문반에서 가장 어린 바이스브로트가 마누시앙을 돌아보며 미소를 짓는 사진이다. 같은 순간 정작 마누시앙은 보츠르를 바라보고 있는데, 그의 오른쪽 옆얼굴에도 미소가 번져 있다. 바이스브로트의 미소에는 대장을 향한 존경뿐 아니라 행복이 엿보인다. 석 달의 고립 끝에 찾아온 그 재회가 그는 행복했던 것이다. 마치 대장이 옆에 있는 것만으로도 모든 불행과 바싹 다가온 죽음을 얼마든지 잊을 수 있다는 얼굴이다. 그 미소는 행복이자 도발이다. 또한 나치의 어리석은 범죄를 향한, 너무도 멍청해 멈추기 위해서는 전멸시켜야만 하는 그 살인기계를 향한 주먹감자였다. 그 미소에는 존경과 사랑, 그리고 정의를 위해 기꺼이 목숨을 바칠 수 있는 진정한 젊음의 아름다움이 빛난다. 지난 시절의 어느 유대인의 미소, 나는 거기서 향수를 느낀다. 그 미소는 또한 내 가슴을 아프게 하는데, 사라 단치게르가 바로 그날, 혹은 그날을 전후해 납으로 봉인된 아우슈비츠행 열차에 실렸기 때문이다. 바이스브로트가 그 사실을 알았을 리 없다. 어린애 같은 미소, 인간이 지을 수 있는 가장 아름다운 그 미소는 동물적 본능에 취한 인간들이 이 세상에 드리운 끔찍한 어둠 속의 한줄기 빛이다.

이와는 근본적으로 다른 이유로 테오발트의 또다른 사진이 나를 사로잡는다. 토미의 얼굴 클로즈업 사진. 우리에게 남겨진 토미의 사진 가운데 제일 아름다운 것으로, 오늘날 쇼아 기념관에 보존되어 있다. 가브리엘이 카르디날르무안가의 방에 붙여두었던 사진이기도 하다. 살짝 왼쪽을 향한 얼굴과 벌어진 입술, 어두운 분위기, 거기에 곧 눈물이라도 쏟을 듯 떨리는 무언가가 드러나 있다. 확신은 할 수 없지만. 엘렌은 전쟁이 끝난 뒤 밀리스 본부에서 발견됐다는, 감옥 안마당에서 찍은 토미의 사진을 전해 받았다고 한다. "정말 좋은 사진이다. 햇빛 아래서 정면을 찍은 사진 속에서 그애는 울고 있다. 틀림없이 울고 있다." 그녀가 말한 것이 이 사진이었을까? 만일 그렇다면 엘렌은 이번에도 스스로의 슬픔에 휩쓸려 흐르지도 않는 아들의 눈물을 봤던 것일까? 아니면 반대로 그녀는 아들이 울었는지 아닌지 가장 잘 알아챌 수 있는 사람이 아니었다는 소리일까? 그것도 아니면 그녀가 본 것은 오늘날 남아 있지 않은 다른 사진이었을까? 혹시 그렇다면 토미는 그 모욕적인 촬영 동안 정말로 울었다는 얘기가 된다. 수많은 물음이 대답 없이 남아 있다. 나는 시나리오를 쓰면서 이 장면에서 토미를 울릴지 말지 한참 고민했다. 결국 담담한 시선을 택하기로 했다. 그가 실은 울지 않았는데도 우는 장면을 넣는다면 그 반대의 경우보다 훨씬 큰 배신이 될 테니까. 더욱이 눈물은 이 장면을 내가 피하고 싶었던 멜로드라마로 추락시킬 터였다.

나는 일찍이 이런 망설임에 대해 가브리엘에게 털어놓았다. 그는 내 선택을 지지했다. 그가 보기에 토미는 적 앞에서, 하물며 카메라 앞에서 울 사람이 아니었다. 그렇지만 유대인에 따라붙는 치욕적인 이미지를 토미가 얼마나 싫어했는지 알기에 나는 단정 지을 수 없었다. 이 시퀀스를 촬영할 때 나는 가브리엘에게 그런 불확실함을 드러내달라고 주문했다. 이런 뒷이야기를 전혀 모르는 관객의 눈에 이 장면이 어떻게 보일지 모르겠다. 나로 말하자면, 이 장면을 볼 때마다 가슴이 조여든다.

로베르 위시츠, 일명 '르네'는 등록번호 10279번으로 열아홉 살이었다. 그는 프랑스 태생이지만 아버지는 폴란드 유대인 이민자로 제1차세계대전에 참전했던 군인이었다. 어머니가 프랑스인이라 해도 프랑스 정부의 판단에 그는 그저 유대인이었고, 따라서 전신 기사 자리에서 그를 해임하기에 충분했다. 비시 정권하에서 그는 어디까지나 '폴란드 유대인'으로 분류되었다. 강제노동을 거부하고 1943년 1월 이민노동자 의용유격대에 들어가 제3분대 소속이 된 그는 11월 12일 독일 현금수송함 공격 작전에 실패하고 체포될 때까지 수류탄 공격 등 많은 작전에 가담했다.

경찰청 23호실에서도 모습을 비쳤고 프렌 감옥 안마당 장면에서는 더 많이 등장했던 다른 두 대원의 이름은 슐라마 그지바치와 스파르타코 폰타노이다. 그지바치, 일명 '샤를'은 등록번호 10157번, 1909년 폴란드 태생의 유대인이다. 그는 스페인 내전 참전자로, 처음에는 제2분대 소속이었다가 분대가 와해되자 탈선 전문반 대원들 대다수의 경우처럼 이곳으로 이동했다. 폰타노, 일명 '폴'은 스물한 살의 이탈리아 공산주의자로, 등록번호 10266번이었다가 10291번이 되었다. 원래 기계 조립공이었던 그는 라이만처럼 제3분대에 소속되기 전에는 특별팀 멤버였다. 그는 현금수송함 공격 작전 끝에 11월 13일 체포되었다.

영화에는 처음 등장하는, 간소한 가구 몇 개만 놓인 작은 거실. 창문으로 햇빛이 쏟아지는 가운데 엘렌이 의자에 앉아 바느질을 하고 있다. 잠금장치 속에 열쇠를 넣고 돌리는 소리, 문이 열렸다 닫히는 소리에 이어 젊은 남자의 목소리가 들린다.

"엄마! 엄마!"

"나 여기 있다, 벨라. 무슨 일이니?"

벨라가 나타난다. 그는 이미 토미가 시키는 대로 생미셸대로에 남아 정보를 수집하던 어린아이도, 다게르가 원룸아파트에 몇 번 등장했던 어린아이도 아니다. 열네 살의 소년이 된 벨라가

야상점퍼도 벗지 않은 채 엘렌에게 다가간다.

"엄마…… 형이……"

마침내 엘렌이 고개를 든다. 침울한 얼굴은 근심으로 가득하다.

"토미가 뭐…… 무슨 일이니?"

벨라는 대답을 못하고 황급히 돌아선다. 그는 울고 있다. 한 손으로 점퍼 단추를 풀면서 다른 손으로 눈물을 닦는다.

"말을 해, 말을!" 엘렌이 다그친다. "토미한테 무슨 일이 생긴 거야?"

벨라가 엘렌을 돌아본다.

"엄마, 사방에 포스터가 나붙었어……" 그가 울먹거리며 토막토막 끊기는 목소리로 말을 잇는다. "형이 거기 나와 있어…… 조제프도…… 지하철에서 봤는데, 여기 길에도 붙었어, 사방에 다 붙었어…… 조르주도 있고…… 열 명쯤 되는데, 전부 거기 실렸어…… 마르셀도……"

그 말을 듣던 엘렌이 의자에서 일어난다. 바느질하던 옷감이 바닥으로 떨어진다. 그녀가 장의자로 가 주저앉으며 머리를 감싸쥔다.

"전부 실려 있어, 엄마…… 시체들, 탈선한 철로 같은 끔찍한 사진들이랑 같이…… 토미 형은 엘레크, 헝가리 유대인, 탈선 테러 여덟 건이라고 적혔어…… 조르주는 대장이라고 되어 있고…… 그들더러 살인 부대래……"

엘렌이 몸을 바짝 숙이고 머리를 감싸쥔 채 흐느끼기 시작한다. 똑같은 말이 몇 번이나 그녀의 입에서 흘러나온다. "끝났어…… 끝났어……"

여전히 점퍼를 입은 채로 벨라가 창문 앞의 의자에 앉아 거리를 내다본다. 눈물이 뺨을 타고 흘러내린다. 창밖 높다란 벽 너머로 공동묘지가 끝없이 보인다.

파리의 어느 길에 외투로 몸을 감싼 엘렌이 혼자 서 있다. 토미와 함께 몽파르나스 묘지를 산책할 때 입었던 똑같은 외투 차림이다. 그녀는 지로디 광고판에 붙은, 붉은색 바탕의 포스터를 보고 있다. 포스터의 상단 대부분을 차지하며 역삼각형 모양으로 배치된, 동그란 테두리 속의 인물 사진 열 장이 보인다. 토미는 위쪽, 그지바치와 바이스브로트 사이에 있다. 마누시앙은 맨 아래 삼각형의 꼭짓점 쪽에 있다. 맨 위는 "해방자들?"이라는 제목이 붙어 있다. 화면에 잡힌 것은 영화 이미지가 아니라 옛날에 찍은 실제 사진이지만 대부분 어렵지 않게, 특히 토미는 금방 알아볼 수 있다. 저마다 이름과 죄목이 적혀 있어 더욱 알기 쉽다. 하단의 사진 여섯 장은 이들의 악행을 폭로하는 내용으로 탈선

242

한 기차, 총을 맞고 주검이 된 한 남자의 벗은 상반신, 바닥에 쓰러진 또다른 시신, 갖가지 무기들을 늘어놓은 탁자 등의 모습이다. 이 사진들 밑에, 위에 나온 "해방자들?"이라는 질문에 대한 답이 적혀 있다. "해방을 꿈꾸는 살인 부대!" 붉은 포스터는 바리에테 극장에서 상연중인 알리베르와 뱅상 스코토의 오페레타, 알리베르가 직접 주역을 맡은 〈삼밭의 한 사람〉 광고 포스터 바로 위에 붙어 있다. 챙 달린 모자를 삐딱하게 쓴 채 마르세유 카페의 줄무늬 천막 밑에서 활짝 웃고 있는 그의 모습이 화면에 잡힌다.

느린 걸음으로 멀어지는 엘렌의 뒷모습과 함께 알리베르의 노래가 울려퍼진다. "세상에서 제일 아름다운 탱고, 그건 당신 품에서 춘 나의 탱고……"

영화관에서 나치의 선전영화가 상영되기 시작함과 동시에, 그 유명한 '붉은 포스터'가 프랑스 전역의 도시에 나붙었다. 동그란 모양의 사진들은 종군 사진가 테오발트가 프렌 감옥 안마당에서 찍은 것들이었다. 엘렌의 회고록에는 벨라가 이 일을 전하러 왔던 때의 상황이 적혀 있다. 두말할 나위도 없이 포스터는 아직 재판조차 받지 못한 그들이 이미 죽었거나 곧 죽으리라는 사실을 알리고 있었다. 엘렌의 반응은 그저 울음에 그치지 않았다. 벨라가 지켜보는 앞에서, 나는 장의자에 주저앉아버렸다. 그러곤 피가 나도록 얼굴을 쥐어뜯으며 비명을 내질렀다. 끔찍했다. 나는 이것을 영화에서 보여주고 싶지 않았다. 이유는 단순하다. 엘렌의 말대로 재현해낸 그럴듯한 영상을 만들어낼 수 없을 것 같았기 때문이다. 게다가 빌마에게 이런 연기를 어떻게 주문할 것인가? 요즘 영화에서 어떤 배우가 이토록 히스테릭한 절망을 연기할 수 있을까? 설령 해낸다 해도 황당하고 그로테스크한 장면이 되리라.

엘렌은 진정하고서 결국 포스터를 보러 내려간다. 포스터는 도시와 마을의 거리거리에 오랫동안 붙어 있었다. 나중에 엘렌이 장 모랭이라는 가명으로 고아 행세를 하며 마옌의 농가에 숨어 지내던 벨라를 만나러 르망과 라발에 갔을 때도 포스터는 여전히 붙어 있었다.

일부 자료, 특히 공산주의 조직에서 남긴 자료나 레지스탕스를 찬양하는 기록에 의하면 붉은 포스터는 애초 독일의 의도와는 반대의 효과를 프랑스 여론에 불러왔다. 이른바 '살인 부대'의 열 명의 대원은 행인들의 존경을 얻었고, 포스터에 호의적인 메시지들이 적히거나 "순교자들!"이라 적힌 띠가 덧붙기도 했다. 1955년 아라공은 「기억하기 위한 구절들」에서 이 포스터와 '마누시앙 그룹'의 최후를 열두 음절의 시구에 담았는데, 내가 긴 시간 동안 영화로 만들어낸 것보다 훨씬 훌륭했다. 이 도시 곳

곳의 벽에 당신들의 얼굴이 있었다 / 검은 수염은 밤처럼 불길해 보이고 / 포스터는 핏자국처럼 붉었다 / 당신들의 이름이 발음하기 힘들다 하여 / 행인들의 두려움을 일으키려 했다 / 아무도 당신들을 프랑스인이라 하지 않았다 / 하루종일 사람들은 당신들을 외면하며 지나갔다 / 그러나 야간 통행금지 시간이 되자 / 떠돌던 손가락이 당신들의 사진 밑에 "프랑스를 위해 죽다"라고 썼다 / 그리고 침울했던 아침들이 달라졌다.

괴로운 점령 시절에도 기분전환을 갈망했던 프랑스의 경박함은 내가 지어낸 것이 아니다. 실제로 〈세상에서 제일 아름다운 탱고〉라는 노래로 특히 유명한, 프로방스 지역 배경의 오페레타 포스터와 붉은 포스터가 위아래로 나란히 붙은 모습이 찍힌 당시의 사진이 있다. 이 오페레타는 1944년 1월 8일부터 4월 4일까지 바리에테 극장에서 상연되었다. 궁지에 몰린 독일이 프랑스에 야만적인 탄압을 가하고, 4월 6일 이지외에서 체포되어 아우슈비츠로 보내진 어린이 마흔네 명은 셈에 넣지 않고도 4870명의 유대인을 기차에 태워 죽음으로 보냈던 시기다.

프렌 감옥에서 찍은 테오발트의 사진 중 몇 장은 비슷한 시기에 독일과 프랑스에서 반유대 선전 활동의 일환으로 배포된 선전물에도 등장했다. '살인 부대'와 '당신들을 증오한다'가 그 예로, 후자가 수천 년에 걸친 유대 민족의 온갖 결함과 범죄를 강력히 규탄했다면 전자는 프랑스에서 자행된 '범죄행위', 즉 무고한 인명 살상이나 식료품 배급 카드 절도, 열차 탈선 등을 폭로하는 데 역점을 두었다. 때때로 범죄행위의 당사자가 정신 나간 프랑스인들일 때라도 근본적인 책임은 유대인, 필연적으로 외국인 탓으로 돌아갔다. 죄는 전부 유대인과 외국인에게 있다. 전쟁이 유대주의, 자본주의, 유대인들의 볼셰비즘 탓이듯, 모든 죄는 유대주의, 유대인들의 증오, 유대인들의 사디즘에 있다. 셀린에게 영감을 준 조르주 몽탕동이나 앙리 코스통 같은 프랑스의 맹렬한 유대인 배척자들은 몰상식한 문장을 총동원해 최근의 다양한 테러 사건에 관한 지루한 머리말을 늘어놓은 다음, 라이만의 사진에 집중포화를 가한다. 그의 사악한 눈동자는 유대인이라는 인종 특유의 사디즘으로 번들거린다. 그 눈빛이야말로 제 아비 야곱의 첩과 잠자리하는 르우벤의 눈빛이 아닌가 (……) 그 눈빛에서 1만 명 이상의 비유대인을 참수한 것을 축하하는 퓨림*의 파괴적 분노가, 혹은 랍비의 쾌락을 위해 젊은 여인들만 남기고 전 주민을 학살하러 앞다투어 도시로 몰려들어가는 유대인들의 파괴적 분노가 보이지 않는가? 이 병적인 증오는 이민노동자 조합 전체를 향해, 이미 2년 이상 수

---

* 유대인을 말살하려는 페르시아의 총리 하만의 음모에서 해방된 것을 경축하는 유대 축제.

없이 끌어다 쓴 유대인 폄훼 표현, 토미를 격분하게 만들었던 바로 그 터무니없고 악의적인 인종차별적 표현을 답습하면서 거세게 폭발했다. 전원 외국인이다. 프랑스 태생은 단 한 명도 없다. 그들의 두상은 흉측하다. 유대인들의 사디즘이 그 사나운 눈초리에, 꽃양배추 같은 귀에, 두툼하고 늘어진 입술에, 뭉친 실타래 같은 곱슬머리에, 퇴폐적인 태도에 스며들어 있다. 비천한 신체와 결함투성이 정신. 살인 부대.

독일이 입맛대로 재단한 이 위험한 미치광이들에 관한 선전물에서도 테오발트의 작은 연출들이 빛을 발한다. 라이만은 총을, 핀게르츠바이크와 토미는 대형 스패너를 쥐고 있다. 프렌 감옥 안마당에 쭈그리고 앉았던 핀게르츠바이크의 사진은 놀랍게도 그가 철로로 몸을 숙이고 볼트를 한창 해체하는 장면으로 합성되었다. 토미의 사진도 한 선전지에 실려 있었다고 엘렌은 증언한다. 그들은 철로의 볼트를 풀고 있는 내 아들의 사진을 거기 실었다. 어떻게 그럴 수가 있는가. 그것은 합성사진이었다. 그애의 외투와 몹시 아름다운 얼굴은 그의 것이었지만 손놀림은 엉터리였다. 그랬다. 토미의 얼굴은 몹시 아름다웠다. 그리고 손놀림은 엉터리였다. 그야말로 말도 안 되는 선전이었다.

연한 녹색 벽으로 둘러싸인 커다란 공간. 가구는 하나도 없고, 높다랗게 뚫린 창문의 쇠창살 사이로 햇빛이 흘러들어온다. 낯익은 이민노동자 의용유격대의 대원 전원에 경찰청에서 봤던 다른 수인 일곱 명까지, 남자 스물두 명과 여자 한 명이 등뒤에서 수갑이 채워진 채 두 줄로 늘어서 있다. 그들은 제각기 몇 마디씩 이야기를 나눈다. 미소를 짓는 이들도 있다. 두번째 줄 한가운데 토미가 눈에 확연히 들어온다. 바이스브로트 옆에 있는 그는 그중 키가 가장 큰 편이기 때문이다. 붉은 포스터에 실린 대원들은 여전히 똑같은 옷차림을 하고 있다. 그들의 뒤와 양옆에 독일군들이 있다. 카메라가 수인들을 빙 둘러 비추다가 그들 뒤에서 멈춘다. 문이 열리고 독일군 장교 세 명이 빠른 걸음으로 들어온다. 그중 장교 하나가 공간 한복판, 수인들의 맞은편에 선다. 그의 손엔 종이 한 장이 들려 있는데, 그는 눈을 내리깔고 그 종이를 읽기 시작한다. 음색은 단조롭지만 강한 독일 억양이 묻어난다. "1942년에서 1943년에 걸쳐, 이들이 프랑스에서 적을 이롭게 할 목적으로 비밀 활동을 펼쳤다는 충분한 혐의, 나아가 독일군 전력에 피해를 주고 독일군을 공격하기 위한 무기 및 기타 무장투쟁에 필요한 수단을 보유했다는 충분한 혐의가 인정된다. 이에 그랑 파리 사령관 직속 특별 군법회의 심의 결과 마누시앙 미사크, 폰타노 스파르타코, 위시츠 로베르, 루셀 로제, 살바도리 앙투안, 클로아레크 조르주, 루카리니 세자르, 델라네그라 리노 프리모, 라이만 마르셀, 알폰소 셀레스티노, 보초르 조제프, 글러스 에메릭, 마르티니우크 미하엘, 핀게르츠바이크 모스카, 바이스브로트 볼프, 엘레크 토마, 골드베르크 라이프, 샤피로 살로몬, 우셀리오 아메데오, 마누키앙 아르마네크, 반치크 올가, 쿠바츠키 스타니슬라스, 그지바치 술라마에게 사형을 언도한다."

마침내 장교가 눈을 들어 수인들을 본다. "프랑스 만세!"라는 외침이 세 번, "프랑스 만세! 소련 만세!"라는 외침이 한 번 들린다. 장교가 독일어로 명령하자 병사들이 수인들의 수갑과 어깨를 붙들어 데리고 나간다. 그들의 모습은 한 번도 화면에 정면으로 비치지 않는다.

　여자는 단 한 명, 올가(출생 당시의 이름은 골다) 반치크다. 1944년 2월 19일 토요일 프렌 감옥의 이 공간에, 열리지도 않았던 재판의 판결문이 낭독된 자리에 그녀가 있었는지는 확실하지 않다. 올가 반치크의 최후에 대해 알려진 것은 그녀가 이민노동자 의용유격대원 스물두 명과 더불어 사형을 언도받았고, 그후 독일로 압송되어 앞서 말한 방식으로 처형되었다는 사실뿐이다. 어째서인지 독일은 여자에겐 총살형을 집행하지 않았는데, 점령군 병사들이 가진 처형 수단은 총뿐이었다. 그렇지만 나는 그녀가 거기 있었으리라고 생각했다. 이 현장 역시 짐작일 뿐 확인된 사실은 아니지만 말이다.

　'마누시앙 그룹'에 대한 재판은 없었다. 비시정부하의 프랑스 정보국이 신문사들을 움직여 주도한 대대적인 선전만 있었을 뿐이다. 2월 19일에서 23일 사이 모든 언론이 대단히 상세하게—각 신문의 기사 내용은 구두점 하나까지 똑같았다—장소 불명의 모처에서 열렸다는, 살상을 즐기는 추악한 공산주의자 테러리스트들이 중죄를 자백한 가상의 재판에 대한 기사를 실었다. 다른 대규모 재판들—이를테면 1942년 4월 시미 시청에서 열린, 당시 겨우 열여섯 살이었던 앙드레 키르스켄을 포함하여 총

스물일곱 명의 청년 공산주의 레지스탕스 대원들에 대한 재판—과 달리 이 유령 재판에 관해서는 단 한 건의 서류도, 사진도, 영상도 남아 있지 않다. 독일 역사학자 알리히 마이어는 오랜 기간 자료를 추적했지만 결국 독일 문서 기록보관소에서 육필 문서 한 장만을 발견했을 뿐이다. 그 문서에는 판결 내용과 판결이 통고된 날짜 2월 19일, 수인들의 이름이 적혀 있었다. 이들은 한 번도 판사에게 불려간 적이 없었다. 그저 프렌 감옥에서, 한 장교 앞에 불려가 지극히 간결한 집단 판결을 들었을 따름이다.

이 모든 것이 크게 중요하지는 않다. 핵심은, 그들이 어느 날 몇 시간 뒤에 죽는다는 걸 알았고, 그로써 어떤 이들은 안도했으며 또 어떤 이들은 채 버리지 못한 실낱같은 희망을 완전히 잃었다는 사실이다. 토미가 어느 쪽이었을지 나로서는 전혀 알 수 없다. 그래서 죽음이 임박했음을 통보받은 순간의 그들의 얼굴을 정면에서 보여주고 싶지 않았다. 눈물을 흘린 이도 있고, 미소를 지은 이도 있고, 애써 담담한 혹은 무표정한 얼굴을 한 이도 있었으리라. 그것은 내가 멋대로 표현할 수 있는 게 아니었다.

경찰청에서 잠깐 보였고 이 장면에 다시 등장한 일곱 명의 레지스탕스 대부분은 제3분대 소속이었다. 제3분대는 대다수가 이탈리아인이었지만 그중 100퍼센트 프랑스인이자 공산주의 청년

단의 일원이었던 두 사람이 있었다. 한 명은 조르주 클로아레크로, 농장 일꾼이었던 그는 12월 22일 프렌 감옥에서 스무 살이 되었다. 또 한 명은 로제 루셀인데, 선반공 견습생이었던 그는 11월 3일 당시 열여덟 살이었으니 전체를 통틀어 제일 어린 셈이었다. 축구팀 '레드 스타'의 선수이자 자동차 부품 회사 '쇼송'의 노동자였던 20세 리노 델라네그라, 23세의 벽돌공 앙투안 살바도리, 21세 벽돌공 세자르 루카리니도 11월 12일 실패로 끝난 독일 현금수송함 공격 작전 뒤에 체포되었다. 미하엘 마르티니우크는 탈선 전문 대원 요나 게둘디크의 위명으로, 진짜 신원은 물론이고 자신이 유대인이라는 사실을 끝내 밝히지 않았던 그도 체포되어 형을 받았다. 아르메나크(판결문의 아르마네크는 잘못된 이름이었다) 마누키앙의 본명은 아르펜 다비티안으로, 열쇠공이었던 그는 1898년생으로 나이가 제일 많았으며 제1분대 소속이었다. 스타니슬라스 쿠바츠키에 관해서는 1908년생의 주물공이었다는 설과 벌목 인부였다는 설이 있다. 어쨌거나 폴란드인으로 국제여단 출신에 이민노동자 특수대의 멤버였던 그는 1942년 12월에 체포되었고 탈주를 시도했었다.

    감방 안. 잠금장치 속에 열쇠를 넣고 돌리는 소리가 들리더니 문이 열린다. 열린 문 앞에 서 있는 수인 네 명의 뒷모습이 동시에 화면에 나타난다. 그들 가운데 남색 외투를 입은 토미가 있다. 문턱에는 수단 차림의 사제와 **칼팍터**가 서 있다. 신부는 눈빛이 맑고 잘생긴 사십대 사내로 책을 몇 권 들고 있고, 칼팍터는 그보다 나이가 많아 보인다.

"다들 기운 내요." 칼팍터가 말한다. "집행은 오늘 오후 3시로 예정되어 있어요. 각자의 몫으로 꾸러미가 하나씩 있어요. 작별의 편지를 쓸 필기도구도."

그가 수레 쪽으로 몸을 돌려 적십자 마크가 그려진 꾸러미와 종이, 펜, 잉크를 집어 차례로 건넨다.

"도움이 필요하거든 나를 찾으세요." 신부의 프랑스어에는 독일 억양이 섞여 있다. "나는 여러분을 끝까지 따라갈 겁니다. 원하시면「시편」을 읽어드릴 수도 있어요. 성경이 필요한 분 있습니까?"

"마침 우리가 전원 유대인이라서요, 신부님. 거기다 공산주의자고요." 핀게르츠바이크가 대답하고, 이때 그의 얼굴이 화면에 잡힌다.

"압니다. 출발 때까지 남아 있을 테니, 필요하면 불러주십시오." 신부가 말한다.

감방 한복판의 카메라가 제자리에서 천천히 돌며 감방 내부를 비춘다. 방은 토미가 혼자 수감되어 있던 방과 똑같아 보인다. 테오발트의 카메라 앞에서와 똑같은 옷차림의 대원들이 한 명씩 눈에 들어온다. 라이만은 침대에, 핀게르츠바이크와 바이스브로트는 바닥에 놓인 매트리스 위에, 토미는 의자에 앉아 있다. 그들이 꾸러미를 열어 작은 포장들을 꺼낸다. 그러고는 아이들처럼 좋아하며 각양각색의 과자를 먹기 시작한다.

"이 코셔* 안 된 과일 젤리, 너무 맛있다." 핀게르츠바이크가 입속 가득 과자를 우물거리며 말한다. "이러다 소화불량으로 죽겠어……"

대원들이 웃는다.

"보고 싶을 거야, 모리스." 토미도 과자를 우물거리며 말한다. "너 없으면 어떻게 살지?"

청년들의 웃음이 멈춘다. 카메라가 계속 제자리에서 돌며 한 사람 한 사람을 오랫동안 비춘다. 그들의 눈을 보면 자기들끼리 차례차례, 서로를 바라보는 것을 알 수 있다.

천천히 돌아가던 카메라가 토미를 향한다. 토미는 작은 탁자

* 유대교 율법에 따라 식재료를 선정하고 조리한 음식. '코셔'는 '정결하다'는 의미이다.

앞에 앉아 학생용 펜을 쥐고 편지를 쓰고 있다. 그 내용이 보이스오버로 들리는 사이 카메라는 라이만에게로 옮겨간다. 라이만은 과자를 먹으며 꾸러미의 뻣뻣한 종이를 받치고 편지를 쓰는 중이다. 바이스브로트와 핀게르츠바이크는 편지지를 무릎에 올린 채 쓰고 있다. 그들 모두 펜촉을 잉크에 담그느라 때때로 몸을 기울인다. 잉크병은 감방 바닥의 적십자 상자 위에 놓여 있다.

친애하는 벗들에게.
이 편지를 쓰는 것은 내가 순전히 스스로의 의지에 따라 행동했음을 다시 확인할 필요가 있을 것 같아서입니다.
무의미한 말들을 길게 늘어놓을 시간이 없습니다.
내가 할 말은 슬퍼하지 말라는 것, 오히려 기뻐해달라는 것입니다. 여러분에겐 노래하는 내일이 올 테니까요.
모두들 안녕히. 내 기억을 마음속에 간직해주십시오. 그리고 장차 여러분의 아이들에게 때때로 내 이야기를 들려주십시오.
1944년 2월 21일, 프렌에서
토미 엘레크

카메라가 다시 토미를 잡는다. 그는 편지를 한번 훑어보고 넷으로 접어 봉투에 넣은 다음 겉면에 주소를 적는다. 그런 다음 다른 종이에 두번째 편지를 쓰기 시작한다. 다시 보이스오버.

친애하는 베리에 부인, 부인께서 언젠가 우리 가족을 만날지도 모른다는 생각에 이 편지를 부인께 보냅니다······
1944년 2월 21일 월요일

2월 21일 사형 집행 당일 아침에 수인들이 썼던 몇 통의 편지 덕분에 나는 이 장면들을 재현할 수 있었다. 그들이 처형 시각을 알고 있었음을 여러 통의 편지를 통해 알 수 있다. 조르주 클로 아레크의 편지를 보면 그들은 당일 아침 집행 사실을 알고 있었다. ······나는 좀 이따, 오후 3시에 총살될 겁니다. 하지만 울 필요는 없습니다. 일곱 시간 후에 죽는다는 걸 알아도 난 아무렇지 않으니까요. 이 장면에 등장하는 사제는 프란츠 슈토크라는 독일 신부로, 점령 기간 동안 프렌 감옥의 부속 사제였다. 생존자들은 그가 수 감자들에게 정신적·물질적 도움을 주었으며, 종교를 불문하고 사형 언도를 받은 파리 지역의 모든 레지스탕스들의 마지막 순간에 함께했다고 증언한다. 1941년에서 1944년까지, 그 숫자는 천 명이 넘었다.

판결이 선고된 이틀 전부터 수인들은 감방 한 곳에서 서너 명씩 지내고 있었다. 마르셀 라이만은 숙모와 삼촌, 그리고 사촌들에게 이렇게 썼다. 지금은 나와 같은 처지의 동료 세 명과 같이 있습니다. 조금 전 적십자의 꾸러미를 받아, 내가 좋아하는 갖가지 달콤한 과자들을 어린아이들처럼 먹었습니다. 나는 이 세 동료가 핀게르츠바이크, 바이스브로트, 토미였다고 상상했다. 라이만은 어머니에게도 편지를 썼다. 더 길게 쓰지 못해서 죄송해요. 하지만 우린 몹시 즐겁게 지내고 있어요. 어머니가 겪을 고통을 생각하면 그래선 안 되는데 말이죠. 그의 어머니는 고통을 겪지 않았다. 그 얼마 전 아우슈비츠에서 사망했기 때문이다. 벨디브 대규모 일제 검거 때 가족들이 실종된 핀게르츠바이크는 가깝게 지내던 어느 부인 앞으로 편지를 썼다. 제 손으로 이 마지막 말들을 부인께 적어 보냅니다. 조금쯤 더 아름다웠으면 했던 제 인생과의 작별인사를 들려드리기 위해서요. 혹 제 부모님과 형제들이 혼란 속에서 용케 살아남아 돌아오거든 부인께서 전해주십시오. 저는 용감하게, 그들을 생각하면서 죽었다고요. 그의 가족 가운데 살아 돌아온 이는 형제 한 명뿐이었다. 바이스브로트는 노르망디에 사는 장이라는 친구에게 편지를 썼다. 나는 죽지만 남은 이들은 모두 더 나은 삶을 누리기를. 그가 장을 알게 된 것은 초등학교 시절인 1939년, 당시 이브리 지역의 학생들이 폭격을 우려해 노르망디로 피난했을 때였다. 둘은 친해져서 그후로도 서로 만남을 이어갔다. 촌장의 아들이었던 장은 알포르빌에 숨어 지내던 볼프의 두 누이와 어머니에게 가짜 신분증을 만들어주었고, 덕분에 그들은 살아남았다. 편지에서, 볼프는 혹시 그가 나중에 자신의 가족들을 다시 만나게 되면 자신의 마지막 말을 전해달라고 당부했다. 그리고 다른 부탁도 남겼다. ……언젠가 네가 사랑하는 나의 쉬지를 만날 수 있기를. 나는 마지막 순간까지 그녀 생각뿐이고, 그녀가 장차 좋은 남자를 만나 행복하게 살면 좋겠어. 나를 대신해서 전해줘, 내 인생의 마지막 한 해를 아름답게 만들어주어서 정말 고맙다고……

토미는 두 통의 편지를 썼다. 한 통은 다게르가의 관리인과 그 가족 앞으로, 또 한 통은 롤랭가의 건물 관리인인 베리에 부인 앞으로. 그는 양친이 어딘가에 몸을 숨겼으리라 짐작했고, 그들이 살아남으면 언젠가는 편지가 전달되리라 생각했다. 실제로 그랬다. 엘렌은 나중에 적십자를 통해 편지들을 받았다고 전한다. 종전 후 그녀는 편지들을 어느 전시회에 빌려주었다. 편지들은 결국 내 손에 되돌아오지 않았다. 그녀는 기억을 더듬어 회고록에 편지 속 몇 문장을 인용했다. 오늘날 토미의 편지들은 국립 레지스탕스 박물관에 보존되어 있다. 줄이 그어진, 약간 누르스름해지고 넷으로 접힌 자국이 남은 그 작은 편지지에 적힌 토미의 글씨는 아직 어린애 티가 난다. 맞춤법이 틀린 곳은 한 군데도 없지만, 불편한 자세로 쓴 듯 전체적으로 살짝 불안정해 보인다. 다게르가의 친애하는 벗들에게 쓴 첫번째 편지는 내가 읽은 프렌 감옥 사형수들의 편지 가운데 가장 간결하고 가장 담담했다. 무의미한 말들을 길게 늘어놓을 시간이 없습니다. 까칠하고 무뚝뚝한 토미의 성격이 여실히 드러나는 대목이다.

나중에 영화 속에서 더없이 감동적으로 낭독될 토미의 편지는 물론이고, 아라공이 인용한 마누시앙의 편지나 다른 대원들의 편지는 모두 죽음의 목전에서 사랑을 이야기하고, 남겨질 사람들의 행복을 기원한다. 그 편지들을 읽고 그저 그들의 용기와 애국심과 이상에 경의를 표하는 것만으로는 충분하지 않다. 용기와 애국심과 이상이라면 무기를 들고 감행했던 그들의 행위를 통해 이미 훌륭하게 증명되었다. 총살형에 처한 그들이 남긴 편지는 그보다 일종의 수수께끼로 우리들을 매혹한다. 대의를 위해 목숨을 바치는 사람의 정신 작동 방식이라도 되는 양 대부분 똑같은 내용을 담고 있는 이 편지들에 숨겨진 진심은 무엇일까? 죽음 앞에서의 고요한 체념, 용기, 심지어 때때로 엿보이는 행복이나 기쁨, 그것들은 편지를 읽을 이들의 고통을 경감하기 위해 늘어놓은 말들에 불과했을까? 반대로 혹 그 감정들이 진실이라면, 그런 경이로운 힘은 어디서 왔을까? 이 인물들의 인격이 원래 훌륭했던 걸까? 헛된 죽음은 아니라는 믿음 하나로 충분했나? 아니면 사실상 고통이 너무도 커서 높은 벽을 둘러 무감각의 지대에 고통을 가둬버린 걸까? 사랑하는 이들에게 남겨진 그 글 속의 진실은 무엇이었고, 종이와 펜과 잉크는 어떤 역할을 했는가?

나는 가브리엘이 목소리로 오로지 이 수수께끼만을 드러내기를 원했다. 다소 불분명하고 무심한, 낮게 속삭이는 듯한 목소리가 좋으리라. 녹음은 카르디날르무안가에 있는 토미의 방에서, 그와 나 단둘이 했다. 영화의 마지막 장면 촬영을 몇 시간 앞둔 밤에. 밤의 침묵 속, 하루의 피로가 차곡차곡 쌓인 그 시간이야말로 최상의 시간이었으며, 이 무덤 속, 다가오는 죽음을 바라보는, 어쩌면 울고 있는 토미의 커다란 초상화 아래야말로 최적의 장소였다. 물론 내 판단은 옳았다. 다른 어디보다 바로 여기에서, 토미가 어떤 상태에서 그 편지들을 썼는지 가브리엘은 나보다 훨씬 잘 알고 있었다. 가브리엘은 편지에 대해 속속들이 알고 있었으므로 낭독은 더없이 쉬운 일이었다. 이제 영화의 마지막 영상들과 더불어 편지를 읽는 그 목소리가 흘러나올 때, 나는 그 글은 역시 가브리엘의 것이었다고, 토미와 똑같은 고통 속에서 그가 쓴 것이라고 새삼 확신하게 된다.

우리가 함께 보낸 그 최후의 밤에 가브리엘은 촬영에 지쳐 기진맥진해 있었다. 감방에서의 장면을 촬영할 때 함께 연기하는 젊은 배우들을 향한 거의 경멸에 가까운 냉담함과 내가 주문한 우정, 사랑, 형제애 사이에서 몹시 고생한 터였다. 나는 아무것도 놓치기 싫었고, 그 감정들이 특히 시선과 몸짓, 그리고 표현하기 쉽지 않은 무언의 주의나 관심에 의해 드러나는 것이었기에 수없이 많이 찍었다. 네 청년의 우정은 투쟁 현장에 있을 때보다 그 마지막 순간에 더욱 두터웠으리라는 데 의심의 여지가 없었다. 그러므로 가브리엘이 아무리 고집을 부리고 버텨도 이 부분에서만큼은 져줄 수가 없었다. 죽음을 앞둔 순간 동료들과 거리를 두고 따로 떨어져 지내는 토미의 모습을 대체 누가 납득할까? 하지만 토미가 동료들과 거리를 두지 않았다는 걸 무엇도 증명해주지 못했다. 특히 가브리엘의 수수께끼 같은 직관은 더더욱.

그렇게 우리는 그 밤을 토미의 무덤에서 함께 보냈다. 빛은 바닥에 놓인 스탠드뿐이었고, 우리의 그림자가 벽과 천장에 커다랗게 어룽거렸다. 어두운 미래를 내다보는 토미의 시선은 우리를 피하려는 것만 같았다. 너무나 공허하고 고독하며 이상理想도 없어서 제 몸을 유령에 사로잡혔던 2000년대의 청년 가브리엘과 덧없는 감정만 좇으며 실패를 되풀이하는, 시간을 붙들어보려 안간힘을 쓰는 늙은 영화감독을 피하려는 것만 같았다. 가브리엘은 속옷 차림으로 침대에 드러누워, 몹시 지친 상태였음에도 기꺼이 나와 함께 벌써 열 번쯤, 이별을 속삭이는 자신의 목소리를 듣고 있었다. 그런 그의 모습을 보니 빌마가 그를 돌보고, 그가 빌마에게 세상에서 제일 예쁘다고 이야기하던 그 장면이 떠올랐다. 가브리엘도 나를 보고 있지 않았다. 어쩌면 울기 직전이거나 어쩌면 이미 울고 있는 그의 눈은 길 잃은 사람처럼 토미의 눈빛을 더듬고 있었다. 나는 어둠 속에서 마치 내 존재에 안심이 된다는 듯이 축 늘어진 그의 몸을 관찰했다. 할 수만 있다면 그를 품에 안고 그가 보고 싶을 거라고, 우리는 헤어지면 안 된다고 말하고 싶었다. 그에게서 어떤 기미가 보이기 전에는 결코 채워지지 않을 욕망과 기대였다. 나는 나를 바라보는 눈빛을, 나를 향한 미소를, 내게 뻗어오는 손길을 꿈꾸었다. 그렇지만 그의 눈은 토미의 눈만 향해 있었다. 그러므로 나는 깨달았다. 그를 위해 내가 할 수 있는 일은 아무것도 없다는 것을, 이미 늦었다는 것을, 다 끝났다는 것을.

　나란히 세워진 두 대의 군용트럭. 등뒤에서 수갑이 채워진 수인들이 독일군의 부축을 받으며 내리는 모습이 보인다. 햇빛이 좋고 하늘이 새파란 겨울날이다. 사방에 채 녹지 않은 눈이 쌓여 있다. 트럭들 왼쪽으로 마구간 같은 건물이, 오른쪽에는 네오고 딕 양식으로 지어진 작은 성당이 보인다. 스물두 명의 사형수 전원이 한 명씩 차례차례 트럭에서 내린다. 기껏해야 열여덟 살쯤 되어 보이는 맨 앞의 세 소년은 처음 등장하는 얼굴들이다. 날은 차고, 몇 사람은 떨고 있다. 그들은 예의 독일 신부가 서 있는 성 당 앞까지 끌려간다. 수갑이 풀리고, 모두 성당 안으로 밀려들어 간다. 카메라는 계속해서 토미를 따라간다. 폐쇄된 성당 안에는 이미 수인 몇몇이 있다. 마누시앙과 보초르가 세 소년과 이야기 를 나누는 모습이 잡힌다.

"……무기를 훔치느라 그랬어요. 그가 쏘지 않았으면 우리도 굳이 죽일 생각은 없었죠." 한 소년이 말한다.

"어디서 그랬는데?" 보초르가 묻는다.

"프레랭에서요. 브르타뉴 생브리외크 근교요. 생브리외크의 아나톨르브라즈 고등학교에 조직망이 형성되어 있었거든요."

카메라가 멀어지면서 그들의 목소리도 흐려진다. 그사이 문이 요란스레 닫힌다. 안쪽 벽에 난 두 개의 커다란 스테인드글라스 창문으로 흘러든 햇빛이 성당 안 낙서가 빽빽한 파란색 벽과 문 에 알록달록한 무늬를 그린다. 두 창문 사이의 바닥에 대형 나무 십자가가 놓여 있다. 대부분이 서성거리거나 얼어붙은 손을 비 벼대지만, 몇몇은 파란색 벽에 등을 기댄 채 서로 몸을 붙이고 검은색과 흰색의 큼직한 타일 바닥에 앉아 있다. 수단 차림의 독 일 신부가 그들에게 차례차례 다가가 쭈그리고 앉아서는 몇 마디씩 건넨다. 머리를 감싸쥔 루셀을 사피로와 클로아레크가 다독인다. 핀게르츠바이크와 바이스브로트 사이에 앉은 토미는 스테인드글라스만 뚫어지게 바라본다. 창에서 흘러나온 색색의 빛깔 가운데 에메랄드색과 오렌지색만 그의 남색 외투에 빛깔을 남긴다.

갑자기 큰 나무문이 열리더니 네 명의 병사가, 이어 종이를 든 장교 하나가 들어온다. 침묵이 깔린 성당 안에 종이에 적힌 내용을 읽는 장교의 목소리가 울린다.

"살라운 이브!"

줄곧 앉아만 있던 세 소년 중 하나가 일어선다. 이내 다른 두 소년이 그의 곁에 서고, 나머지 수인들도 그에게 다가가 격려한다.

"슈넬! 슈넬!(빨리! 빨리!)" 장교가 재촉한다.

소년이 앞으로 나오자, 병사 둘이 붙들어 등뒤에서 수갑을 채운 뒤 밖으로 떠민다. 그리고 밖에 있던 다른 병사들이 소년을 데려간다.

"제프루아 조르주!" 장교가 또 소리친다.

이번에는 나머지 두 소년 중 하나가 앞으로 나선다. 조금 전처럼 수인들이 격려하는 소리가 들리고, 그 역시 수갑이 채워져 밖으로 떠밀린다.

"르 코르네크 피에르!"

똑같은 장면이 반복된다. 이어 장교가 몸을 돌려 나가고, 신부와 병사들이 그 뒤를 따른다. 문이 거칠게 닫힌다.

카메라는 오랫동안 그 문을 비춘다. 나무문에 알록달록한 빛깔이 어리고, 독일어 명령 소리가 들리고, 문 너머에서 움직임이 느껴진다. 이윽고 침묵이 깔린다. 토미가 일어나 파란색 벽을 따라 문으로 다가가다 멈춰서서 낙서를 들여다본다.

베르마상 로베르
1943년 10월 2일 총살됨
프랑스 만세

토미는 돌아서서 다시 벽을 따라 걸어와 자리에 앉는다. 추운지 그가 잠자코 외투깃을 여민다. 또다시 스테인드글라스에서 흘러나오는 영롱한 빛깔들을 눈으로 좇고 있다. 누군가의 기침소리가 들린다. 다음 순간, 멀리서 세 마디의 짤막한 독일어 명령이 들려온다. 동시에 토미의 얼굴이 클로즈업된다. 슬퍼 보이는 표정, 왼쪽을 향한 눈길, 살짝 벌어진 입술. 이내 강한 폭발음이 들리고, 잔향이 울린다. 마침내 몇 초 간격으로 울리는 세 발의 총성. 문이 닫힌 순간부터 이 장면까지, 정확히 3분이 흘렀다.

장교가 성당으로 다시 들어오고, 똑같은 장면이 되풀이된다. 이번에는 마누시앙, 폰타노, 루셀, 우셀리오, 위시츠가 불려간다. 수인들이 그들을 끌어안고 악수를 하는 사이 **슈넬! 슈넬!** 하고 독일어로 재촉하는 소리가 들린다. 떠나기 직전, 마누시앙이 오랫동안 토미를 끌어안는다.

화면에는 다시 낙서가 나타난다. 장 카라소라는 서명이 들어간 **프랑스 만세. 공산당 만세, 프랑스 만세, 소련 만세. 우리는 복수하리라.** 그사이 멀리서 똑같은 독일어 명령과 똑같은 폭발음이 들리고, 각각 몇 초 간격으로 다섯 발의 총성이 이어진다.

클로아레크, 델라네그라, 루카리니, 살바도리도 똑같이 끌려나간다.

토미와 보초르는 대형 십자가 앞에, 영롱한 빛살들 사이에 마주보고 서 있다. 보초르가 토미에게 한 발짝 다가가 그를 껴안는다. 장교가 "보초르! 슈넬!" 하고 외치는 소리가 들린다. 그가 돌아서자 병사들이 수갑을 채워 그를 문 쪽으로 밀어낸다. 토미는 떠나는 그의 모습을 바라본다. 그다음은 알폰소, 라이만 그리고 글러스의 차례다. 문이 다시 닫히자 토미가 손가락으로 눈가를 닦는다.

　이제 토미는 밖에 있다. 남색 외투 차림에 손은 등뒤에서 수갑이 채워지고 두 병사에 둘러싸인 채, 내리쬐는 햇빛과 쌓인 눈에 반사되는 빛에 눈이 부신 듯 눈살을 살짝 찌푸린 모습이다. 그의 뒤에 바이스브로트, 핀게르츠바이크, 게둘디크가 차례로 보인다. 병사들이 그들을 줄지어 세운 뒤 둘러싼다. 독일어 명령이 들린다. 병사 하나가 토미를 앞으로 밀어내고, 토미는 걷기 시작한다. 나머지가 작은 행렬을 이루며 그 뒤를 따른다. 이때부터 카메라는 토미의 시선이 된다. 그는 길 끝이 지평선의 나무들 속으로 사라지는 쭉 뻗은 길을 나아간다. 왼편에는 높다란 규암 벽이 서 있고 오른편에는 비탈과 숲이 있다. 1분 동안, 묵묵히 길을 나아가는 이들의 발소리만 들린다. 이윽고 보이스오버로 나지막한 토미의 목소리가 들린다.

　친애하는 베리에 부인, 부인께서 언젠가 우리 가족을 만날지도 모른다는 생각에 이 편지를 부인께 보냅니다. 혹 우리 가족을 다시 만나시거든 나는 고통을 당하지 않았다고, 그리고 가족들을, 특히 나보다 아름다운 청춘을 누리게 될 동생들을 많이 생각하며 고통 없이 죽었다고 전해주십시오.

나는 죽지만 여러분은 살아주십시오. 우리 모두는 언젠가 다시 만날 테니까요.

1944년 2월 21일 월요일

이제 길은 나무들 사이로 내려가 공터로 이어진다. 앞으로 나아갈수록 처형대의 모습이 하나둘 드러난다. 전부 다섯 개의 처형대가 단풍나무와 물푸레나무로 뒤덮인 언덕 앞에 늘어서 있다. 카메라는 여전히 토미의 시선으로, 눈 덮인 작은 공터가 화면에 잡힌다. 왼쪽에는 피로 번들거리는 기둥들, 정면에는 참호가 있다. 참호 앞에 신부와 장교 몇 명이, 그 옆에 뚜껑 없이 바닥에 놓인 전나무 관 네 개와 병사들이 보인다. 오른쪽에는 처형대가 늘어선 언덕으로부터 겨우 20미터 남짓 떨어진 또 하나의 언덕을 따라 얼핏 스무 명 이상 되어 보이는 총살 집행반이 서 있다. 그리고 그들 앞에 또 그만큼의 다른 집행반이 열을 지어 한쪽 무릎을 꿇은 채 대기중이다. 소총을 들고, 군모를 쓰고, 군화를 신고, 녹회색의 긴 외투를 입은 그들은 전원 카메라를 보고 있다.

병사들이 사형수들의 수갑을 풀어낸다. 한 병사가 토미에게 외투를 벗으라고 독일어로 명령한다. 토미가 외투를 벗자 병사

가 그것을 참호 쪽으로 가져다 뚜껑 없는 관 속에 던진다. 토미
는 이제 재킷만 입은 채 가볍게 몸을 떤다. 병사들이 네 명의 사
형수를 끌고 가 처형대 앞에 세우고 가슴과 무릎을 각각 줄로 묶
는다. 첫번째 처형대는 비어 있다. 두번째 처형대에는 바이스브
로트, 세번째에 토미, 네번째에 핀게르츠바이크, 다섯번째에 게
둘디크가 묶여 있다. 그들의 얼굴에서는 일말의 감정도 찾아볼
수 없다. 신부가 그들에게 다가가 차례로 몇 마디를 건네지만 소
리는 들리지 않는다. 다시 토미의 시점으로 맞은편 아주 가까이
에 총살 집행반이 보인다. 병사들이 사형수들의 눈을 흰 헝겊으
로 가린다. 이 순간, 그리고 병사들이 멀어지는 사이, 토미의 나
지막한 목소리가 이어진다.

모두들 안녕히. 나를 알던 이들이 내 기억을 마음속에 간직해주
기를.
내 친구들은 모두 살아주기를. 내 마지막 바람으로, 그들이 나의
운명을 슬퍼하지 않기를. 나는 그들의 영원한 행복을 위해 죽는 것
이니.

장교가 소리쳐 명령을 내린다. 그 외침이 토미의 목소리와 뚜
렷한 대비를 이룬다. 총살 집행반이 소총을 장전하고 노리쇠 레

버를 올린다. 또다른 명령이 내려지자 병사들이 총을 뺨에 대고 겨냥한다. 다시 토미의 목소리가 들린다.

모두들 안녕히. 당신들의 삶이 평화롭기를.

토미 엘레크

장교가 다시금 명령을 내지른다. 공터에 일제사격의 총소리가 울린다. 사형수들의 몸이 부르르 떨리다 이내 축 늘어진다. 장교가 처형대 뒤로 돌아가 한 사람 한 사람의 뒤통수에 확인사살을 한다. 그들의 몸이 최후의 경련을 일으킨다. 토미의 눈을 가리고 있던 헝겊을 푸는 손이 보인다. 아직도 눈이 부신 듯 살짝 눈살을 찌푸린 채 토미의 눈은 하늘을 향하고 있다.

유대인 200명을 포함한 1000명 이상의 다른 레지스탕스 대원들처럼, 스물두 명의 이민노동자 의용유격대 대원도 파리 서쪽의 몽발레리앙에서 총살되었다. 총살 집행 전에 그들이 대기하던 성당은 변함없이 그대로 있다. 변한 것은 벽의 색깔뿐인데, 그래도 바람에 떨어져나간 오래전 파란색 페인트칠 위에 적힌 낙서 몇 개는 그대로 보존되어 있다. 다섯 개의 처형대, 그리고 그곳 공동 묘혈에 던져졌던 시신들을 파리의 여러 묘지들로 옮

길 때 사용된 세 개의 관이 그곳에 전시되어 있다. 그들의 유해
는 이브리 공동묘지로 옮겨졌다.

그곳에 가면 성당과 처형장 사이의, 대원들이 처형 직전 마지
막으로 걸었던 그 길을 다시 걸어볼 수 있다. 왼편의 벽에서 숲
까지의 거리는 겨우 150미터에 불과하다. 2월 21일 그날이 맑았
다는 건 당일 아침 마누시앙이 아내 멜리네에게 쓴 편지를 통해
알 수 있었다. 오늘은 햇빛이 좋아. 그날은 또한 기온 0도의 추운
날씨였다. 그리고 나치에 반감을 품었던 독일군 하사관 클레멘
스 뤼터가 몰래 찍은 처형 당시의 사진을 통해 처형장은 눈으로
덮여 있었다는 것도 알 수 있었다. 생브리외크의 고교생 세 명은
15시 16분에 처형되었다. 폰타노, 마누시앙, 루셀, 우셀리오, 위
시츠는 15시 22분. 클로아레크, 델라네그라, 루카리니, 살바도리
는 15시 29분. 알폰소, 보초르, 글러스, 라이만은 15시 40분. 토
미, 핀게르츠바이크, 바이스브로트, 게둘디크는 15시 47분. 다비
티안, 골드베르크, 샤피로는 15시 52분. 그지바치, 쿠바츠키는
마지막으로 15시 56분. 왜 이런 순서였는지, 왜 동시에 다섯 명,
혹은 세 명이나 두 명씩 처형되었는지, 두번째와 세번째 그룹의
처형 사이에 왜 11분의 간격이 있고 다섯번째와 여섯번째 처형
사이의 간격은 4분밖에 되지 않았는지 알 수 없다. 이 마지막 날
에 대해서는 속속들이 알려지지 않았다. 또한 프랑스 만세!라고

외친 사람이 있었는지, 〈라 마르세예즈〉나 〈랭테르나시오날〉*을 노래한 사람이 있었는지, 눈가리개를 거부한 사람이 있었는지, 크게 동요하던 사람이 있었는지에 대해서도 알 수 없다. 그리고 나는 이 마지막 날과 관련해 알려지지 않은 중요한 사항들은 아무것도 지어내고 싶지 않았다. 내가 지어낸 것은 역사를 해치지 않는 것들뿐이고, 처음 시나리오에는 없었던 내용이다. 이를테면 토미가 아버지처럼 사랑했던 마누시앙, 그리고 가장 존경했던 보초르와 마지막 포옹을 나눈 설정, 토미가 눈물을 흘리고 재빨리 닦아내는 설정 등이다. 이 포옹과 눈물은 즉흥적으로 생각해낸 것들이다. 그 설정들은 내가 가브리엘과 함께 보낸 마지막 밤의 메아리였다.

실제 처형이 이루어진 몽발레리앙에서 진행된 마지막날 촬영은 가브리엘에게는 긴 형벌이었다. 그는 한마디 불평 없이 견디며 때때로 나를 향해 필사적인 미소를 지어 보였다. 내게 자신이 필요하다는 사실을 그는 알고 있었고, 그래서 계속 내 곁을 지켜주었다. 촬영 사이사이, 토미로서도 가브리엘 자신으로서도 그는 주저앉지 않으려고 안간힘을 썼다. 그는 니콜라, 조나탕, 보

---

* 전자는 프랑스 국가, 후자는 사회주의 전통을 상징하는 민중가요.

리스, 마티외, 그리고 몇몇 배우들로부터 최대한 멀리 떨어져 있었다. 그들은 자신들의 즐거운 내일을, 몇 주의 노동 끝에 누릴 자유를, 바닷가에서의 바캉스를 누릴 생각에 기뻐했고, 기분 좋게 모든 것을, 특히 가짜 눈을 만들어 8월에 겨울을 연기하는 걸 재밌어했다. 가브리엘은 끝내 자신의 무덤에서 돌아오지 못했다. 토미의 죽음이 기껏 이런 경박한 청년들의 영원한 행복을 위해서였다는 것을 그는 생각할 수 없었으리라. 그가 카메라 앞에서 세상 무엇보다 자연스러운 눈물 연기를 하고 난 후, 나는 촬영을 중단하지 않아도 되는지 물었다. 어쩌면 처형 장면은 며칠, 아니 몇 주 후로 미루는 게 좋지 않을까? 물론 시나리오를 수정하는 방법도 있었다. 처형 장면을 보여주지 않고 음향만으로 처리하거나, 마지막 순간의 그의 얼굴을 드러내지 않고 대역 배우를 쓰는 일도 가능했다. 그는 그런 건 말도 안 된다고, 그날 모두 끝내야 한다고, 모두 예정대로 진행해야 한다고, 전부 잘될 거라고 대답했다. 그럼에도 불구하고 나는 이미 오래전부터, 전날 밤부터는 더더욱, 나는 그가 스스로의 죽음 장면에서 어떻게 헤어나올 수 있을지 자문했다. 어쨌든, 나는 두려움에 질린 채 그 장면을 촬영했고, 그 일을 영원히 후회할 것이다. 공터에서 그는 그야말로 죽어가고 있었다. 서 있는 것조차 힘겨워 보였다. 온몸이 후들거리고, 얼굴은 창백했으며, 호흡은 약하고, 눈도 멀고 귀도 먹은 것만 같았다. 이 장면을 보는 누구든 전율하고 눈앞에 있는 이가 진짜 토미라고 생각하게 될 것이다. 꾸며내듯 연기하지 않고도 그 장면을 연기해내는 그의 모습에 놀라지 않은 사람은 오직 나뿐이었다.

그는 계속해서 비틀거렸다. 나는 그를 어머니 집에 데려다주라고 지시했다. 그는 거절하지 않았지만 말은 한마디도 없었다. 나는 그날 저녁, 그는 당연히 오지 않을 촬영 뒤풀이에 일단 얼굴을 내밀고 나서 그에게 가겠다고 약속했다. 그는 총알구멍이 뚫리고 핏자국이 남은 토미 의상을 입은 채 촬영장을 떠났다. 뒤풀이 때 나는 약간의 미소를 지어 보이기 위해 술을 조금 마셨다. 가브리엘에게 연락을 했지만 그의 엄마는 아들이 집에 들렀다 다시 나갔다고, 기분이 썩 좋아 보이지 않았으며 휴대폰도 꺼져 있다고 했다. 이번에도 나는 어디로 가야 할지 알고 있었다. 이미 늦었다는 예감과 함께 나는 택시를 잡아탔다. 그곳으로 가는 내내, 다가오는 죽음을 바라보는 진짜 토미의 얼굴, 그리고 햇빛 아래 살짝 눈살을 찌푸리고 있던 가브리엘의 마지막 모습이 번갈아 떠올랐다. 그러면서 죽은 두 청년 중 나는 어느 쪽을 더 사랑했는지 자문해보았다. 택시가 카르디날르무안가에 도착했다. 나는 가브리엘과 토미가 수없이 오르내렸던 계단을 올라갔다. 짐작대로 문은 잠겨 있지 않았다. 도자기 손잡이를 돌리자 무덤의 문이 열렸다.

토미의 커다란 사진 아래 스탠드가 놓여 있었다. 가브리엘은 침대에 늘어져 있었다. 찢어진 재킷은 벗어두었지만 목 끝까지 단추를 채운, 여전히 가짜 핏자국이 남은 흰 셔츠는 그대로 입은 채로 가슴에 손을 올려놓은 모습이었다. 그는 숨을 쉬고 있었지만 나를 바라보지도 않았고 내가 온 것을 알아차리지도 못했다. 그의 시선은 오른쪽을, 사진 속 토미의 시선이 닿는 벽의 그림자를 정확히 향해 있었다. 두 사람은 죽음이 찾아오는 어둠 속에서 만나고 있었다. 나는 그들만 남겨둔 채 소리 없이 다시 문을 닫았다.

나는 가브리엘을 다시는 보지 못했다. 그의 엄마가 말하길, 그가 어느 여름날 홀연히 나타나, 촬영 때 입었던 피 묻고 찢어진 옷들을 옷장 속에 걸어두고는 출연료를 전부 받아 나갔다고 했다. 그후로는 돌아오지 않았고, 전화도 받지 않는다고. 영화가 개봉되었을 때 나는 왜 그가 나타나지 않느냐는 질문을 수없이 받아야 했다. 그리고 한 달 후, 부다페스트에서 빌마가 전화를 걸어왔다. 영화를 본 그녀의 친구 하나가 언드라시 거리에서 가브리엘로 보이는 청년을 목격했다는 얘기였다. 그의 손에는 노란색 표지의 책이 한 권 들려 있더라고 했다. 아마 엘렌의 책, 부다페스트에서 보낸 토미의 유년기가 기록된 그 책이었으리라. 촬영이 끝나고 1년이 흐르도록 가브리엘은 여전히 고통받고 있었던 것이다. 그는 여전히 토미도, 토미의 무덤도 떠나지 못한 채였다. 순전히 내 두려움을 떨치고 내 회한을 달래기 위해, 나는 정말로 믿기진 않았지만 적어도 그가 거기서 벗어나려고 애쓰는 중이리라 믿기로 했다. 그는 시간을 거슬러올라가며 토미의 길을 차례차례 지우는 중일 것이라고. 그리하여 그 안에 새겨졌던 토미의 흔적을 어느 날엔가는 완전히 지워낼 수 있으리라고.

토마 엘레크의 편지들은 샹피니쉬르마른의 국립 레지스탕스 박물관(다비드 디아망 재단/U.J.R.E.*)에 보존되어 있다. 이 편지들은 볼프 바이스브로트에게 남긴 전언이나 심문조서 등을 포함하는 미공개 자료들 및 사진들과 더불어 다음 사이트에서 열람할 수 있다.

www.letombeaudetommy.net

내게 귀중한 도움을 주신 분들께 감사를 전한다.

토마 스테른, 토마 콜방, 도라 펠뤼, 드니 페샹스키, 아니 라포

---

* 레지스탕스 및 상호부조를 위한 유대인 연합.

포르라이스키, 쥘리앵 로프레트르, 마리안 카야트(루이르그랑 고등학교), 셀린 에탕스(국립 레지스탕스 박물관), 세르주 클라르스펠드.

이 소설은 아래의 책들에서도 많은 도움을 받았다.

『엘렌의 기억』, 엘렌 엘레크, 프랑수아 마스페로 출판사, 파리, 1977.

『외국인의 피: 레지스탕스가 된 이민노동자들』, S. 쿠르투아, D. 페샹스키, A. 라이스키, 파야르출판사, 파리, 1989.

『붉은 포스터』, 아당 라이스키, 파리 시청, 2003.

『유언』, 보리스 올방, 칼만레비출판사, 파리, 1989.

『유대인 의용대는 말한다』, 아브라함 리스네르, 셰 로퇴르 출판사, 파리, 1969.

〈일드프랑스의 레지스탕스〉(DVD), 프랑스 레지스탕스 연구협회(AERI), 파리.

『레지스탕스의 투사들, 영웅들, 순교자들』, 다비드 디아망, 르누보 출판사, 파리, 1984.

『스물세 명의 영광의 페이지들』, 프랑스 국내군 의용유격대, 이미그라시옹, 파리, 1951.

『점령하의 경찰 정보청』, 프레데리크 쿠데르크, 올리비에 오르방 출판사, 파리, 1992.

『젊은이들과 레지스탕스』, 로랑스 티보 감수, 프랑스 레지스탕스 연구 협회/라 도퀴망타시옹 프랑세즈, 파리, 2007.

『격동 속의 프렌』, F. 와세르망, J. 스피르, H. 이스라엘, 프렌 생태학 박물관, 1995.

『프렌의 벽』, 앙리 칼레, 비비안 아미 출판사, 파리, 1993.

지은이 **알랭 블로티에르**

1954년 파리 근교 뇌이쉬르센 출생. 1980년 첫 소설 『사드』를 발표했고, 이 데뷔작으로 보카시옹상을 수상했다. 10여 년간 이집트와 프랑스를 꾸준히 오가며 다수의 역사·여행 에세이를 썼고, 이국의 문화와 역사에 대한 깊은 관심을 바탕으로 작품활동을 이어갔다. 장편소설 『샘』 『푸른 내면』 『매혹』 『토미의 무덤』 『몽상가들』을 비롯해 데샹브르상과 장지오노상 수상작 『바티스트는 어떻게 죽었나』, 피에르 마크 오를랑 상 수상작 『검은 창공』 등을 발표했다.

옮긴이 **홍은주**

이화여자대학교 불어교육학과와 같은 대학원 불어불문학과를 졸업했다. 2000년부터 일본에 거주하며 프랑스어와 일본어 번역가로 활동하고 있다. 옮긴 책으로 『일인칭 단수』 『수리부엉이는 황혼에 날아오른다』 『기사단장 죽이기』 『고로지 할아버지의 뒷마무리』 『마사&겐』 『미크로코스모스』 『눈의 무게』 『실화를 바탕으로』 등이 있다.

문학동네 세계문학
토미의 무덤

초판 인쇄 2020년 12월 23일 | 초판 발행 2020년 12월 30일

지은이 알랭 블로티에르 | 옮긴이 홍은주 | 펴낸이 염현숙

책임편집 김미혜 | **편집** 홍상희 이현정
디자인 김현우 최미영 | **저작권** 한문숙 김지영 이영은
마케팅 정민호 이숙재 양서연 박지영
홍보 김희숙 김상만 함유지 김현지 이소정 이미희
제작 강신은 김동욱 임현식 | **제작처** 한영문화사(인쇄) 경일제책사(제본)

펴낸곳 (주)문학동네
출판등록 1993년 10월 22일 제406-2003-000045호
주소 10881 경기도 파주시 회동길 210
전자우편 editor@munhak.com | **대표전화** 031) 955-8888 | **팩스** 031) 955-8855
문의전화 031) 955-3578(마케팅) 031) 955-8860(편집)
문학동네카페 http://cafe.naver.com/mhdn | **트위터** @munhakdongne
북클럽문학동네 http://bookclubmunhak.com

ISBN 978-89-546-7664-9 03860

www.munhak.com